타
오
르
다

타오르다

방현희
소설집

강

차례

타다

타다

「동사」

1. 어떤 조건이나 시간, 기회 등을 이용하다.

2. 불씨나 높은 열로 불꽃이 일어나다.

3. 타고나다(복이나 재주, 운명 따위를 선천적으로 지니고 나다).

4. 액체에 가루 따위를 섞다.

5. 먼지나 때가 타다.

6. 몸에 독한 기운 따위의 자극을 쉽게 받는다.

7. 부끄러움이나 노여움 따위의 감정이나 간지럼 따위의 육체적 느낌을
   쉽게 느낀다.

8. 악기의 줄을 튕기거나 건반을 눌러 소리를 내다.

9. 목화를 씨아로 틀어서 씨를 빼내고 활줄로 튀기어 퍼지게 하다.

10. 사람이나 물건이 많은 사람의 손길이 미쳐 약해지거나 나빠지다.

11. 물건 따위가 가져가는 사람이 있어서 자주 없어지다.

12. 박 따위를 톱 같은 기구를 써서 밀었다 당겼다 하여 갈라지게 한다.

13. 콩, 팥 따위를 맷돌에 갈아서 알알이 깐다.

14. 몫으로 주는 돈이나 물건 따위를 받다.

15. 탈것이나 기구를 탄다.

등각나선을 타다

그녀는 시간이 날 때마다 하루 한 번이나 하루 두 번, 이틀에 한 번, 혹 몹시 바쁠 때도 사나흘에 한 번은 반드시 등각나선형의 계단을 탄다. 하루나 이틀 등각나선형의 계단을 타지 못하면 불안해졌다. 그 계단은 집과 일터 사이에 위치해 있어서 그 길을 지나가는 날에는 어김없이 그곳을 들른다. 그곳이 성당이라는 것은 그녀에게는 아무 의미도 없다. 가까운 곳에 그곳만큼 메시지가 분명한 등각나선이 없어서일 뿐이다.

계단 위에 선다. 금방이라도 빨려들 것 같다. 깊숙이 빨려들어가 무한히 생장하는 원을 따라 어딘지 알 수 없는 곳으로 튕겨져 나갈 것 같은 두려움과 정확한 비율이 주는 안정감과 너무 정확해서 어떤 예외도 없을 것 같은 운동성을 느낀다. 이 두려운 친숙함의 세계. 이 두려운 낯섦의 세계. 그녀는 새하얀 계단에 발을 얹자마자 아찔, 하는 한순간을 겪는다. 발끝이 흔들리고 허벅지가 진동하고 머리가 핑글핑글 돈다.

새하얀 계단은 멈춰 있지만 나선은 끊임없이 움직인다. 새하얀 계단을 빙글빙글 밟아 내려간다. 그녀는 발을 하나 내딛을 때마다 날카로운 나선을 타고 도는 기분이다. 잘못 삐끗하면 한가운데로 빨려들어가버릴 수도 있다. 발목이 흔들리지 않도록 해야 한다. 끊임없이 움직이는 사냥감을 덮치기란 쉽지 않은 법. 그녀는 자신의 몸이 다트판에 못 박혀 빙글빙글 돌고 있는 것처럼 느껴진다. 누군가가 나를 겨냥하기란 쉽지 않을 테지. 달리는 사냥감의 목덜미를 물어뜯을 수는 없지. 굴러떨어져도 일정한 속도, 일정한 각도로 떨어질 것이라 생각하면 조금은 덜 불안해진다. 등각나선은 굴러떨어진 그녀를 삼켜 아마도 일정한 각도와 속도로 빙글빙글 돌린 뒤에 명료한 세상에 놓아줄 것이다.

허리케인, 나선형 씨앗들, 사람 귀의 와우각(cochlea), 숫양의 뿔, 해마 꼬리, 자라는 양치류 잎, DNA 분자, 해변에 부서지는 파도, 토네이도, 은하의 나선형 소용돌이, 태양 주위에서 감겨지는 혜성의 꼬리, 강물의 소용돌이, 해바라기 씨앗의 형태, 데이지, 민들레.

열다섯 개의 나선형 사물들을 외우며 계단을 내려가면 밑에 닿는 시간과 꼭 맞는다. 그 아래 서서 정확한 비율, 정확한 각도로 말려 올라간 나선을 올려다보며 마음의 평화를 얻곤 했다. 저 멀리 달아나는 곡선을 향해 찌를 듯 다가서는 계단의 모서리를 보면 그녀는 망설이지 않고 다시 계단에 발을 올린다. 이것들이 세상에서 가장 아름다운 것이라고 생각한다. 어긋남이 없다는 것은 완전하다는 것이고, 그녀로서는 절대 흉내 낼 수 없는 것이니까. 그러기 위해 이곳에 오는 것이니까.

손을 타다

1. 사람이나 물건이 많은 사람의 손길이 미쳐 약해지거나 나빠지다.
2. 물건 따위가 가져가는 사람이 있어서 자주 없어지다.

"나는 네 첫날밤에 너와 함께할 것이다."[*]
─섬뜩함이 친숙함에게

어린 그녀는 친구 엄마로부터 께름칙한 말을 들었다. 머리를 틀어 올리고 긴 목과 가슴이 드러나도록 목선이 파인 '홈드레스'를 입은 친구 엄마는 처음 집에 놀러 온 딸아이의 친구를 아무 표정 없이 바라보며 말했다. "남자 손 좀 타겠네."
친구의 집에 갔을 때 아무도 없는 줄 알았다. 친구와 그녀는 곧장 소파에 앉아 바비인형의 옷을 벗기고 다른 옷으로 갈아입히는 중이었다. 어디선가 나타나 곧장 던진 "남자 손 좀 타겠네"라는 말에 어린 그녀는 친구 엄마의 눈을 마주 보았다. 친구 엄마는 냉랭한 뺨과 대조적으로 흰자위가 붉은 편이었다. 쌍꺼풀이 진했고 눈동자는 검고 번들거렸다. 섬뜩했다. 처음 놀러 온 어린 딸의 친구에게 할 말은 그것뿐이었다는 듯이 다른 말을 더 하지도 않고 등을 돌려 방으로 들어가

---

[*] 믈라덴 들라르, 복도훈 번역, 『자음과모음』, 2015년 봄, 290~323쪽.

버렸다.

친구 엄마가 팔짱을 끼고 서서 던진 그 말은 정확한 뜻도 모르는 채 그녀의 기억에 깊이 각인되었다. 그녀는 이후로 손을 탄다, 라는 말에 처음 겪는 흥분처럼 반응했다. 누구의 입에서 나오든 그 말은 온몸에 소름을 끼쳐놓고 사라졌다. 그 감각은 낯설고 섬뜩했지만 기이하게도 자꾸만 겪고 싶어지는 그런 것이었다. 그래서 그녀가 친구의 엄마처럼 얼굴에 약간의 경멸을 띠고 쳐다본 물건은 할머니의 장식장이었다. 오래된 데다 할머니가 애지중지하는 것이니까 그건 분명히 할머니 손을 많이 탄 것이었다. 시커멓게 반들거리는 바탕에 무슨 빛깔인지 알 수 없는 미묘한 빛깔의 조개껍데기가 박힌 장식장을 할머니는 냄새나는 기름을 발라서 닦곤 했다. 그녀는 할머니를 안 좋아했으므로 할머니의 손이 탄 것을 경멸하기로 했다. 검게 번들거리는 자개 장식장 앞에서 그녀는 뺨을 일그러뜨리고 중얼거렸다. 손 좀 타게 생겼군. 그러나 할머니는 그녀의 말을 제대로 알아듣지 못했고, 그저 귀찮은 손짓으로 나가라고 했을 뿐이다. 몇 번 하고 나니 검은 자개장은 평범해져버렸다. 그래서 손이 탄 다른 물건을 찾아보았다.

그러다가 햇빛에 바래서 삭은 날긋날긋해진 안방의 광목 커튼을 발견했다. 그녀는 종종 창가에 누워 햇빛이 커튼을 타고 오르내리는 것을 지켜보았다. 햇빛은 창밖의 포도덩굴을 키우면서 커튼을 삭게 했다. 올이 성글어지고 고양이 발톱이

들어갈 만큼 넉넉해지자 햇빛은 커튼을 무람없이 드나들었다. 커튼은 계속 낡아갔다. 마침내 고양이가 발톱을 박아 커튼을 죽 찢어놓자 그녀는 그것 보라고 소리쳤다. 햇빛에 손을 타서 그래! 엄마는 고양이를 혼내다가 쟤가 뜬금없이 무슨 소리 하나, 하는 눈으로 흘겨보고 말았지만 그녀는 혼자 의기양양해했다. 엄마가 찢어진 커튼을 새 커튼으로 바꾸지 않고 그대로 놓아두자 그녀는 고양이를 안고 그 작고 날카로운 손톱을 박아 넣어 죽 잡아 찢었다. 엄마는 고양이를 혼내지 않고 그녀의 등짝을 후려쳤다. 뭔 짓이야! 이놈의 계집애!

그녀는 엄마를 흘겨보며 속으로 투덜거렸다. 내가 남자 손을 타도 좋단 말이야? 햇빛에 바랜 커튼과 남자 손을 타는 게 무슨 상관이 있는지 모른다. 그래도 그녀는 심술을 부렸다. 어쨌든 그건 모두와 상관있어. 나는 남자 손을 타게 되어 있다고! 손을 타는 모든 것은 호기심과 경계심을 함께 불러일으켰다. 다리를 빙글빙글 감아 도는 고양이를 발로 걷어찼고 손을 핥으면 그 손으로 고양이 등짝을 때려주었다. 구박을 받아도 고양이는 고양이답지 않게 그녀를 따랐다. 이놈 냥이! 하고 엉덩이를 때려주면 고양이는 그녀를 향해 고개를 외로 틀어 눈을 가늘게 뜨고 엉덩이를 치켜올렸다. 나를 만져줘, 내 엉덩이를 팡팡 두들겨줘, 하는 표정이었다. 그녀는 그녀의 손길을 원하는 냥이가 왠지 께름칙해서 이놈 냥이! 하고 손을 내저어 쫓아버렸다. 저만큼 달아났다가 다시 꼬리를 바짝 세우며 다가오는 고양이를 보다가 따분해져서 거세게 내리쬐는 여름 태양을 올려다보았다. 모든 게 다 태양 때문이다. 태양이 타고 있기 때문이다.

태양이 타는 동안 동네 아이들은 숨바꼭질을 했다. 태양은 놀아도 놀아도 하늘 한가운데서 비끼지 않았다. 태양 아래에서는 숨을 데가 없어서인지 그녀는 남자아이들한테 잘도 걸렸다. 남자아이들은 장난인 척 그녀의 허리를 껴안고 아무 곳에나 몸을 숨겼다. 숨바꼭질은 하루 온종일 해도 질리지 않는다. 남자아이들과 여자아이들은 지치지도 않고 웃으며 도망다닌다. 남자아이들의 팔은 여자아이들보다 강하다. 어떤 핑계를 대서든 남자아이들은 그녀의 허리를 감아 안았다. 그 팔에 감기는 것은 야릇했다. 처음에는 땀에 젖은 팔이 섬뜩했지만 그것은 곧 어떤 핑계를 대도 좋은 감촉이 되었다. 햇빛 아래에서 오래 놀면 머리가 핑글핑글 돈다. 태양은 그녀의 얼굴을 새까맣게 태운다. 이놈의 계집애, 밖에서 그만 놀아라. 엄마한테 엉덩이를 맞는다. 엄마한테 잡혀 들어간다. 여름은 아직 한참 남았다.

장마 뒤끝 어느 밤, 홍수가 졌다. 밤새 장대비가 내렸다. 장대비는 내리꽂히며 빙글빙글 물살을 일으켰고 마당 가운데 있던 연못을 깊숙이 뒤집어놓았다. 엄마와 아빠는 밤새 비를 맞으며 연못에서 금붕어를 떠다가 부엌에 있는 커다란 장독에 부었지만 수많은 금붕어가 어두운 소용돌이에 휩쓸렸다.

그녀는 어둠 속에서 금붕어가 물살을 타는 것을 보았다. 붉은 꼬리들이 소용돌이를 따라 빙글빙글 휘돌아가는 것을 보았다. 소용돌이는 금붕어를 싣고 담벼락 쪽으로 길게 길을 냈다.

태양은 과도하게 내리쬐었다. 홍수의 흔적은 번득이는 황금빛 길로 남았다. 태양은 금붕어의 배 위에서 찬란하게 빛났다. 어린 그녀는 금붕어가 배를 드러내고 누워 빛을 발하는 길을 따라 담장 끝까지 걸어갔다. 홍수는 빙글빙글 돌며 금붕어를 실어갔고, 태양은 빙글빙글 돌며 금붕어를 반짝반짝 태웠다. 아직 꼬리를 파다닥 떠는 금붕어도 있었다. 꼬리가 파다닥 움직일 때마다 햇빛이 파다닥 튀었다.

아침 내내 금붕어 길을 천천히 오고 갔다. 조금 전에 꼬리로 햇빛을 내리치던 금붕어가 숨을 할딱였다. 섬뜩했다. 금붕어가 그렇게 죽는 줄 몰랐다. 그녀가 발을 담그고 손을 담그며 놀던 연못이었다. 익숙하고 친숙한 금붕어는 너무나 두려운 낯선 죽음이 되었다. 그녀의 손을 스치며 오고 가던 금붕어들이 그렇게 죽었다. 금붕어의 배에서 튕기던 황금빛 반짝임은 태양빛이 아니고 금붕어가 죽어가면서 남긴 빛이었다. 장대비가 깊은 못 속에서 끌어올리고 쨍쨍한 태양이 죽였다. 과도한 것은 금붕어를 죽인다. 그녀는 쪼그리고 앉아 죽어가는 금붕어를 바라보다가 친구 엄마의 얼굴을 떠올렸다. 뜻을 알 수 없는 눈으로 그녀를 뚫어지게 바라보던 친구 엄마를 떠올리자마자 그녀는 구토를 했다. 목이 쌔하게 아프도록 토했다. 기분이 나빠져서 그날은 숨바꼭질하는 데 나가지 않았다. 친구들이 여러 번 와서 불렀지만 그녀는 어두운 대청마루 안쪽에 앉아 흥, 했을 뿐이다. 며칠 동안 나가지 않자 친구들이 더 이상 부르러 오지 않았다. 금붕어 대신 태양에게 무언가 갚아준 기분이었지만 개운하지는 않았다. 남자아이들은 학교를 오가는 동안 그녀를 마주쳐도 숨바꼭질할 때처럼 친근하게 다가오지 않았다. 대신 힐긋거리며 저희들끼리 수군댔다. 가끔 한두 녀석은 그녀에게까지 들릴 농담을 하기도 했다. 이를테면, 미꾸라지야, 미꾸라지, 라고 했다. 그게 무슨 뜻인지 그녀는 몰랐지만 들은 척도 하지 않았다. 숨바꼭질에는 다시 나가지 않았다. 동네 남자아이들과의 실랑이가 그립기도 했지만 단호히 끊어야만 할 것 같았다. 왠지 그래야 죽은 금붕어들을 위하는 일인 것 같았다. 친구들이 다 멀어졌다.

하지만 그때의 그 친구는 한동안 친구로 남겨두었다. 그 야릇하게 기분 나쁜 친구 엄마를 더 보고 싶었기 때문이다. 그 아줌마는 손을 탄다는 게 무슨 뜻인지 정확히 알고 있을 것이고 왜 그런지는 모르지만 그 아줌마는 손을 많이 탄 사람 같았기 때문이고, 손을 많이 탄 그 아줌마의 어떤 것이 궁금했기 때문이다. 그 아줌마는 어쩐 일인지 단 한 번 그녀에게 관심을 보인 뒤로는 전혀 알은척을 하지 않았다. 거실을 마음껏 어지럽혀도, 주방에서 마음껏 아이스크림이나 쿠키 같은 것을 먹고 있어도 간섭하지 않고 지나갔다. 일부러 관심을 끌어보려고 아줌마를 빤히 쳐다보아도 아줌마는 그녀가 왔는지 보지도 않은 것 같았다.

그녀는 드디어 친구 엄마의 관심을 끄는 데 성공했다. 둘이서 바비인형의 옷을 만든다고 친구의 옷을 꺼내 가위질을 하고 있을 때 친구 엄마는 그녀들 앞에 와서 내려다보았다. 너네들 뭐 하니? 옷을 난도질을 해봤네? 그녀는 두 눈을 똑바로 뜨고 올려다보며 물어보고 싶었던 것을 물어봤다. 남자 손을 탄다는 게 무슨 뜻이에요? 친구 엄마는 무슨 생뚱맞은 소리냐는 듯 눈을 잠시 동그랗게 뜨더니 이내 평소처럼 아무것에도 관심이 없는 시큰둥하고 심드렁한 얼굴로 돌아왔다. 남자한테 먹히기 쉽다는 거지. 그렇게 또 무시무시한 말을 내뱉고는 어디론가 들어가버렸다. 남자한테 먹힌다고? 먹혀? 사람이 사람을 먹는다는 거야? 또 하나의 의문을 던진 채 친구 엄마는 사라졌다. 그녀는 친구의 옷을 가위로 마구 잘라놓았다. 마구 잘라놓은 옷 조각들은 언뜻 보기에 친구 엄마처럼 보이기도 했다. 친구가 엉엉 울었다. 잘린 옷 조각이 섬뜩해서 운 것이 아니다. 바비인형의 옷이 된 것도, 친구의 옷으로 남은 것도 아니어서 그랬을 거다. 엉엉 우는 친구를 놔두고 일어나 집으로 왔다. 그녀는 무딘 친구를 경멸했다.

자라는 내내 남자들의 시선과 손길은 도처에서 날아들었다. 섬뜩함은 익숙함 또는 친근함으로 이어졌다. 그럴 수밖에, 세상은 남자와 여자가 서로를 바라보고 만지고 실랑이하게 되어 있는 것이었으니까. 남자의 땀에 젖은 손은 처음 잡기에는 좋지 않았지만 곧 익숙해져갔다. 첫 경험을 나눈 남자와는 헤어지면 안 될 거라 생각했지만 고등학교 3학년 말이라는 시기는 세상 어느 것도 기약할 수 없고, 자기 자신을 믿을 수도 없으며, 심지어 이전과 이후로 분절되기 좋은 시기였다. 소녀는 졸업하기 직전과 직후에 자신의 태도가 완벽히 달라져도 상관없다는 것을 깨달았다. 졸업하기 직전에 첫 경험을 같이한 남학생은 첫사랑을 이루어야 한다는 과업을 짊어지고 그녀를 평생 떠나지 않을 거라고 다짐했다. 그녀는 첫 경험을 두 번 같이했지만 헤어져도 상관없다고 말했다. 첫사랑을 어떻게 이루어야 하는지는 결코 합의될 수 없었고 그녀는 소녀 시절을 끝내고야 말았다. 이제부터 영원히 나는 내 몸의 주인이 될 것이다. 그녀는 첫사랑 앞에서 선언했다. 첫사랑은 무턱대고 고개를 끄덕이며 네가 허락하기 전에는 네 몸에 손 하나 대지 않겠노라고 따라 선언했다.

그녀는 첫사랑의 선언 따위 아무 생각이 없었다. 이미 두 번 몸을 섞어봤지만 느낌은 아리송했기 때문에 얼른 다시 몸을 섞고 싶었을 뿐이다. 어떤 느낌이었지? 왜 아무 기억이 나지 않지? 소녀와 숙녀 사이에는 기억을 차단하는 무언가가 있는지도 모른다는 생각이 들었다. 그녀는 서둘렀다. 어서 바지를 벗어. 그녀의 당찬 말투에 첫사랑은 어리벙벙한 표정을 지을 뿐 벨트를 풀지도 못했다. 그녀는 손수 첫사랑의 벨트를 풀고 지퍼를 열고 바지를 끌어내렸다. 그리고 남자의 성기를 두 눈을 똑바로 뜨고 바라보았다. 너를 기억하겠어. 앞으로 내가 만날 수많은 성기들 중에서 너를 기억한다는 뜻이 아니야. 너 때문에 내가 어떤 기분이 되는지를 기억하겠다는 뜻이야. 첫사랑은 무슨 뜻인지 모르겠지만 어쨌든 그녀가 영원히 기억하겠다니 무척 기분이 좋았는지 어린 아이처럼 아랫배를 불쑥 내밀었다.

세번째 성교에서도 그녀가 느낀 것은 느낌이 분명하지 않다는 것이었다. 왜 분명한 느낌이 없지? 성교인데 말이야…… 할 때는 분명히 뭔가 있었는데, 왜 끝나고 나면 뭐였는지 알 수 없게 되어버리는 건지 알 수가 없었다. 그녀는 고개를 갸우뚱거리며 다시 첫사랑의 팬티를 벗겼다. 성교를 할 때 느끼는 것을 확실히 알기 위해 열심히 성교를 했다. 첫사랑과의 관계는 그녀가 마침내 그 느낌을 완전히 알게 될 때까지 이어졌고, 그때가 되어서야 비로소 끊겼다. 그녀는 이제야 그 느낌을 알게 되어서 홀가분해졌고 첫사랑도 소임을 다해 기쁘다는 듯 홀가분하게 떠나갔다. 이전과 이후는 툭 부러지듯 끊겼다.

그 후로도 그녀는 집요하게 손이 탄 것을 찾았다. 손톱 끝에 톡 걸려서 올이 나가는 스타킹은 특히 그녀의 경멸을 샀다. 무심한 남자의 손길이 등을 훑을 때 자기도 모르게 오소

소 소름이 끼치고 말면, 그녀는 스스로를 미워했다. 가느다란 입김에도 쉽게 변하는 목덜미를 미워해서 그녀는 목을 쓱쓱 문질렀다. 손을 탄다는 말과 함께 냉랭한 여자의 눈과 뺨이 떠올라 자신이 마치 신탁을 받들고 있는 것처럼 느껴졌다.

　그녀의 두번째 남자 친구는 미국에서 고등학교와 대학교를 마치고 홀로 한국으로 돌아온, 교포의 자녀였다. 나이 차이가 상당히 났는데 그녀는 그것이 불안했다. 남자가 그녀를 다루는 데 매우 능숙해 보였고 그녀는 그것이 나이 많은 남자의 특징이라고 생각했다. 나이가 많으니 경험이 많을 테고 당연히 여자를 다루는 데 능란할 것이고 순진한 여자를 속이는 법도 잘 알 것이라고 짐작했다. 그녀는 남자가 자기를 순진하게 볼까 봐 걱정했다. 순진한 여자는 속일 수 있다고 생각하겠지. 내가 순진하지 않다고 생각하면 감히 속인다거나 하는 짓은 하지 않을 거야. 그녀는 자리에 앉을 때도 등을 의자에 기대 반듯하게 세운 다음 천천히 다리를 꼬아 올렸다. 길게 찢어진 스커트의 슬릿이 벌어지면 남자의 시선이 무릎을 타고 허벅지 위로 미끄러져 올라오는 것을 볼 수 있다. 저 눈길을 치우려면 짧게 그의 눈을 찌르듯 바라보는 게 필요하다. 그러면 남자는 들키지 않은 척 여자와 눈을 맞추게 되어 있고 그때를 틈타 머리카락을 넘겨주면 남자의 시선은 또 여자의 목덜미를 쓰다듬을 것이다. 시선은 목덜미를 타고 내려와 가슴 언저리를 맴돌겠지. 저 속으로 어떻게 들어가나, 그런 궁리를 할 거다. 이런 게 싫다고? 싫으면 남자를 만나지 말 일이다. 여자와 남자는 어차피 이런 실랑이를 하게 되어 있으니까.

그녀는 남자와 함께 있어도 시야에서 벗어난 손이 자기를 쓰다듬거나 만지는 것을 견디지 못했다. 방심한 채 앉아 있다가 남자 친구가 무심코 손을 올려 귀밑머리를 만지거나 하면 그녀는 소름 끼쳐하며 손을 뿌리쳤다. 그는 오히려 그런 여자를 재미있어 했다. "너, 나랑 사귀고 싶은 거잖아. 그런데 왜 그렇게 스킨십을 싫어해?" 남자가 물었다. 그녀는 인상을 찌푸리고 말했다. "내 몸을 만질 때는 허락을 받고 만져줘." 남자는 마구 웃어댔다. "네 머리카락 한 번 만지는 데도 허락을 받아야 돼? 야야, 너 참 재밌다." 남자는 그녀가 싫어하는 걸 알고 나자 더욱더 장난을 쳤다. 간지럼을 태우기도 하고 머리카락을 잡아당기기도 했다. 등 뒤에서 덜컥 어깨를 잡아서 놀라게 하는 것도 즐겼다. 그녀는 표정을 굳히고 몸을 딱딱하게 긴장시켰다. 그녀는 마침내 남자를 옆에 앉지 못하게 했다. 손가락으로 앞자리를 가리켰다. "저쪽으로 가." 남자는 그제서야 그녀를 다독였다. "알았어. 알았다구, 네가 원하는 대로 할게." 그녀는 찌푸린 인상을 펴지 않았다. 능란한 남자는 결코 무리하지 않는다. 그렇게 해서 구태여 사태를 악화시킬 필요가 없다고 생각한다. 여자들은 치켜세워주면 되거든, 그렇게 배워왔다.

짐작했던 대로 남자는 능숙하게 그녀의 옷을 벗겼다. 벌거벗은 그녀를 마주 세우고 그가 말했다. "너는 린다야, 나는 너를 올라탈 거야." "린다, 라니 여자 이름 아냐? 그게 나야?" 그녀가 샐쭉해지며 물었다. "그래. 예전에 미국 차 광고에 그런 게 있었어. 멋진 새 자동차가 말쑥하게 차려입은 남자 앞에 쓱 굴러와서 서는 거야, 그리고 I'm Linda, You ride me, 라는 카피가 위에 깔리는 거지. 나는 네가 내 앞에 다가올 때 매끈하게 쭉 빠진 스포츠카가 스윽 굴러오는 줄 알았어. 그때 이 여자를 타고 말아야지, 하고 생각했어." 그녀는 점점 기분이 나빠졌다. "그런 촌스러운 이름으로 부르지 마." 능란하지 못한 그녀는 나쁜 기분을 표시한다는 게 고작 이 정도였다. 남자는 눈치채지 못하고 계속 말했다. "그럼 뭐라고 불러줄까. 데이지 어때? 이쁘지 않아?" "그거 꽃 이름 아냐?" "그게 꽃이야? 얌전하면서도 풍만한 여자 같지 않아? 데이지로 부를게." "싫어. 나는 그런 이름 싫어." "그럼 너를 뭐라고 부르면 돼? 네 이름 부르지 말라며." "린다나 데이지, 이런 촌스러운 이름밖에 생각 안 나? 내가 다른 이름 생각해볼게." 미간을 찌푸리고 생각해봤지만 딱히 떠오르는 이름이 없어서 말을 못했고 그냥 데이지로 불렸다. "그리고 내가 올라탈 거야. 올라탄다는 건, 이렇게 하는 거잖아." 그녀는 남자를 밀어서 눕히고 올라탔다. 오토바이에 올라타듯, 자전거에 올라타듯, 가랑이를 벌리고 안정감 있게 올라탔다.

고함을 지르며 그녀를 잡아먹을 듯이 성교에 임했던 남자가 일을 마치고 나자 낮고도 작은 목소리로 말했다. "먹혀버린 거 같아. 거기가 없어져버린 거 같아. 아무 느낌도 없어." 나른하게 누워서 가쁜 숨을 고르고 있던 그녀는 소스라치게 놀랐다. 섬뜩했다. 나른하게 풀어지던 의식을 무언가가 쿵 때렸다. 먹혔다고? 어린 시절 너 같은 애는 남자의 먹잇감이 되기 쉽다고 말하던 친구의 엄마가 떠올랐다. 그녀는 아직까지 성기가 가득 찬 느낌인데 그는 거기가 없어졌다고 하는 게 아닌가. 그렇다면. 그녀는 다리를 벌리고 사타구니 사이로 손을 넣었다. 거기는 아무것도 없기도 하고 가득 차 있기도 했다. 남자는 너에게로 들어가 자기 몸을 잃었다고 말하고 있었다. 그녀는 온몸을 뒤덮은 소름 속에서 차츰 어떤 희열을 느꼈다. 소름은 돋을 때보다 천천히 가라앉았지만 그 속도에 맞춰 기쁨이 피어났다. 내가 너를 먹어버린 거지? 그녀는 가죽을 뒤쫓아 스피드를 올리는 퓨마를 그려보았다. 옆에 누운 남자의 엉덩이를 도닥거려주려다가 목덜미를 한 번 혀로 핥고 깨물었다. 남자는 또다시 몸을 일으키려 했지만 그녀는 남자의 가슴을 눌러 도로 눕히고 속삭였다. 충분해, 그만하면 충분해.

그 남자는 한동안 그녀에게 열을 올렸다. 그녀 역시 그에게 열을 올렸다. 그 남자는 여자에게 몰래 다가가 등을 쓸어내릴 때마다 화다닥 일어나는 소름을 즐겼고, 그녀는 기분이 나빠져서 뺨이라도 한 대 올려붙일 것처럼 쏘아보다가 잡아먹을 듯이 올라탔다. 이건 남들이 말하는 사랑의 방식은 아닌 것 같았지만, 이미 그녀는 남들이 말하는 사랑에서는 멀리 떠나온 것이니 다시 돌아갈 수는 없다고 생각했다.

남자를 만날 때는 성교에 몰두하고, 연애가 끝나고 공백기가 이어지면 손을 탄 것을 찾아다녔다. 그녀는 자신이 외로움을 타는 성격이 아니라고 단정하고 있었기 때문에 외롭다고는 생각하지 않았다. 그저 새로운 연애가 필요하다고 생각했을 뿐이다.

하지만 언제부턴가 새로운 연애는 쉽지 않았다. 외로움은 기운이 몹시 성하고 독했다. 그녀가 인정하든 안 하든 그것은 그녀를 파고들었다. 외로움은 두려움도 불러일으켰다. 외로움은 치졸함도 불러일으켰다. 외로움을 탄다는 것은 앞뒤 분간을 하지 못하게 만든다는 말이었다. 안 하던 짓도 하게 만들었고 부끄러움도 모르게 만들었다.

그녀는 며칠 전 함께 술을 마신 남자를 생각했다. 업무에 관한 일로 가끔 만나야 하는 사람인데 이것저것 따질 것도 없이 몹시 까탈스럽다는 것 하나만으로도 불편하기 짝이 없는 사람이었다. 그녀는 아무리 외롭다 해도 그를 만나고 싶지 않았지만 그 까탈스럽기 짝이 없는 남자는 그녀를 만나고 싶어 했다. 밥이 맛있을 리 없고 술이 잘 넘어갈 리 없지만 말을 하기 싫으니 무언가 먹어야 했고 그를 보기 싫으니 거품이 부글거리는 술이라도 보고 있어야 했다. 그런 것도 모르고 그 남자는 먹성이 좋다느니 술도 잘 마신다느니 칭찬인지 흉인지 모를 말을 백번쯤 반복했다. 그 사이사이 우울해 죽겠는데 너를 만나니 조금은 살 것 같다는 말을 끼워 넣었다. 그 두 가지 말만으로 밤을 새울 수 있는 남자 같았다. 그녀는 당신을 이런 자리에서 한 번이라도 더 만나면 죽을 것 같다는 말을 삼키느라 좋아하지도 않는 두부김치며 파전이며, 오뎅 국물을 쉼 없이 먹어대야 했다. 배가 불러 더 이상 먹을 수 없을 지경이 되어서는 심하게 태운 북어를 찢어 먹는 것에 집중했다. 불에 탄 데를 발라내느라 남자의 입을 쳐다보지 않아도, 남자와 눈을 맞추지 않아도 되었다. 지루한 남자를 만나는 것은 못된 남자를 만나는 것보다 훨씬 힘들었다.

남자가 집에 가려는 그녀의 허리를 끌어안았다. 술자리는 삼차까지 이어졌고 그녀는 삼차까지 어떻게 갔는지 기억에 남겨두고 싶지도 않을 만큼 취했지만 남자가 허리를 감는 것만큼은 확실히 알아차렸다. 허리를 감는 익숙하고 친근한 남자의 손길에 갑작스럽게 기분이 좋아졌다. 손을 잡는 것조차 싫은 남자였지만 그 순간 그 남자의 손은 여자를 끌어안고 입을 맞출 때 쓰는, 인류의 반에 해당하는 남자의 손일 뿐이었다. 그녀는 더욱 세게 끌어안도록 남자의 팔을 잡아당겨 감았다. 그리고 남자를 끌고 술집 사이의 골목길로 들어갔다. 그 길의 지형지물은 그녀가 잘 알고 있었다. 골목 안쪽에는 가까스로 걸터앉을 만한 화단이 있었다. 그녀는 남자를 화단 턱에 앉히고 바지를 내렸다. 남자에게 엉덩이를 들이댔고 남자는 그녀의 엉덩이를 안았다가 셔츠 사이로 손을 넣어 젖가슴을 더듬었다. 하필 바지를 입고 있을 게 뭐람, 불만은 그것 한 가지뿐이었다. 달빛에 드러나 있을 엉덩이가 조금 부끄러웠다. 남자가 성에 안 차는지 그녀를 내려놓고 화단 턱에서 일어났다. 그녀는 돌려세워졌고 남자는 이런 일은 처음이야, 하면서 행복해했다.

남자는 버클을 채우고 몸가짐을 단정히 한 뒤에 예의를 차리며 말했다. 이렇게 하려던 것은 아닌데…… 왜 그렇게 갑작스럽게 흥분했어? 그녀는 빙긋 웃어주었다. 내가 하고 싶었어요. 남자의 얼굴에서 부드러운 미소가 가셨다. 헛기침을 한 번 했을 뿐 어떤 말도 하지 못하고 남자는 몸을 돌려 골목을 나갔다. 그녀는 오늘 저녁 내내 수고한 값을 받는 것뿐이었다. 그는 다시는 그녀를 만나자고 하지 않을 것이다. 왜 그런지는 모르지만, 이런 경우 남자는 겁탈을 당했다고 생각하는 것 같았다.

그녀는 남자를 만날 때마다 뭔가 기대하고 기대했다. 손을 타는 것을 두려워하지 않고, 남자가 곁에 있어도 외로움을 타지 않으며, 남자가 자신을 지배하려 할 때 노여움을 타지 않고, 햇빛에 바래 낡아진 커튼처럼 사랑을 너무 많이 했다고 해서 자신이 낡아지는 것을 두려워하지 않을 그런 사랑, 혹은 사람을 기대했다.

그 무엇에도 홀리지 못하는 한 여자가 어리둥절한 표정으로 햇빛에 바짝 탄 대지 위에 홀로 서 있었다. 모래를 안고 불어오는 바람도 없고, 그녀를 부르는 어떤 소리도 없으며, 물기는 더더구나 없고, 움직이는 곤충 한 마리조차 없는 대지 위에서 그래도 그녀는 무언가를 기대했다. 어렸을 적 너무 높은 문턱에 걸려 넘어진 여자는 자기를 만지는 남자에게 마음을 주면 마음을 뜯어먹힐까 봐 겁을 내고 있었다. 몸은 어차피 바깥에 접한 것이고, 바깥은 바깥과 교접해야 하지만 안쪽은 대체 어떻게 교접해야 하는 것일까.

외로움을 타다

1. 몸에 독한 기운 따위의 자극을 쉽게 받는다.
2. 부끄러움이나 노여움 따위의 감정이나 간지럼 따위의 육체적 느낌을 쉽게 느낀다.
3. 애간장이나 속이 달도록 몹시 마르다.

그녀가 들고 온 것이 데이지인지, 민들레인지 모른다. 그녀는 데이지라고 믿었다. 그날 밤 골목길을 돌아들 때 가로등 아래 놓인 작은 화분에서는 꽃 이파리가 등각나선으로 하나씩 돋아나고 있었다. 그녀는 화분 앞에 쪼그리고 앉았다. 꽃을 들여다보았다. 아주 작은 노랑 씨앗 같은 꽃잎이 저 안쪽

에서 돌아 바깥쪽으로 돌아 나가면서 쑥쑥 커갔다. 고궁 경
내를 돌면서 관광객에게 궁궐의 역사와 건축 양식에 깃든 사
상 등을 설명하는 일을 하는 그녀는 안뜰에 심겨진 나무며 꽃
에 대한 설명까지 해야 해서 웬만해서는 꽃 따위에 마음을 쏟
거나 빼앗기는 여자가 아니었다. 게다가 눈에 띄는 꽃도 아닌
민들레인지 데이지인지 하는 꽃에게는.

그 길은 매일 지나다니는 길이었고 그 모퉁이 집은 꽃집이
었으니 항상 꽃이 가게 앞까지 나와 있었다. 밤이면 꽃들을
다 안으로 들여놓을 텐데 웬일인지 그날은 그 화분 하나만 문
턱에 남겨져 있었다. 그녀는 꽃집을 경멸하는 편이었다. 꽃이
피는 계절이면 봄을 탄다면서 호들갑 떠는 사람들이며 꽃을
한 아름 안고 자랑스럽게 꽃집을 나오는 사람들이며, 꽃 하나
가지고 우주의 이치를 깨달은 듯 대단한 의미를 부여하는 이
들을 보면 경멸을 실어 가볍게 웃어주곤 했다. 이 사람 저 사
람 한번씩 만져보는 꽃이 뭐 대수라고. 그런 그녀가 꽃 앞에
쪼그리고 앉아 있었다. 흔하디흔한 데이지를 보며.

그녀는 그날 술을 좀 마셨다. 햇빛이 바짝 타오른 날, 고궁
을 다섯 차례나 돈 그녀는 목도 마르고 피부도 바짝 말랐기
때문에 물이 필요했다. 그녀는 털이 많은 편에 속했다. 팔등
에도 다리에도 바깥쪽으로 가는 털이 곱게 누워 있었는데 언
제부터인지 털이 사라져갔다. 겨드랑이에서도 감쪽같이 사라
졌다. 한쪽으로 곱게 자라 곱게 누워 있던 털들이 사라졌다.

치모까지 사라질까 봐 그녀는 좀 걱정되었다. 햇빛에 많이 노출되어서 그런 건 아닐까, 물이 마르니 물을 먹어야 사는 풀이 마르듯 털이 마른 거 아닌가, 생각했다.

술을 마셔서 물이 찰랑찰랑해서인지 꽃잎이 소용돌이처럼 생장하는 데이지를 안아 들었다. 봄날 밤은 낮과 달리 쌀쌀했고 꽃잎 피는 것 보자고 오래 앉아 있자니 추웠는지 모른다. 아니, 연애한 지 몇 달 되어서 무언가는 품에 안아야 잠이 올 것 같았을 뿐인지도 모른다. 화분의 크기가 보통 남자들의 머리 사이즈는 되어서 맞춤했던 것 같다.

그녀는 화분을 방 안에 들여놓고 잠이 들었다. 다음 날 눈을 떴을 때 데이지는 이미 다 피어 있었다. 데이지꽃은 탐을 내고 훔쳐오기엔 너무나 소박해서 피식피식 웃음이 나왔다. 피보나치수열을 입증하는 완벽한 등각나선의 노랑 술들을 한참을 들여다보았지만, 거기에서 무엇인가를 읽어낼 수 있는 것도 아니었다. 수많은 꽃들 중에서 고른 것도 아니고, 이름이 데이지인 그것이 깊고 쓸쓸한 밤 길모퉁이에 혼자 나와 앉아 있었고, 그냥 그렇게 소박하다 못해 촌스러운 꽃을 집어온 것뿐이었다. 그녀는 화분을 안아 들고 골목 모퉁이 꽃집에 도로 갖다 놓았다. 내려놓을 때는 마치 안고 있던 남자를 떼어놓는 듯하긴 했다. 화분을 가져다 놓으면서 남의 물건을 들고 왔다는 께름칙한 기분까지 함께 버렸을 것이다. 기억에 남아 있지 않을 수 있었던 사건이었다.

어느 날 한밤중에 그녀는 오줌이 마려워 잠이 깼다. 술을 많이 마셔서 몸 안에 물이 찰랑거리면 자다가 한 번쯤 일어나는 것은 흔히 있는 일이었다. 불도 안 켜고 손으로 더듬거리며 화장실을 다녀와서 침대에 누우려다가 소스라치게 놀랐다. 머리맡에 버티고 선 무언가를 싸안고 자빠질 뻔했기 때문이다. 그녀는 침대 옆의 스탠드를 켰다. 스케치북만 한 칠판이 올려진 사다리꼴 받침대였다. 작은 칠판에는 점심 메뉴로 작은 그림들과 함께 파니니, 과일주스, 포테이토 수프, 홈메이드 샐러드라고 쓰여 있었다. 그녀는 어이가 없어서 헛웃음을 웃었다. 이걸 설마 배가 고파서 가지고 온 것은 아닐 테고, 중얼거리다가 데이지 화분을 기억해냈다. 두번째 도둑질인가?

흰색 분필로 그려진 파니니 그림을 손가락으로 문지르면서 기묘한 기분을 느꼈다. 아무리 생각해봐도 어느 카페에서 가져온 것인지 기억이 나지 않았다. 마지막 술집은 기억하지만 거기에서부터 걸어온 게 아니라면 택시를 탔을 테고 집 앞 큰길에서 내렸을 것이다. 그런데 큰길에서부터 집까지 오는 골목에는 카페가 없다. 그리고 큰길가 주변에도 이런 입간판을 놓은 카페는 없었다. 그렇다면 도대체 이건 어디에서 들고 온 것이란 말인가. 왜 지난밤에는 평소와 달리 먼 데서 택시를 내려 걸어왔단 말인가, 왜 하필 카페의 메뉴판일까. 거기에 대단한 이유가 있을 리 없었다. 단지 이것이 길가에 서 있었을 테고, 혼자 서 있는 그것이 단순히 외로워 보여서 안아 주었을지도 모른다. 그녀는 칠판과 사다리꼴 받침대를 어루 만져주고는 침대에 누웠다. 새로운 연애가 필요한가, 싶었다. 그날이 그 까탈스러운 남자를 겁탈하듯 올라타고 돌아온 날 이었다. 외로움을 타나 보네, 그녀는 중얼거렸다. 잠은 다시 오지 않았다.

청사초롱을 집어 들었다. 이건 그 녀석 때문에 집어온 것이 군. 고궁 관광객 접대부서 직원들은 일주일에 한 번은 전체 회식을 해야만 했다. 관광객에게 시달리는데 정신 건강을 위 해서라도 종종 청량한 맥주를 부어주어야만 한다는 신념을 가진 사람들이었고 그들에게 미치기 직전이란 일주일의 고된 접대를 마치는 날의 저녁을 의미했다. 여느 회식이나 마찬가 지로 회식 시간은 화기애애하고 지루하고 굴욕적이고, 모두 들 기억을 잃는 음주 시간이 아니던가. 그녀는 이 지루한 시 간을 어떻게든 잘 넘기기 위해서 옆에 있는 직원에게 계속 술 을 따르게 했다. 옆에 있는 직원은 그녀보다 한참 어린 신입 사원이었다. 회식 자리에서 선배를 챙기도록 가르치는 건 그 녀의 업무 중의 하나였다. 그런데 스물일곱의 신입은 애인의 전화를 받느라 선배를 제대로 챙기지 못했다. 그녀는 술잔을 스스로 채우기를 다섯 번쯤 하자 당장 내일부터 일을 두 배로 늘려주고 잔소리를 세 배쯤 더 해주기로 결정했다. 신입은 선 배로부터 잔소리 들으랴 화가 난 애인 달래랴, 어찌할 줄을 몰랐다. 마지막으로 그녀는 술집 기둥에 매달린 청사초롱을 떼어내겠다고 발돋움을 했고 신입은 그녀를 말리느라 울상이 되어버렸다.

들고 안고 업고 올 수 있는 물건을 가져오는 것은 이해 가능한 일이다. 그런데, 요즈음 그녀의 괴상한 버릇은 도를 넘어섰다. 키가 자기보다 훨씬 큰 나무 장승까지 가져왔다. 그녀는 이제 나쁜 버릇을 통제할 생각을 버렸다. 더불어 길거리 사물들 콜렉션을 은근히 즐기게 되었다. 정적이 가득한 주말. 아무런 이야기도 나누지 않는 그녀의 방에서는 이제 무언가가 수런대기 시작했다. 그녀는 현관 앞에서부터 아무렇게나 부려진, 훔쳐오고 들고 온 것들을 관람하곤 했다. 이것들은 나름대로 하나의 거리를 만들고 있었다. 연애하는 남자가 아닌 남자들을 만난 날 그녀는 무언가를 훔쳐오곤 해서 기억과 물건이 나란히 짝을 지어 서 있었다. 기억이란 것은 저 깊은 곳에 숨어 있는 이야기를 꺼내게 하고 주절거리게 만드는 법. 길거리 메뉴 입간판 옆에는 까탈스럽기 그지없는 박물관 직원이 겁탈 당한 사실을 어떻게 해석해야 할지 알 수 없어 언짢은 표정으로 엉거주춤 서 있었고, 술집에 매달렸던 청사초롱 옆에는 회식 중에 여자 친구에게 걸려온 전화를 받느라 열 번은 들락거린 좀생이 남자가 얼른 집에 들어가야 하는데 술 취한 여직원 수발하느라 짜증 나 죽겠다는 얼굴로 서 있었으며, 무서운 표정의 장승은 그녀를 자주 혼내는 주임과 짝을 지어 길을 내고 있었다.

데이지를 도로 가져다 놓은 것이 아쉬웠다. 그건, 그녀를 데이지라 부른 남자를 추억할 수 있는 근거가 될 뻔했다. 없어졌으니 없는 사물에 기억이나 흔적이 남아 있을 리 없다. 데이지가 없어졌으니 애인은 없어진 것이고 애인 아닌 사람들로 그녀의 방은 가득 찰 것이었다. 그녀는 애인이 없어도 제법 이야기가 만들어지고 애인 아닌 사람에 의해 생긴 이야기는 상처나 흔적이 훨씬 적을 수 있다는 것을 알았다. 더불어 조롱거리가 될 수도 있다는 것도 알게 되었다. 먹거나 먹히는 섬뜩한 기억은 시간이 지나면 때로 조롱으로 뒤바뀌었고, 그것이 안전을 보장했으나 무엇이 더 좋은지는 여전히 알 수 없었다. 애정이 깊이 담긴 손길이라면 얼마든지 타고 싶었지만 실제로 어떤 형태로 이루어지는지 분간하지 못했다. 이른 나이에 남자에 대한 면역주사를 맞고 시작한 삶은 애초부터 금붕어가 죽어나가는 연못 같은 것인지도 모른다. 이제 다른 연애를 하고 싶었지만 기우뚱한 연애 습관을 어떻게 바꾸어야 하는지 알 수 없었다. 과잉은 결핍이었다.

봄을 타는 사람들은 그녀의 궁으로 몰려들었다. 꽃에 자기를 빗대서 상상하기 좋아하는 관광객들은 아닌 게 아니라 꽃과도 흡사하게 붉은 얼굴로 그녀의 설명에 귀를 기울였다. 아니, 그들은 이야기에 귀를 기울이는 게 아니라 이야기의 숫자에 귀를 기울였다. 그들은 꽃이 많은 곳, 전각이 많은 곳, 사람이 많은 곳, 이야기가 많은 곳에 몰려든 것이다. 이야기가 많으면 많을수록 좋을 뿐이다. 익숙한 길을 돌고 또 돌며 낡고 낡은 이야기를 자동 테이프처럼 되풀이하다 보면 그녀는 몸이 완전히 닳고 닳아 바짝 탄 기분이 들었다. 권태는 그녀의 걸음을 느리게 만들고, 방심하게 만들고, 이야기는 늘어지게 만들었다. 이야기하는 도중에 시선을 돌려 해찰을 하는 버릇도 있었다. 권태에 빠진 그녀를 관광객은 그냥 두지 않았다. 그럴 때면 관광객 중에서 누군가가 반드시 목소리도 날카롭게 질문을 했다. 이야기를 빨아내고야 말겠다는 듯 핏발 선 시선이 방심한 그녀를 깨웠으며 그녀를 섬뜩, 놀라게 했다.

그럴 때 그녀는 등각나선을 타러 갔다. 그녀는 나선형의 생장점, 점으로도 표시할 수 없는 그곳으로 빠져들고 싶었다.

타다 2

타다

「동사」

1. 어떤 조건이나 시간, 기회 등을 이용하다.

2. 불씨나 높은 열로 불꽃이 일어나다.

3. 타고나다(복이나 재주, 운명 따위를 선천적으로 지니고 나다).

4. 액체에 가루 따위를 섞다.

5. 먼지나 때가 타다.

6. 몸에 독한 기운 따위의 자극을 쉽게 받는다.

7. 부끄러움이나 노여움 따위의 감정이나 간지럼 따위의 육체적 느낌을 쉽게 느낀다.

8. 악기의 줄을 튕기거나 건반을 눌러 소리를 내다.

9. 목화를 씨아로 틀어서 씨를 빼내고 활줄로 튀기어 퍼지게 하다.

10. 사람이나 물건이 많은 사람의 손길이 미쳐 약해지거나 나빠지다.

11. 물건 따위가 가져가는 사람이 있어서 자주 없어지다.

12. 박 따위를 톱 같은 기구를 써서 밀었다 당겼다 하여 갈라지게 한다.

13. 콩, 팥 따위를 맷돌에 갈아서 알알이 깐다.

14. 몫으로 주는 돈이나 물건 따위를 받다.

15. 탈것이나 기구를 타다.

불에 타다

그가 무슨 소리를 듣고 눈을 번쩍 뜬 것은 새벽 네시였다. 방문을 열자마자 어둠 속에서 빨갛게 타고 있는 냄비가 보였다. 달려가서 가스레인지 레버를 돌려 껐다. 냄비는 용광로에 담겼던 것처럼 달아올라 있어서 집을 수가 없었다. 그가 들은 소리는 아마 손잡이의 플라스틱이 스테인리스 틀에서 떨어지며 낸 소리였던가 보다. 아내는 거실 소파에서 자고 있었다. 주방에서 냄비가 타올랐고 플라스틱 타는 냄새가 가득한데도 수면제를 먹고 자는 아내는 일어나지 못했다. 냄비가 식기를 기다리고 있는데 탁, 탁 소리가 났다. 삼중바닥 냄비가 식으면서 삼중으로 붙어 있던 쇠가 제각각 떨어지는 소리였다. 냄비 바닥이 한 겹씩 부챗살처럼 벌어졌다.

아내 몰래 쓰레기통에 버리려고 손잡이를 잡아보니 아직 뜨거웠다. 입안이 바짝 타오르고 심장이 활활 탔다. 라면을 끓이려고 냄비에 물을 얹었을 텐데, 까마득히 기억이 나지 않았다. 그녀가 소파를 차지하고 자고 있으니 그는 물이 끓는 동안 방에 들어가 몸을 눕힐 수밖에 없었고 침대에 몸을 묻다 보니 깊이 잠이 들어버렸던 거다. 그는 식은 냄비를 재활용 바구니에 넣으며 다짐했다. 술을 마신 뒤에는 모쪼록 곱게 자자. 소파에서 자고 있는 아내를 훔쳐보며 방으로 들어왔다.

자리에 눕자 플라스틱 탄내가 방 안에 가득했다. 그가 잠에서 깬 것은 손잡이가 틀에서 떨어질 때 나는 소리 때문이었다. 술에 취한 잠 속에서도 타는 소리를 알아들은 것이다. 그의 귀가 그에게 소리쳤다. 무언가 타고 있다! 그가 또 불을 낸 것이다. 아무리 조심해도 불을 피할 수 없었다. 그는 불을 타고났다.

그는 불에 관해서라면 일가견이 있었다. 일가견이 있다고 해서 두려움이 없다는 뜻은 아니다. 그는 불 속에서 여러 번 살아 나왔다. 여러 번 살아 나왔다니 마치 자랑삼아 말하는 것 같아서 부연하자면 열일곱 살 때부터 정확히 두 번은 활활 타는 불 속에서 빠져나왔고 두어 번은 불길이 치솟기 전에 불을 껐던 경험이 있다. 그리고 두어 번은 불이 나서 바짝 탄 뒤에 현장에 달려간 적이 있다. 그래서 불똥이 튀는 기미만 보여도 그는 기민하게 행동했다. 열일곱 살 때 자취방에서 불이 났다. 그는 자다가 깨서 도망 나왔고 형은 불에 타 죽었다.

아무리 작게 타올라도 불이 붙을 때는 소리가 있다. 나무에 불을 댕길 때 여간해서 타지 않는다고 조바심들을 낸다. 그런데 여간해서 불이 붙지 않던 나무에 첫 불이 붙을 때는 소리가 제법 크게 난다. 나무에는 결이라는 게 있고, 그 결에는 공기가 들어 있게 마련이다. 타닥타닥하는 파열음이 들리기 시작할 때면 이미 불이 나뭇결 속으로 파고들었다는 것이고 한번 나무 속으로 파고든 불길은 여간해서는 잡을 수 없게 된다. 어떤 사람들도 마찬가지다. 발동이 한번 걸리면 그 어떤 신호에도 멈추지 못하고 내달리는 사람이 있다. 타고난 성격이 그런 것이다. 그들에게 닥치는 일들이란 자신이 불러들인 것이 태반이다.

종이에 불을 댕길 때 역시 소리가 난다. 종이는 탈 때 나비 날개처럼 날아오르기 때문에 마치 아무 소리도 없는 것처럼 느껴진다. 그가 열일곱 살에 처음 들었던 불의 소리는 형의 방에 있던 그 많은 책들이 타면서 내는 소리였을 것이다. 형의 방이 그토록 빨리 타버린 것은 종이가 검은 눈처럼, 검은 나비 날개처럼 예측할 수 없이 날아다니며 불똥을 퍼뜨렸기 때문일 것이다. 형의 방과 그의 방 사이에는 아주 작은 주방이 있었다. 그가 무슨 소리를 듣고 잠에서 깨어 방문을 열었을 때 주방의 이인용 테이블에 덮여 있던 천이 활활 타며 날아올라 막 문이 열린 그의 방으로 빨려 들어왔다. 그는 불붙은 테이블보가 덮치기 전에 밖으로 통하는 유일한 문을 열고 도망쳤다.

화재감식반이 집에 들어갈 때 그는 뒤에 바짝 붙어 따라 들어갔다. 형의 시신을 들어낸 방을 향해 얼마 안 되는 세간이 쓰러져 있었다. 식탁도 그쪽 다리는 바짝 타서 무너져 있었고 싱크대도 형의 방을 향해 무너져 있었다. 테이블 옆에 세워 두었던 기타일 거라고 짐작되는 형체가 형의 방 쪽으로 쓰러져 있었다. 서로 치려고 실랑이를 벌이던 기타였다. 물론 공부가 더 중요한 형보다 그가 훨씬 많이 차지했지만. 감식반원은 거침없이 형의 방으로 갔다. 그는 비틀거리며 문간에 있는 자기 방으로 숨어들었다. 두툼한 요를 얹어서 쓰던 작은 나무 침대는 완전히 타서 검은 재만 남아 있었고 책상도 앞쪽이 타서 엎어져 있었다. 무엇보다 컴퓨터 모니터가 책상에서 미끄러져 바닥에 떨어져 있었다. 본체 역시 까맣게 그을리고 녹아 있었다. 그는 남몰래 한숨을 내쉬었다. 야동을 보다가 켜둔 채 잠들었던 그날 밤. 그는 컴퓨터가 자신의 행적을 드러낼까 봐 걱정되었던 것이다. 다행히 모니터가 깨지고 본체가 녹아내림으로써 야동을 보다가 잠이 들어 첫 불의 소리에 깨지 못했다는 것을 아무도 알 수 없게 되었다. 그는 곧바로 집을 빠져나와 도망쳤다. 그의 방에서 형의 방은 몇 발짝 되지도 않았건만 그는 형의 방으로 뛰어들지 못했다. 그는 소리 없이 타오른 종이들을 원망했다. 소리가 크게 났거나 뭔가가 터졌다면 빨리 알았을 텐데.

자취방을 태우고 남은 재는 원래의 집기들처럼 그대로 남아 있었다. 진정한 원인, 즉 왜 형의 방에서 불이 났을까, 하는 것은 끝내 밝히지 못했지만 화재감식반은 모든 집기가 형의 방을 향해, 더 정확히는 형을 향해 쓰러져 있는 것을 확인했다. 형의 방에는 전기난로나 전기장판 같은 것도 없었으며 담배도 발견되지 않았다. 형의 베개에 알전구를 묻은 스탠드가 있었을 뿐이다. 오래 쓰던 스탠드라 갓이 다 부서져서 알전구만 남아 있었던 것이다. 몹시 추운 겨울, 대입 시험을 앞둔 모범생인 형은 스탠드를 켜고 책을 보다 잠이 들었을 것이다. 알전구는 형의 베개에 쓰러졌고 과열되었을 것이며 낡은 베갯잇은 금방 불이 붙었을 테고, 머리맡의 책과 노트는 불쏘시개가 되어줬을 것이다. 공부에 지쳐 깊은 잠에 빠진 형은 연기에 질식했을지도 모른다. 부모님과 동네 사람들은 아무리 과열되었다 해도 60와트짜리 전구 때문에 베개에 불이 붙을 수가 있느냐고 그를 다그쳤다. 그는 울부짖는 부모님과 감식반원 사이에 서서 감식반원들이 대답을 해주기를 기다렸다. 다행히 그들은 과열된 스탠드 하나로도 얼마든지 불이 일어날 수 있다고 말해주었다. 그러나 보고서에 쓰인 정확한 원인은 '불명'이었다. 타고 남은 재가 말해준 것은 형의 방에서 불이 시작되었다는 것뿐이었고 그는 보다 명확해 보이는 변명을 찾기 시작했다. 그는 살아 나왔으므로 뭔가 알고 있는 사람이 되어버렸다. 그는 사람들이 물을 때에도, 묻지 않아도 변명을 해야 했다. 그래서 그는 불에 대해 일가견이 없을 수가 없었다.

불이 난 집은 누군가는 치워야 한다. 쓰레기를 담을 봉투를 들고 잿더미 속으로 들어가자 그의 머리 위로 천장이 떨어져 내렸다. 모자와 마스크를 썼지만 채 가리지 못한 눈으로 재가 쏟아졌다. 온 집을 뒤덮은 그을음과 잿더미 속에서도 그는 불평을 하지 않았다. 젖어 있는 잿더미가 많아서 그나마 다행이라고 생각했을 뿐이다. 트럭을 한 대 불러놓고 트럭 기사와 함께 덜 탄 집기들을 꺼냈다. 유독성 연기가 끊임없이 흘러나왔다. 마스크와 목장갑, 긴팔, 긴바지를 입었지만 재는 온몸을 찔러댔다. 눈물이 줄줄 흘러내렸고 그 자리를 따라 뺨이 패듯 쓰라렸다. 형의 방에 들어갔다. 형의 방은 책장과 책상들이 완전하게 타서 들고 나가 버릴 것이라곤 컴퓨터밖에 없었다. 층을 이루고 곱게 탄 책장의 책들은 이 방이 다른 누구의 방도 아니라 형의 방이라는 것을 말해주었다. 공부밖에 하는 것이 없던 형의 방에서는 책과 노트, 이불이 탄 순수한 잿더미 외에는 나오는 게 별로 없었다. 손을 대자마자 모든 것이 연기를 피워 올리며 바스러졌다. 방금 탄 뜨겁고 순수한 잿더미들이 달려들어 온몸의 구멍으로 파고들었다. 작은 점이 하나씩 심어지는 것처럼 구멍들이 쓰라리고 따끔거렸다. 그의 방엔 최신 유행 앨범도 많았고 빨간 잡지도 많았고 작은 스피커와 역기도 있어서 타다 만 물건들이 제법 있었다. 그는 자신에 대해 노여움과 함께 부끄러움을 탔다. 누가 볼까 얼른 쓰레기봉투에 담아 내다버렸다. 잿더미를 수십 개의 비닐봉투에 쓸어 담고 묶어서 트럭에 던졌다. 나흘 만에 청소를 끝내고 나니 순수한 잿더미는 그의 피부에 1도 화상을 입혀놓았다. 한 곳이 톡 쏘듯 따끔거리기 시작하면 그것이 신호가 되어 일제히 퍼져나가던 아픔은 오래 기억에 남게 되었다. 그는 이후로 타는 듯한 감각을 느끼면 덮어놓고 도망치게 되었다. 자기 행적을 남몰래 없앨 줄 알게 된 것은 이때 몸에 밴 것일 수 있겠다.

불난 집을 치워놓고 그 집을 나왔다. 부모님이 집주인에게 손해를 배상했고 그는 혼자 살 집으로 떠나야 했다. 혼자 살 집을 향해 떠나면서 그는 심하게 떨었다. 좋은 것인지 두려운 것인지 분간이 안 갔지만, 좋기도 하고 두렵기도 했다. 세상 누구도 모르는 일이지만 결국 그는 형에게서 벗어나는 기회를 탄 것이 되었으니까.

그는 누워서 냄비가 타던 순간을 떠올렸다. 지워지기 어려운 냄새도 냄새지만 플라스틱 손잡이가 떨어지면서 낸 묵직한 소리가 뇌리를 울리고 또 울렸다. 그 소리에 비하면 삼중의 쇠가 타면서 낸 소리는 경쾌하다고 할 수 있었다. 까짓 냄비, 냄비는 그가 태워먹은 많은 것들에 비하면 신경 쓰고 말 것도 없는 하찮은 물건이었다. 그러나 그것은 전조일 것이어서 그는 잠을 이룰 수 없었다. 그는 자신의 실수에 너그러운 사람들과는 달랐다. 실수를 근절하기 위해 불을 일으킨 원인이 된 행위는 다시 되풀이하지 않았다. 담배로 불을 한 번 낸 이후로 담배를 끊었다. 이제 한밤중에 라면을 끓이다가 잠드는 일도 결코 되풀이하지 않을 것이다. 그러나 그가 아직 겪지 못한 불은 수없이 많을 것이다. 누군가가 그를 꽁꽁 묶어놓아도 그는 불을 낼지 모른다. 그는 불을 내는 인간으로 타고난 것이다.

그가 누워 있는 안방에는 침대 하나만 놓여 있었다. 장롱을 비롯한 세간은 모두 아내가 새로 구한 집으로 옮겨 갔다. 방 가장자리에 그의 옷가지를 담은 박스만 몇 개 널브러져 있었다. 거실에도 소파만 하나 남아 있었다. 아내가 그곳에서 잠을 잔다. 남은 두 개의 방도 텅 비었다. 아이들은 각자의 물건들과 함께 그녀의 집으로 들어갔다. 주방에는 그가 쓸 전기밥솥 하나, 냄비 두어 개, 프라이팬 한 개와 그릇 몇 개가 남아 있었다. 작은 냄비를 태웠으니 이제 중냄비 하나만 남아 있을 것이다. 그것 외에 남은 짐이라고는 그녀가 가져가봐야 아무 짝에도 쓸모없는 그의 공구들, 그러니까 일용할 양식을 벌어다주는 공구들이 창고 하나를 채우고 있을 뿐이었다. 가만히 있어 좀, 제발 좀 가만히 있어달라고, 움직이면 사고를 치네. 냄비를 태운 것을 보면 그녀는 또 그렇게 말할 것이다. 며칠째 그는 함부로 집어던진 옷가지 같았다. 아내에게 그는 움직이는 옷가지, 라면 따위를 끓이는 옷가지 이상 아무것도 아니었다. 그녀에게는 차라리 벗어던져진 채 가만히 있는 옷가지가 훨씬 쓸모 있을 게다.

그와 아내는 서류상 완전히 헤어진 상태였다. 집을 넘겨줄 때 받아야 할 잔금이 남아 있을 뿐이다. 잔금을 받는 즉시 정확히 둘로 나누고 아내는 아내의 집으로 갈 것이고, 그는 당장 집을 구해야 한다. 아내는 행여 그가 잔금을 받아가지고 달아날까 봐 집을 지키고 있는 것이다. 안방은 이제 들어가기도 싫다며 낡은 소파에서 수면제를 먹고 잔다. 그는 혼자 살

집을 구하러 부동산 업소에 가야 하지만 발이 안 떨어졌다. 형이 죽은 뒤 잿더미를 치우고 혼자 살 집을 구하러 다니던 때가 떠올랐기 때문이다.

냄비 타는 소리가 종이 타는 소리를 불러일으키는 바람에 이 생각 저 생각이 꼬리를 물고 이어졌다. 수면 중에는 다른 감각들은 다 잠이 드는데 청각은 완전히 잠들지 않는다고 한다. 대부분의 꿈은 외부에서 들리는 소리를 시각 이미지로 반영한 거라는 것이다. 잠귀가 밝다는 말은 있어도 잠눈이 밝다거나 잠촉이 밝다는 말은 없는 것이 그 때문이 아닐까. 그는 고개를 들어 다시 한 번 주방 쪽을 쳐다보았다. 가스 레버를 차단한 것은 확실했다. 그는 내일 일어나자마자 가스레인지와 냄비를 버리고 거래처에 전화해서 전기레인지를 갖다 달라고 할 것이다. 한심해 죽겠다는 아내의 얼굴을 보기 전에 레인지를 바꿀 수는 없을 테니 최대한 빨리 집을 나가는 수밖에 없다. 다행히 내일은 인테리어 작업을 해준 카페가 오픈하는 날이다. 카페로서는 대목인 크리스마스에 맞춰 전전날 오픈할 수 있도록 급하게 공사를 했다. 카페에 들어가야 할 냉장고며 제빙기며 식기세척기까지 일정이 빠듯했지만 제 날짜에 납품되었고 다들 제자리를 찾아 들어앉았다. 내일 아침에 마지막으로 커피머신이 들어오면 시험 가동을 한 뒤에 손님 치르는 것을 지켜보기만 하면 된다. 첫 이삼 일 동안 모든 설비와 기계가 탈 없이 작동되는지 확인하고 나면 잔금을 받을 테고 그곳의 일은 끝나는 것이다. 그리고 당연하게 이어지던 노동 뒤의 술 한잔, 자기 전의 라면 한 그릇. 그 버릇도 끝내야 할 때가 왔다.

커피머신은 시간 맞춰 들어왔고 예열을 거쳐 에스프레소 한 잔씩 내려 마시는데 중고를 새것처럼 팔아서 그런지 맛이 더욱 좋았다. 카페 앞에 오픈 기념으로 마카롱을 하나씩 서비스한다는 팻말을 붙였더니 문을 열자마자 손님들이 밀려들었다. 그는 카페의 한쪽 창과 장식 칸막이에 몬드리안 풍으로 채색된 크고 작은 나무틀을 짜넣어 인테리어에 포인트를 주고 있는데 주인도 손님도 만족하는 편이었다. 처음 미팅에서 제 작업 포인트는 몬드리안 풍입니다, 라고 말을 꺼내면 거의 모든 의뢰인들은 미간을 활짝 펴며 아, 세련된 사람이군, 하는 표정을 짓곤 했다. 그렇게 시작하는 작업은 대개 마지막까지 큰 무리 없이 진행되었다. 이번에는 일정을 며칠 서두르긴 했어도 기계들 납품까지 차질 없이 진행되어서 그 어느 때보다 만족도가 높았다. 겨울이고 시장이 많이 위축되어 있는 시설인데도 일정에 차질이 없었다는 것은 일단 의뢰인이 흡족해서 좋았고 공사 대금이 순조롭게 지급될 것이라 그 역시 흡족하지 않을 수 없었다. 주인도 그도 손님들도 매우 기분 좋은 가운데 첫 영업이 끝났다. 이렇게 되면 술을 한잔하며 자축하지 않을 수 없는 것이다.

카페 주인과 친구들 서넛이 함께 카페 근처에서 술을 마셨다. 밤 한시경, 카페 주인의 전화벨이 터질 듯이 울려댔다. 불이 났다는 것이다, 불이. 방금 첫 장사를 마치고 문을 닫고 온 카페에 불이.

골목으로 뛰어들기도 전에 불 냄새가 몰려왔다. 현장에 막 도착했을 때 가게의 전면 유리창이 터졌다. 유리가 터져서 흩어지는 것과 동시에 소방차의 물줄기가 그리로 쏟아졌다. 온 동네가 불바다에 물바다였다. 그는 물줄기 속으로 뛰어들어 가다가 바닥에 쏟아진 젖은 유리 조각에 미끄러졌다. 소방대원이 그를 후려치다시피 해서 몰아냈다. 시커먼 연기가 물줄기 위로 솟구쳤다. 유독가스와 연기로 눈을 뜰 수도 숨을 쉴 수도 없었다. 밤이 깊어지자 구경하던 사람들도 자리를 떴다. 카페 주인과 그는 길 건너편에 주저앉아 담배만 피웠다. 뼛속까지 차가운 물을 뒤집어쓴 듯 시리고 아렸다. 불이 꺼진 뒤 주섬주섬 철수를 준비하는 소방차 너머로 새벽이 다가왔다.

겨울 새벽의 얼어붙은 빛에 현장이 드러났다. 채 가시지 않은 그을음 냄새와 화학약품 냄새까지 더해서 포격을 맞은 전쟁터 같았다. 길바닥은 잿더미가 뒤섞인 물이 흥건해서 시궁창이 따로 없었다. 발밑으로 더러운 물이 몰려드는 보도의 연석에 주저앉아 있던 두 사람은 새벽빛에 사물이 분간이 될 즈음 무거운 몸을 일으켰다. 전기고 뭐고 다 타버렸으니 작업등을 켤 수도 없어서 새벽빛이 비출 때까지 기다렸던 것이다.

이제 카페랄 수도 없는 곳으로 들어갔다. 비스듬히 들어온 새벽빛에 내부가 어슴푸레 드러났다. 화재 현장은 기이하다 못해 기괴하기 짝이 없었다. 어둑한 내부에 저 새벽빛이 막 닿은 천장을 보고 그는 그 자리에 주저앉을 뻔했다. 그을음이 가득한 천장 가장자리를 따라 새까맣게 탄 작은 동물의 사체가 매달려 있었던 것이다. 누군가는 옆에 있는 벽을 짚고, 누군가는 빵이 들어 있는 쇼케이스를 짚으며 각자 몸을 추스르고 다시 보니 그것은 레일을 따라 매달려 있던 할로겐 등이었다. 그건 정말 새까맣게 탄 박쥐 같았다. 여러 번 불을 만났지만 이런 화재 현장은 처음이었다.

가게는 정확히 그의 배꼽 높이 위쪽으로만 탔다. 석고보드로 된 벽과 천장은 배꼽 위쪽으로 표면이 탄데다 물을 먹어 대부분 들떠 있었고 가운데는 터져서 무너지기 직전이었다. 몬드리안 풍으로 공간을 분할하던 구조물들은 바짝 타서 숯이 되어 있었다. 매대에 놓여 있던 모든 기계와 물건들도 바짝 탔고 스테인리스 냉장고도 윗부분은 시커멓게 그을려 있었다. 샌드위치와 빵이 들어 있던 플라스틱 쇼케이스도 타서 녹아내렸지만 속에 들어 있던 빵은 그대로였는데 빵 위에 검댕이 쏟아져서 얼룩덜룩했다. 에스프레소머신도 녹을 건 녹고 프레임만 남아 휑하니 속이 들여다보였다. 테이블도 상판은 타고 다리는 멀쩡했다. 멀쩡한 아래쪽 벽을 따라, 매대와 쇼케이스를 따라, 은색 냉장고를 따라 더러운 검댕물이 줄줄 흘러내렸다. 에폭시 처리를 한 투명한 바닥은 부서진 자재들과 재들이 물에 뒤섞여 흥건했다.

어떻게 이런 일이 생길 수 있지. 성공적이었는데, 다 잘되었는데. 그 어느 때보다 공사도 성공적이었고 날짜도 제대로 맞추었는데. 무기력감이 그를 덮쳤다. 다리에 힘만 주어진다면 손을 털고 도망치고만 싶었다. 웅크린 그의 눈을 찌른 새벽빛은 잿더미처럼 그을려 있었다. 불이 난 원인을 찾으러 가야 했건만 제멋대로 풀린 눈은 천장에 매달린 박쥐 사체 같은 전등을 더듬었다. 그가 겪은 가장 기괴한 새벽이었다.

쓰러진 물건들이 가리키는 방향을 따라 화원을 추적해갔다. 차단기가 문제였다. 삼사십 평 공간이면 박스 안에 380볼트짜리 큰 스위치와 220볼트짜리 작은 스위치가 전부해서 약 스무 개에서 마흔 개 정도가 들어가야 한다. 전기 공급에 문제가 있으면 차단기가 떨어져야 하는데 이게 작동을 안 했다는 얘기다. 그래서 전선이 매설되어 있는 부위를 따라 불이 난 것이었다. 가서 보니 차단기들이 중국산 싸구려였다. 납품된 자재를 일일이 확인하지 않은 그도 문제였고 물품을 확인하지 않고 작업한 동료도 문제였지만 무엇보다 속이고 질 나쁜 자재를 납품한 업체에 배상을 물려야 할 것이었다. 영세한 업체가 이 모든 비용을 순순히 물어줄 리가 없으니 재판을 해야 할 판이다.

불은 누군가가 질러서 난 것이 아니고 그가 일으킨 거나 다름없었다. 내연성 제품이니 뭐니 해서 방재에 완벽을 기한다고 해도 결국 사고를 치는 것은 자신인 것이다. 그는 어릴 때 레고를 조립할 때도 한 번도 완성을 해본 적이 없었다. 마지막 퍼즐이라고 생각하는 조각을 끼우려 해도 결코 끼워지지 않았다. 우격다짐으로 끼우다가 안 돼서 엄마나 형이 살펴보면 저 아래 어딘가에 반드시 끼워졌어야 할 구조물이 빠져 있기 일쑤였다. 그가 기억하기로 프라 모델이든, 레고 비행기든, 장난감 자동차든 조립하여 한 번도 제대로 가동시켜본 적이 없었다. 완성시키지 못한 장난감에는 금세 흥미를 잃어버리기 마련이다. 실패를 확인하는 것은 누구나 싫어한다. 그는 그것을 한쪽으로 치워버리고 다시 쳐다보지 않았다. 그는 단계별로 꼭 완성해야 할 것을 빠뜨리곤 했다.

재판을 하기 전에 먼저 잿더미를 치워야 한다. 트럭을 불렀다. 타서 부러지고 떨어진 목재와 합판과 석고보드를 떼어내야 했다. 반은 타고 반은 남은 냉장고와 쇼케이스와 커피머신들을 모두 트럭에 실었다. 대부분은 폐기장으로 보내겠지만 그래도 고쳐 쓸 수 있는 냉장고 같은 건 수리업체로 보내야겠지. 잿더미를 봉투에 쓸어 담았다. 화학재로 이루어진 유해한 잿더미가 그의 모든 피부의 구멍으로 파고들었다. 전등을 뗄 때는 마치 살겠다고 아등바등 줄에 매달린 자신을 떼어내는 것 같아 쓰라리고 슬프고 화가 났다. 다 떼어내고 나니 그 독한 감정의 기운이 남은 시간을 살아갈 힘이랄까, 그런 것들을 박박 긁어가지고 아예 그의 몸에서 나가버린 것 같았다.

펑, 하고 사라지다

불이 처음 일 때 펑, 하고 일어나는 경우가 있는가 하면, 주변 공기만 파르르 떨리게 할 뿐 아주 작은 기미로 시작되는 경우도 있다. 그가 제일 두려워하는 것은 불꽃도 없이 타들어가는 것이다. 타고 있는데도 마치 타지 않는 것처럼 보이는 것을 가장 싫어했다. 그는 불이 날 가능성을 차단하는 데 온 힘을 쏟았다. 내연성 제품인지 아닌지 몇 번을 확인하고 맞으면 납품 단가를 고려하지 않았다. 그렇게 해왔는데도 불을 냈고, 모든 것을 태워버렸다. 그의 사업은 한 번 흥하면 한 번 망했다. 불이 일 듯 잘 일어날 때 조심했어야 했어, 라는 후회는 그에게 해당하는 말은 아니었다. 불을 내게 되면 소송이 걸리는 것은 흔한 일이다. 그가 걸지 않으면 상대방이 걸어서 소송에 연루되기 일쑤였다. 당연히 그의 가정 경제는 이십여 년 동안 상승과 곤두박질을 반복했다. 그렇다고 해서 몰락한 것은 아니었다. 몰락하기 전에 그는 다시 살 만큼은 벌어들이곤 했다. 그러니까 아내가 헤어지자고 하는 건, 몰락 때문이 아니라 불안 때문이었다. 그녀는 그가 살아보겠다고 열심히 움직이면 움직일수록 불안에 떨었다. 불안은 제 역할에 충실해서 안 그래도 흔들리는 영혼을 한 입 한 입 착실히 먹어치웠다.

세상 만물과 마찬가지로 사람 역시 물리적 법칙의 세계에 종속된 존재이다. 고등한 유기체가 맺는 물리적 법칙으로서의 관계 중 가장 민감한 것이 부부 관계이다. 타인끼리 수십 년을 한 집안에서 하나의 감정 공동체이자 경제 공동체를 꾸리고 거기에서 살을 섞고 피를 물려주며 살아가는 그런 관계가 달리 또 어디에 있겠는가. 부부가 살을 섞는 현장에는 대부분의 유기체가 맞이하는 모든 걱정거리들이 한꺼번에 침범한다. 둘은 눈짓을 주고받아서가 아니라 그저 잘 시간이 되어 자리에 눕는다. 오래된 부부라면 두 사람이 동시에 서로에게 관심을 보일 리가 없으니 대체로 한 사람은 베개를 고쳐 베거나 이불을 끌어올리며 잠을 청할 때 다른 한 사람이 딴전을 피우며 슬그머니 다가오곤 한다. 그러나 하늘도 무심하시지, 바로 이때 두 사람의 머리 위로 온갖 문제가 일시에 쏟아지고 마는 것이다. 잠자리에 접근해 오는 그 사람의 태도는 그 사람의 전부를 담고 있기 마련이라, 가장 싫어하는 부분을 앞세워 한 인간이 집약적으로 밀려들기 때문이다.

이를테면 우유부단함이 특징적인 결함일 경우는 바로 그 우유부단함이 여실히 드러난다. 한참을 숨을 몰아쉬며 눈치를 보다가 거절당할까 봐 주저주저 더듬어 오는 손길과 답답하게 꼬물거리는 몸짓이 느껴지는 순간, 여자는 잠이라도 편하게 자게 해주었으면 싶어 짜증이 솟구친다. 아무것도 결정하지 않고 간절한 분위기만 조장해서 결국 여자가 결정하고 책임져온 일평생이 한꺼번에 덮치는 기분이기 때문이다. 여자는 경멸하는 표정을 짓지만 다행히도 어둠 속이라 남자는 보지 못한다. 어둠 속이 아니라 한들 부부 사이에 얼굴을 제대로 보는 일이 있을 턱이 없어서 남자는 여자의 속에서 일어나는 복잡한 심사를 알 길이 없다. 두 사람의 인생을 지배해온 독한 기운이 한순간의 잠자리를 자극하면 이것저것 따질 여유가 없다. 단 한 번의 몸짓에 경멸을 듬뿍 실어 보여주는 수밖에.

성격이 급하고 거칠어서 감정이 들쑥날쑥한 사람의 경우는 상대방 기분을 살피지 않고 거칠게 들이미는 폭력을 잠자리에서도 겪게 만들기 때문에 똑같이 거센 거부 반응을 초래하고야 만다. 씻지도 않고 잠자리에 들어 억센 팔로 함부로 여자를 돌려 눕힌다거나, 피임도구를 챙기지 않는다거나, 싫어하는 자세를 취하게 한다거나 하는, 사소해 보이는 이 모든 행동과 분위기들이 평소의 모든 사건사고를 떠올리게 하는 것이다. 그래서 어떤 여자는 손을 뿌리치기도 하고, 신경질적으로 몸을 흔들어서 단념하게 만들기도 하며, 가까스로 참는다는 표를 내면서 무겁게 돌아눕기도 하는 것이다.

썩 좋은 사이라고는 할 수 없지만 손을 뻗어 상대방의 어깨나 허리 아니면 옷자락을 잡고 돌려 눕히는 데까지만 성공해도 회복의 기미는 있다고 할 수 있겠다. 그러나 회복하고자 하는 희망이 둘 사이에 있다 해도, 그래서 마지못해 옷을 열어주고 팬티를 내려준다고 해도 한 사람은 한숨을 푹푹 쉬기 일쑤고 나머지 한 사람은 자존심이 무너지기 일쑤이다. 부부 사이의 감정적인 파탄은 대개 물리적 파탄에서 비롯된 결과일 뿐이다. 당연히 물리적 실패를 가장 빨리, 가장 적실히 아는 게 부부인 것이다.

그의 경우는 소심한 면과 저돌적인 면이 결합해 있어서 변덕스럽기 그지없었다. 아내와 한시도 떨어져 있고 싶지 않아서 지방의 현장에는 가지 않았다. 그녀를 매우 사랑했으니 당연했다. 그는 아내의 신경질과 거부 반응에 민감했다. 그녀의 심기가 변하면 아연 긴장했다. 눈치를 보고 기분을 맞췄다. 여행을 가자고도 해보고 외식도 청하면서 그녀 없이는 못 산다는 마음을 전달했다. 그녀는 여행은 가기 싫다며 마지못해 외식을 함께하곤 했다. 그는 그녀가 몸을 열어줄 때까지 밤이면 밤마다 그녀의 품을 파고들었다. 그녀는 매번 짜증을 내고 귀찮아라 했다. 때로는 그가 손을 대는 것마저 싫어했다. 그는 실망스럽고 절망스러웠지만 꾸준히 그녀의 몸에 달라붙어 있었다. 그렇게 며칠을 버티면 그녀는 마지못해 팬티만 내려주었다. 영영 거부하지 않는 아내는 그에게 매번 희망을 주었다. 그래도 나를 싫어하지는 않잖아, 그녀는 그냥 좀 귀찮은 거야, 다들 그렇다고 하잖아. 며칠 그렇게 애걸복걸해서 그녀가 누그러지면 그는 금세 안도해서 도로 무뎌지고 마는 것이다. 매일을 같은 음식을 먹고 같은 자리에서 자고, 비슷한 이야기를 나눈다는 것은 변함없다는 것을 의미하는 게 아닌가? 누구나 이 정도의 어려움은 겪고 살겠지, 하는 것이다. 그러나 그녀는 팬티는 내려주었을지언정 다른 곳은 내주지 않았다. 그는 집요하게 가슴을 빨겠다고 어리광을 부리곤 했는데 그녀는 빨기는커녕 만지지도 못하게 했다. 마치 엄마가 다 큰 아들에게 하듯 가슴으로 파고든 손을 탁 때리고 치워버렸다. 엄마에게 완전히 의지하는 갓난아기도 젖을 뗄 때를 맞게 마련인데 이 남자는 도대체 젖을 떼려고 하지를 않는 것이다. 입술을 들이밀면 그녀는 얼굴을 이리저리 돌려서 키스도 못하게 했다. 하는 수 없이 목덜미나 뺨에 키스를 하려 해도 머리를 흔들거나 손으로 밀어버렸다. 그래서 그는 모든 아쉬움을 하체에만 쏟아부을 수밖에 없었다. 그는 매번 열렬히 잠자리를 했고 성공했을 때는 안심하며 잠에 떨어졌다.

그의 삶은 매사에 이런 식이었다. 그는 자기가 일으킨 사고가 의도적이지 않았다는 점으로 당연히 면죄부가 주어지는 것으로 알고 있었던 거다. 천만의 말씀, 이라고 그녀는 대꾸하곤 했다. 누군가 문제를 지적하면 모른 척 회피하고 얼렁뚱땅 넘어가고 그렇게 문제가 누적되어 점점 더 커지는 것을 모른다. 결국 완전히 깨질 때까지 그는 모르고 있는 것이다. 그가 금세 코를 골면 그녀는 더욱 화가 났다. 그녀에게 그의 손을 타는 것은 끔찍한 일이었다. 그와 잠자리를 갖는 것은 잿더미로 온몸의 구멍구멍을 비비는 것과 마찬가지로 쓰라리고 고통스러울 뿐이었다. 철딱서니 없고, 일을 저지르고도 얼렁뚱땅 넘어가려고 하고 변명을 일삼는 남자란 그녀에게는 아무짝에도 필요 없는 존재였다. 십수 년 동안 잿더미 속에서 잠자리를 했지만 그는 무엇이 문제인지 알고 싶어 하지 않았다. 둘 사이에서 잿더미를 치우는 일은 그가 아니라 아내였으니까.

그의 아내는 어느 날 아주 평범한 얼굴을 하고 그의 눈을 똑바로 바라보며 말했다. 당신은 나를 사랑한다고 하는데 나는 하나도 고맙지 않아. 당신이 하나도 아쉽지 않아. 나하고든 다른 여자하고든 아무리 열렬히 섹스를 한다고 해도 그게 뭐 별거야? 하나도 아깝지 않다고. 나는 그런 게 필요하지 않거든. 그러니 헤어져줘. 그녀는 수면제 병을 내보였다. 나 우울증 치료 받고 있었어. 헤어지면 우울증 나을 거야. 당신을 봐주다가 내가 병이 났어. 나도 이젠 살아야겠어.

같이 사는 것이 누군가를 죽게 한다는데 무슨 변명이 먹힐까. 무능력한 사람의 사랑은 아무것도 아닌 것이다. 필요하지도 않은 것을 주는 것은, 뭐랄까. 뭐에 비유할 수 있을까. 그럼 넌 뭐가 필요한 거지? 그걸 물었어야 하나? 일상을 그만그만하게 운영해나가는 평범한 남자, 그 남자가 제공하는 안정된 생활. 아무것도 안 해도 좋으니 사고만이라도 안 치는 남자. 그 말을 들을까 봐 급하게 고개를 끄덕여줬다.

　그는 자기가 들어가 살 집을 직접 공사하기로 했다. 아무도
모르는 구석진 동네의 낡은 상가주택 삼층에 집을 얻었다. 비
어 있은 지 오래되었다는데 도수치료며 물리치료를 하던 곳
이었던 모양이다. 아직도 매달려 있는 간판이며, 너저분한 칸
막이들, 먼지와 쓰레기가 수북한 공간에 때가 탄 간이침상 등
의, 이미 시효가 지나간 집기들이 듬성듬성 놓인 그 자리에서
소멸해가고 있었다. 그것들을 다 떼어내고 방을 두어 개로 만
들면 그럭저럭 살 만해 보였다. 먼저 칸마다 줄줄이 늘어져
있는 전선들을 다 잘라야 했다. 철거할 때는 어차피 전선들을
제거해야 하는데 그걸 모아서 쇠나 구리 파는 곳에 갖다 주면
돈이 된다. 그는 배전판에서 전기 차단기를 내렸다. 간판 전
선을 가위로 잘랐다. 펑, 전기가 폭발했다. 펑, 몸이 두 쪽이
났다. 펑, 그는 결국 죽었다고 느꼈다.
　빳빳하게 뻗힌 손에서 가위가 두 쪽이 나더니 쏙 빠져나갔
다. 손바닥이 까맣게 탔다. 가위가 손 안에서 터질 때 그는 온
몸이 순간적으로 터져 부서지는 느낌이었다. 살갗이 터지는
분명한 감각은 자기 몸의 살점이 산산이 튀어 오르는 것을 보
게 했다. 화상 입은 손의 아픔보다 자신이 죽었다는 생각이
훨씬 커서 이게 어떻게 된 일인지 분간조차 어려웠다. 본능
적으로 가위와 전선 사이에서 몇 발짝 떨어져 주저앉은 뒤에

야 그는 자신이 죽지 않았다는 것을 알았다. 그때 펑, 하고 사라져버렸어야 했던 것이다. 펑, 하고 사라지는 건 마술에서만 가능한 일이 아닌 것이다. 그는 이제 마침내 펑, 하고 사라져야 할 시점이 왔다고 생각했다.

한 공간에 들어오는 전기는 한 군데의 배전판을 쓰게 되어 있다. 공간이 크고 전기를 많이 쓸 것 같으면 배전판을 여러 개 설치한다. 이 건물은 자그마해서 배전판이 하나밖에 없었다. 거기에서 차단기를 내리면 그 공간으로 들어가는 전기는 다 차단되는 것이다. 그런데 어떤 빌어먹을 인간이 이 따위로 작업을 했는지 모르지만 간판에 들어갈 전기를 복도에서 따서 쓴 것이다. 삼층짜리 자그마한 건물의 공용 전기를, 그러니까 도둑 전기를 쓴 것이다. 변두리 인생 같으니라고. 그는 보통 때처럼 스위치 내리고 차단기 내리면 전원이 차단되었을 거라 생각하고 전선을 잘랐다. 혹시 간판 스위치를 켜보았더라면 알았을 텐데, 철거한 지 오래된 장소이고 대낮이다 보니 간판을 따로 켜보지 않았던 것이다. 알다시피 강력한 전기가 사람 몸속으로 들어오면 사람이 터져 죽는 건데 다행히 몸으로 들어오기 직전에 가위가 터진 것이다. 누군지 모를 그 어떤 빌어먹을 인간이 마침내 그가 사라질 결심을 하도록 불법을 저질러준 것인지도 모르겠다. 그러니까 그는 운명적으로 그 어떤 빌어먹을 인간이 제공한 이 기회를 타게 되어 있었던 것이다.

그는 공사를 중단했다. 낡은 간이침상만 남기고 철거하던 것들은 마저 내다버렸다. 살던 집에서 빼온 짐들을 펼쳐놓았다. 보통의 남자들이 그렇듯 그의 짐도 보잘것없었다. 연장들을 한쪽에 모아놓고 보니 옷가지와 취사도구 정도가 남아 있을 뿐이었다. 꼭 갖고 싶은 것도 애착이 있는 것도 없었다. 며칠 동안 공구들을 바라보며 지냈다. 바라보고 또 바라보았다. 바라보고 또 바라보니 그것들은 공구가 아닌 쇳덩어리에 불과해지다가 고철 더미가 되어가다가 점차 눈앞에서 소멸되어갔다. 마침내 공구는 쓰레기에 불과해졌다. 그는 공구를 내다 팔았다. 그 자리가 휑하니 비었다. 이제 세간이라곤 몇 개 안 남았다. 때와 먼지로 소멸되어가던 공간은 이제 제 길을 찾은 것처럼 자연스러웠다.

잊혀지겠다

그가 발견되었을 때 그는 사라져 있을 것이다. 그는 그것을 목표로 삼았다. 사람들은 의외로 쉽게 잊는다. 아니, 잊지 않는다. 아니, 그저 가끔 기억할 뿐이다. 아주 가까운 사람이 아니고는 몇 번 연락해보다가 금세 그만두고 만다. 가까운 사람마저 본인이 관계를 끊겠다는 의지를 보이면 끊어준다. 끊어줘야 할 이유를 찾아내는 건 현대사회에서는 어려운 일이 아니다. 사라진 사람에 대해 관심을 가져주고 애정을 지속적으로 갖는 사람은 의외로 적다. 오래 기억하는 것이 추앙받던 시대는 지나갔다. 고독사니, 돌연사니 해서 느닷없는 소식을 들으면 그제서야 무관심했던 자신을 질책하지만 곧바로 죄책감에서 벗어날 적당한 이유를 찾아내게 되는 것이다. 그러니 누군가를 가끔 기억한다고 해서 그것이 그리 의미 있거나 심지어 가치 있는 것은 아닐 것이다. 그것 역시 자기 기억을 보호하기 위해 가끔 찾아온 추억의 기회를 갖는 것뿐이니까. 나를 잊지 못하고 그리워하며 애타게 찾거나 가끔 눈시울을 적실 사람이 하나라도 있을 것이라고는 생각지도 못할 일이다.

현대인들은 친구를 기억하는 뇌세포 대신 생존하는 데 필요한 정보나 부자가 되는 데 필요한 훈련을 할 뇌세포가 더 중요하다. 그래서 지우는 데 신경 써야 할 것은 사람의 뇌세포가 아니라 개인의 온갖 데이터를 보유한 컴퓨터 저장장치이다. 그는 계좌에서 남은 돈을 다 찾고 계좌를 해지했다. 전출입신고는 하지 않았다. 휴대전화도 없앴다. 직장을 다닌 것도 아니고 사무실을 갖고 일을 해온 것도 아니었다. 그는 혼자 일을 했고 혼자 일을 하는 또 다른 업자 둘과 느슨하게 연결되어 있었다. 인테리어 공사 규모가 좀 크다 싶을 때 일을 나눠서 함께하는 동료들이었다. 그래서 집이 사무실이었고 휴대전화와 알음알음으로 일거리를 받아왔다. 대부분의 전화번호는 휴대전화에 담겨 있었지만 중요한 거래처는 따로 수

첩에 적어놓았다. 그 수첩을 태웠다. 기억에 남아 있는 전화번호는 아내를 비롯해서 몇 개 되지 않았는데 아내마저 전화번호를 바꿨다. 그녀는 그가 시도 때도 없이 전화를 할 거라 생각했을 것이다. 아이들 때문에 전화를 해야 한다면 그쪽에서 걸면 된다고 생각했겠지. 조만간 그의 전화번호는 다른 누군가가 쓰게 될 것이고 그는 아는 사람의 집이나 자재를 납품받는 거래처에 찾아가지 않는 한 아무하고도 연락이 닿지 않을 것이다. 자신에 관한 데이터가 남아 있을 만한 것을 기억해내고 지우느라 하루하루가 바삐 지나갔다. 그는 빅데이터에서 자신을 지우는 데 며칠을 썼다.

그리고 가만히 누워 완벽하게 사라진 친구들을 떠올려보았다. 그들은 먼저 모습을 감췄다. 누구의 눈에도 띄지 않았다. 그 흔한 메일을 읽지도, 전화를 받지도 않았다. 그리고 거주지를 옮겼다. 일절 연락을 하지도 않았다. 일과 관계된 사람들조차 완벽히 끊었다. 어디 다른 곳에 가서 일을 한다면 좁디좁은 나라에서 연결이 안 될 리가 없다. 그럼에도 그들은 완벽히 사라졌다. 한 친구는 외국으로 나갔다고 했고 한 친구는 직업을 바꿨는지 하던 일과 관련해서는 어디에서고 전혀 눈에 띄지 않는다고 했다. 외국으로 나간 친구 역시 그 누구를 통해서도 보았다는 얘기가 들리지 않았다. 그들은 어떤 이유로 그렇게도 어려운 결단을 내리고 힘든 정리를 할 수 있었던 걸까. 그들에게도 최후의 디딤판이 사라졌던 것일까.

전등마저 끊어진 공간에 누워 있자니 이런저런 생각이 들었다. 인생을 백 개의 스위치로 표현하자면 노년으로 가는 것이란 스위치를 하나씩 꺼나가는 것이리라. 긴 시간에 걸쳐 하나씩 스위치를 내려 스무 개 남짓 남아 있다면 그것도 외견상으로는 이미 죽음에 가까운 것 아닐까. 마침내 남은 스무 개의 스위치가 한꺼번에 꺼지는 것이 노년의 죽음이라면 그는 지금 남은 오륙십 개의 스위치를 일시에 내리겠다는 것이고 그건 스위치를 내리는 것이 아니라 차단기를 내리는 것과 같다고 할 수 있지 않을까.

어린아이 때부터 그는 장난감을 하나도 완성시켜보지 못했다. 그는 로봇을 조립하다가 집어던지고 공놀이를 하러 나갔다. 움직이지 않는 로봇은 구석에 내버려두고 새로 헬리콥터 레고를 조립하기 시작했다. 헬리콥터의 생명은 프로펠러련만 그것은 돌아가지 않았다. 억지로 돌리려다가 날개 한두 개를 부러뜨리고 말았다. 그러면 그것을 집어던졌다. 그는 조립에 실패한 장난감을 깡그리 잊고 즐겁게 만화영화를 보았다. 그는 깨뜨리고 부수고 깡그리 태우면서 살아온 거다. 그가 남은 스위치를 한꺼번에 내린다 해서 아쉬워할 사람도 없을 것 같다. 자기 자신도 자기가 아깝지 않으니, 누가 그를 아까워할까.

그는 마지막 욕망과 싸워야 했다. 그가 바라는 것은 이 공간에 종이를 가득 채우는 거다. 그리고 종이를 태워서 불을 일으키는 것이다. 검은 나비처럼 검댕이 온 공간을 자욱이 메우고 날아오를 때 질식하는 것이다. 그러나 종이가 타도 소리가 난다. 종이는 처음 탈 때는 소리가 작지만 금세 화악화악 거세게 타오르고 만다. 그는 타는 소리에 민감하다. 아무리 작은 소리라도 그것이 타는 소리라면 까닭 없이 부끄러움을 타고 까닭 없이 노여움을 타는 편도체가 확 달아올라 반사적으로 불을 끄려고 할 것이다. 그때의 그를 말릴 사람은 아무도 없다. 그는 종이를 가득 채우고 태워버리는 욕망은 누를 수 있었지만 다 타버린 공간으로 들어가고자 하는 욕망은 누를 수 없었다. 그것은 그리움에 가깝다고 할까. 애가 타는 것과 같다고 할까. 모든 것이 타버린 공간으로 처음 들어가면 기이한 느낌을 받게 되는데 그것은 보이는 것 때문만은 아니다. 공기가 희박하기 때문일까. 사물이 재가 되면 소리를 반사하지 않고 다 흡수하는지도 모른다. 모든 소리가 사라진 듯 진공상태를 느끼게 된다. 발걸음도 손의 움직임도 마치 진공상태 속에서처럼 소리를 갖지 않는다. 그 안에서는 자신의 움직임이 느껴지지 않았고 곧 평화로워졌던 것을 기억했다.

움직이지 않으면 되는 것이다. 움직이는 것은 곧 살아 있다는 것이고 살아 있으면 문제를 일으키거나 문제를 해결하거나 할 수밖에 없다. 그러니 움직임을 일단 멈춤 상태로 두어야 한다. 일생을 타고 태웠던 그는 탄다는 것이 그가 하는 모든 행위를 의미함을 알았다. 그는 이제 모든 타는 것을 그만

뒤야 한다. 그러기 위해서는 움직이지 말아야 했다. 그는 일절 문밖으로 나가지 않을 작정을 했다. 떠밀려온 부유물 같은 인간들이 서로 엉기지 못하고 살아가는 이곳에서는 어제 건듯 나타났던 인간이 오늘 건듯 사라지기 일쑤일 테니 그가 없어졌다는 말을 듣고 기억을 더듬어봤자 아무것도 기억나는 게 없을 것이다. 소멸로 가고 있는 공간에서 그는 자신 역시 먼지나 때가 되는 편을 택하기로 했다.

먹을 것이라고는 즉석밥밖에 없었다. 그것은 불이 없어도, 물이 없어도, 반찬이 없어도 먹을 수 있었다. 하나를 뜯어 이틀을 살았다. 그는 불을 지피지 않고도 추위를 타지 않았고 혼잣말을 중얼거리지 않아도 외로움을 타지 않았다. 사람에게 비벼서 불을 일으키게 만들었던 움직임이 자기에게서 떠나갔다. 아무것도 생각하지 말고 아무 말도 하지 말고 아무 행위도 하지 않으면 아무래도 모든 것이 느려지겠지. 잠을 자는 것과 잠을 안 자는 것의 차이도 없어지겠지. 잠을 자다가 눈을 떠보면 지독하게 쓰고 외로우면서도 기묘한 기분이 들었다. 그게 그렇게 나쁘지는 않았다. 다시 눈을 감으면 끊임없이 사고를 일으키면서도 새롭게 시작해보려고 발버둥치던 날들에서 놓여났다는 홀가분함이 느껴졌다. 그것은 생각보다 좋았다.

그는 잿더미와 다를 게 없는 이 공간에서 소리를 없애기로 했다. 그가 움직임을 멈추자 조금 전까지 자기가 내던 소리들이 들려왔다. 걸음 소리를 줄이기 위해 신발을 벗었다. 손이 내는 소리를 줄이기 위해 손을 움직이지 않았다. 요리를 하지 않았기 때문에 도구를 쓰지 않았다. 냄비를 쓸 때 나는 소리를 없애기 위해 즉석밥을 데우지 않았더니 음식에 대한 욕구가 훌쩍 줄어들었다. 즉석밥은 껍질만 벗겨서 먹었다. 손발을 꽁꽁 묶은 것처럼 그는 멈춤에 익숙해져갔다. 밖에서 나는 소리만 간간이 들었다. 늙고 살 없는 사람들은 발걸음 소리가 그리 크지 않다. 싸울 때나 소리가 높아질 뿐이다. 대체로 그들이 끌고 다니는 자전거나 리어카, 낡은 자동차로 인한 소리들이 있을 뿐이다. 그는 소리를 구분하며 사람들이 오가는구나, 한다. 살이 먼지로 흩어지면서는 점차 어떤 소리도 들리지 않는다. 그는 먼지나 때, 그런 것으로 변해갔다. 그는 소진을 향하여 가고 있다. 삶을 증명하기 위해 변명을 찾던 짓은 이제 그치기로 한다. 그가 발견됐을 때는 그는 때가 탄 침상을 더욱 더럽힌 때가 되어 있을 것이다.

내 마지막
공랭식 포르셰

—타다 3

\#

그가 소리를 선별적으로 듣게 된 것은 구형 포르쉐 때문이었다. 빨강색 1989년식 포르쉐를 사랑하게 된 이후로 그는 다른 어떤 소리에도 귀를 기울이지 않았다. 그의 손과 발이 무엇을 어떻게 조작하는지 곧이곧대로 알려주는 수동식 올드 모빌. 문짝이 덜컥 닫히는 소리를 사랑했고 도로와 마찰하는 쇳덩어리의 감각을 아꼈다. 에어컨 없이도 여름 한낮의 운전을 두려워하지 않았고, 무릎과 엉덩이를 따뜻하게 감싸주는 히터 없이도 겨울 밤 운행을 마다하지 않았다. 소리 때문이었다.

그에게 소리는 이동이었다. 소리를 타고 이동하면 영혼이 순식간에 그를 떠나고, 공업사에서 벗어나고, 세상에서 달아났다.

1963년 공랭식 엔진으로 시작된 911시리즈 중 1989년 964 모델이 그의 손에 들어온 것이다. 964 자동차는 일견 태어날 때와 거의 다름없는 완벽한 몸이었다. 이십칠 년 동안 여덟 명의 주인을 옮겨 다니면서 사건 사고를 많이 냈지만 파랑색 도장을 강렬한 오렌지 레드 시트로 랩핑한 덕에 말끔했다. 물론 멀쩡한 차가 그의 손에 들어온 것은 아니었다. 트렁크에 있는 엔진이 반쯤 파손된 것을 그의 손으로 수리하고 외장을 바꾼 것이다. 엔진이 반파되었다는 것은 큰 사고가 있었다는 말이겠다.

친구가 죽었다. 국내에 몇 대 없는 클래식 카가 그의 손에 들어온 것은 그 때문이다. 친구의 아내는 남편을 원망하고 또 원망했다. 친구는 그날 아침 눈이 오고 바람까지 거세게 불 것이라는 기상예보를 들었다. 그런데도 무슨 영문인지 가끔 고장을 일으키던 올드 모빌을 타고 서해안 고속도로에 나갔다. 거기서 그만 이십중 추돌사고를 당하고 말았다. 그는 마침 사고 현장을 중계하는 뉴스를 보고 있었다. 설마하니 그 대열에 친구가 끼어 있을 거라고 생각이나 했을까. 그는 이십중 추돌이 발생했다는 뉴스 화면에서 뒤엉킨 차들을 떼메 갈 듯 몰아치는 눈보라의 거센 울음소리를 들었다. 누군가의 차가 부서지고 누군가의 뼈가 부러지고, 누군가의 차가 불에 타고 누군가의 옷과 머리가 그을렸다. 그것들을 뒤덮고 눈보라가 윙윙 몰아치고 있었다. 추돌을 피하고자 친구는 브레이크를 밟았지만 브레이크가 듣지 않아 차가 두어 바퀴를 돌아버렸고 엔진이 있는 트렁크를 들이받고 말았다. 친구는 현장에서 숨을 거뒀다. 가야 할 곳이 있는 것도 아닌데 날씨가 궂은 날, 상태도 좋지 않은 차를 몰고 고속도로를 달리는 사람이 꼭 한둘은 있기 마련이다.

친구의 아내는 걸핏하면 차를 몰고 튀어 나가더니 이 꼴로 죽으려고 그랬느냐고 울며불며 소리쳤다. 친구는 평소 개인 딜러를 통해 차를 사고팔았으며 수입차를 수리하는 개인 공업사를 이용하곤 했었다. 친구의 아내는 남편의 차와 관계된 사람들을 보기조차 싫어했지만 차는 처분해야 했으므로 폐차장을 겸한 공업사에서 일하는 그에게 알아서 하라고 했다. 그녀로서는 남편을 죽인 고물 자동차 따위 없어져도 그만이었다.

친구가 죽고 차는 버려졌고, 그는 버려진 그것을 훔치듯 끌고 왔다. 친구의 클래식 카를 탐내고 있었던 것이 사실이긴 했다. 그렇다 해도 그가 친구의 죽음에 그 어떤 영향도 끼친 바가 없으니 폐차 직전의 차를 가져오는 것에 조금이라도 도의적 책임을 느낄 필요는 없을 터였다. 그러나 왠지 부끄러웠고, 남들이 알까 두려웠고, 그래서인지 더욱 꼭 움켜쥐려는 마음이 되었다.

공랭식 포르쉐는 그 후로 오랫동안 그의 유일한 탈것이었다.

# #

자동차에 올라타 엉덩이를 의자 깊숙이 앉혔다. 꼭 맞는 위치에 달린 페달. 편안히 팔을 늘어뜨렸을 뿐인데 자연스럽게 손아귀에 잡히는 기어 봉. 태어날 때 그대로라던 부드러운 가죽. 무겁디무거운 차체와 묵직한 진동, 그르렁거리는 엔진음, 도로와 마찰할 때 나는 쇳덩어리 소리. 무엇보다 그를 으쓱하게 만든 건 그 작은 차체에서 뿜어져 나오는 가공할 만한 출력이었다. 집도 절도 없는 그에게는 마치 안전한 철갑을 입은 것처럼 느껴졌다. 핸들을 꼭 움켜쥘 때면 이것만이 내 것이다, 싶었다. 수리 맡겨진 고가의 차들을 잠깐씩 끌어보는 것과는 달랐다. 하물며 공업사에서 쓰는 낡은 포터를 모는 것과는 비교할 수도 없었다.

그에게 수입 자동차는 언감생심 꿈도 못 꾸는 것이었다. 차가 필요할 때에는 포터를 이용하는 것만으로도 충분했다. 그렇긴 해도 돈 많은 친구가 끌고 오는 새 자동차를 볼 때마다 부럽지 않은 건 아니어서 여느 남자들처럼 막연하게나마 자기만의 애마가 하나 있었으면 했었다. 친구가 새 차를 사서 길을 들였네, 어쩌네 하는 걸 보면 속으로 꼴값을 떠네, 하고 빈정대기도 했지만 말이다.

친구는 자동차를 바꿀 때마다 그를 태워준답시고 불러냈다. 그가 썩 내키지 않는다는 표정으로 조수석에 앉으면 친구는 한 손을 핸들에 턱 얹고 다른 손으로는 기어를 한 바퀴 감아 가볍게 손아귀에 쥐고 장광설을 늘어놓았다. 자동차는 말이야, 산업재이면서 감성 소비재거든, 독특한 위치를 차지하고 있지. 출발 직전에 뜨겁게 달아오른 엔진이 부르르 떨면 마치 우주선 발사대에 오른 듯한 느낌이라니까. 출력을 높이 올려 출발하는 순간 곧장 우주로 뛰어드는 것 같은 거야. 그거 땜에 탄다니까.

뜨거운 바람이 부풀려놓은 비닐봉지처럼 어딘가 들떠 있던 친구는 종종 사고를 쳤고 사고를 치면 그를 불렀다. 그는 곧장 달려가 뒷수습을 했다. 친구는 자신이 말한 대로 사고도 멀리 가서 쳤다. 어느 날은 강원랜드에 가서 게임을 하다가 싸움이 붙어서 그를 부르고, 어느 날은 바다 건너 대만의 한 호텔에서 그를 부르기도 했다. 바닷바람이 밀려드는 호텔로 가서 보면 웬 여자와 벌거벗고 싸움을 하고 있었다. 저 여자 좀 말려줘. 사람을 잡네. 친구는 여자와의 사이에 그를 세워놓고 옷을 주워 입었다. 여자가 그를 밀치고 친구 옷을 빼앗아 여기저기로 집어던졌다. 그는 사나운 여자를 처리하고 친구는 비닐봉지같이 허청대며 사라졌다. 간신히 여자를 떼어놓고 돌아오면 친구는 술을 사고 밥을 사고, 가끔 생활비도 대주곤 했다.

친구는 국내 최고의 미술대학에 입학을 했지만 돈이 없어 학교를 그만두어야 했다. 그는 타고난 감각을 이용하여 건물의 리모델링 작업을 시작했다. 그것은 먼지와 소음 속에서 고

강도의 노동을 하는 것을 뜻했다. 닥치는 대로 일을 하면서 하나의 목표를 가졌으니 스물다섯이 되기 전에 페라리를 산다는 것이었다. 첫번째 목표는 금방 이루었다. 강철 같은 몸은 아무리 노동을 해도, 아무리 바쁘게 뛰어다녀도 피곤한 줄을 몰랐다. 게다가 자산을 불릴 줄도 알았다. 그는 낡은 건물을 사서 말끔하게 단장하여 되팔았다. 그런즉 마흔이 되기 전에 상당한 자산가가 되어 있었다.

친구와 그는 둘 다 늦게까지 여자를 만나지 못했다. 친구는 재력을 쌓아가던 삼십대 중반에 어떤 건물주의 딸을 만나게 되었다. 그 여자는 친구보다 여섯 살이나 연상이었으니 당연히 나이가 너무 많았다. 그럼에도 친구는 전혀 문제 삼지 않고 결혼을 했다. 그리고 곧 아들도 낳았다. 친구는 결혼하고 오 년쯤 지나자 이제야 좀 사람 사는 것 같네, 라고 했다. 친구는 자신과는 달리 모든 것을 다 이룬 것이다. 여자도 돈도 사는 곳도 별 게 없던 그는 친구를 만나는 것이 마뜩잖았다. 남자들이란 친구 간에도 매사에 경쟁심이 작용하기 때문에 사는 것이 심하게 층이 지면 마음 편히 만날 수 없다. 그렇지만 친구는 여전히 그를 불렀고 뒤치다꺼리를 맡겼고, 술을 사고 생활비를 주었다.

친구는 마흔이 넘어가자 어느 때부터인가, 인생이 아무 의미가 없다면서 차를 바꿔대기 시작했다. 그러고는 걸핏하면 속도를 높여 고속도로를 달렸다. 왜 이렇게 서글프냐, 왜 이렇게 불행하지, 그런 말을 입에 달고 살던 친구는 결국 고속 도로에서 죽었고, 죽으면서 남자들의 로망이라는 공랭식 포르쉐를 남겼다.

친구가 죽어서 얻게 된 행운이라니, 여간 꺼림칙한 게 아니었다. 자동차를 끌고 오면서 기억 속을 뒤져 가장 구역질나는 뒤치다꺼리를 몇 건 떠올렸다. 구질구질한 해결사 역할에 대한 대가로 반파된 자동차는 껌값이지 뭐, 하고 중얼거렸다. 그것으로 깨끗하게 계산을 끝냈다. 차를 이적하는 과정에서 알게 된 몇 건의 큰 사고 내역이 또 마음에 걸렸다. 그러나 삼십 년 가까이 최고 속도로 달리던 자동차이고 보면 무사고가 외려 이상한 거지, 중얼거리는 것으로 그 꺼림칙함도 날려버렸다. 마지막 남은 관문은 김 사장이었다. 공업사 안쪽에 차를 집어넣으면서 사장한테 뭐라고 둘러대야 할까, 머리를 굴렸다. 그런데 뜻밖에 김 사장이 반색을 했다. 수입차를 수리하는 일에 적극 동참하겠다며 완벽하게 수리해서 수입차 수리 전문점이라는 간판을 달자는 것이었다.

—폐차장에 있는 차에서 부품 호환되는 거 찾아봐라. 없는 건 수입사에 주문하고. 나도 수입차 수리 전문가 좀 되어보자.

그는 김 사장의 말을 듣자마자 해외 클래식 중고차 사이트에 주문을 넣었다. 어서 빨리 엔진을 순정 제품으로 갈아 넣고 시트를 랩핑하여 완벽한 몸으로 복원하고 싶었다. 물론 친구의 몸이 깨부순 전면 유리창을 제일 먼저 갈아 끼워야 했다. 공업사 옆에 폐차장이 있었다. 그들은 폐차장에서 필요한 부품을 떼어다가 수리하는 데 쓰곤 했다. 마침 폐차한 차 중에 포르쉐와 비슷한 유리창이 있었다. 사이즈를 맞춰 가장자리를 갈아내고 포르쉐에 끼웠다. 엔진이 오기를 애타게 기다리며 차 외부를 랩핑하고 닦고 조였다. 마침내 머나먼 독일에서 날아온 엔진을 갈아 끼우자 비로소 기나긴 장정이 시작되었다.

그는 이제 자기 것이 된 자동차의 수동 잠금쇠를 풀고 시동을 걸었다. 엔진이 거세게 끓어올랐다. 다리로부터 전달되어 온몸으로 서서히 번지는 묵직한 진동이 예상치 못하게 그를 뒤흔들었다. 흡사 변신을 하는 중인 것 같았달까. 독일 놈들처럼 단단하고 자신만만한 근육질이 되어가는 것 같았다.

역시 독일 놈들은 쌈빡해.

차체가 충분히 예열된 뒤 부드럽게 클러치에서 발을 뗐다. 액셀을 밟았다. 명쾌한 출발. 으르렁, 자동차는 목울대 저 깊은 곳에서 낮고도 기운찬 울음을 토하는 맹수처럼 기다렸다는 듯 튀어나갔다.

성질 독한 독일 놈들답네.

바닥을 긁는 쇳덩어리 소리가 귀청을 울리고 뱃구레를 울렸다. 그는 자신의 몸이 느끼는 그 즉각적인 반응에 홀렸다. 강력한 출발은 작은 차라는 걸 잊을 정도로 짜릿한 쾌감을 안겨주었다. 어디든 갈 수 있다는 것은 그에게 마치 이제야 힘센 동물로 다시 태어난 듯한 느낌을 주었다. 그것이 무엇이든 앞에서 알짱거리는 건 모조리 쓸어버릴 수 있을 것 같았다.

그는 일어나면 옷을 입듯 차를 탔다. 차에 다가설 때면 설핏 친구의 얼굴이 스쳐갔다. 그러나 차에 올라타 엔진을 가동시키면 삼십 년 친구의 죽음은 곧 잊었다. 친구의 말처럼 마치 우주선 발사대에 오른 듯 온몸이 긴장되었기 때문이다. 긴장과 쾌감은 등을 맞대고 민감하게 서로를 길항하는 둘도 없는 관계였다. 액셀러레이터에 발을 올리면 곧장 성기 끝이 짜릿하게 울렸다. 그것이 마치 등줄기의 신경을 팽팽히 잡아당겼다 놓는 신호라도 된 듯 그는 반사적으로 액셀을 밟고 차는 순식간에 튀어나갔다. 그 역시 친구처럼 하나의 점을 향해 맹렬히 달리는 발사체가 되어 죽자고 달려갈 뿐이었다.

그는 처음 당구를 배울 때처럼 폭 빠지고 말았다. 책상 앞에 앉으면 책상이 당구대로 보였고, 자려고 누우면 천장이 당구대로 보였고, 보도블럭만 봐도 당구대로 보였던 그때처럼 자나 깨나 포르쉐를 타고 달리는 것만 생각했다. 수리 맡겨진 국산 자동차들은 약속한 기일을 넘기기 일쑤였고 보다 못한 김 사장이 투덜대며 리프트에 올려야 했다. 그래, 네가 수입차 기술자가 되면 나도 좋지. 김 사장은 쉽게 받아들였다. 김 사장은 '수입 자동차 완벽 수리'라는 새 간판을 달 생각만 했다. 누군가의 죽음이 있었기에 가질 수 있었던 행운, 그는 그것을 꼭 붙들었다. 기회는 이런 식으로 탈 수도 있다고 생각했다.

그는 예닐곱 살 때 처음으로 트럭의 핸들을 잡아보았다. 트럭은 아버지의 과일 가게였다. 길가에 트럭을 세워놓고 수박이며 참외를 파는 동안 어린 그는 아버지의 운전석에 앉아 입으로 부릉부릉 침을 불어대며 기어도 넣고, 사이드브레이크를 올리고 내리는 시늉도 했다. 어린 아들이 운전대 잡고 놀곤 한다는 것을 아는 아버지는 바퀴 앞뒤로 커다란 돌덩이를 받쳐놓는 것을 잊지 않았다. 아들이 더위에 지지치 않도록 수박도 잘라주고 참외도 깎아주던 아버지였다. 고물 트럭을 타고 과일을 팔며 떠돌던 아버지는 한밤중에 불을 밝히며 공부를 했다.

아버지는 어린 아들에게 종종 문제집을 건네주고 문제를 읽게 했다. 아들은 졸음이 몰려와 그 자리에 고꾸라지기 전까지 아버지를 위해 시험 문제를 읽어주었다. 아버지가 답을 맞혔는지 못 맞혔는지 그는 알지 못했다. 그는 옷소매가 종이 위를 스치는 소리, 책장이 넘어가는 소리, 볼펜이 구르는 소리를 들으며 잠에 빠져들었다. 아버지의 열기가 어떻게 누그러드는지 보지 못했다. 그러나 밤이 깊어감에 따라 고요 속에서 사그락거리는 소리들이 아버지 또한 깊은 잠으로 이끌었을 것이다. 자고 일어나면 아버지는 여전히 트럭에 과일을 실었다. 트럭은 늙은이 같은 소리를 내며 어느 골목에 주차되곤 했다. 그러나 과일이 얼마나 싱싱한지 얼마나 달고 맛있는지 설명할 때 아버지의 목소리는 맑고 힘찼다. 그는 아버지의 리듬 있고 맑고 힘찬 목소리를 들으며 자동차 놀이를 했다.

그가 보기에 아버지는 매번 시험에 떨어지는 것 같았다. 합격했다며 의기양양해하는 모습을 본 적이 없었으니까. 그는 차마 아버지에게 매번 떨어지는 시험을 왜 치르느냐고 물어볼 수 없었다. 아버지가 시키는 대로 잠에 곯아떨어지기 전까지 시험문제를 읽었을 뿐이다. 나중에 안 사실이지만 아버지는 많은 시험에 통과했고 마지막 하나의 시험에서 여러 번 낙방했을 뿐이었다. 정비공 기능필증, 고압가스 보안교육 이수증, 전기설치기사 자격증, 가전제품 고장수리 자격증, 부동산 공인중개사 자격증. 아버지는 그런 자격증들을 가지고도 정착에 성공하지 못했다. 아버지는 떠돌이 장사로는 여자가 붙어 있지도 못하고, 붙어봤자 똑같은 떠돌이 여자라며 주변의 여자는 거들떠보지도 않았다. 아버지는 종종 그에게 힘주어 말하곤 했다. 너도 잘 알아둬. 남자는 말이야, 번듯한 자격증 하나는 있어야 기회를 탈 수 있어. 그래야 괜찮은 여자도 만날 수 있고 대접도 받을 수 있는 거야. 그렇게 불을 밝혀 아버지가 마지막까지 쳤던 것은 공무원 시험이었다. 어디 동사무소에서 증명서라도 떼어주고 있어야 사람답게 집 짓고 살 수 있다는 것인데 아마도 끝내 그 시험에는 붙지 못했던 듯했다.

그 모든 자격증들과 수십 년 동안 지불했던 온갖 영수증들이 커다란 상자 하나에 가득 차 있었다. 맨 위에 9급 공무원 응시 교부증이 몇 장이나 차곡차곡 쌓여 있었다. 그는 아버지가 남긴 종이 쪼가리들을 움켜쥐고는 가슴이 메어 한동안 숨을 쉬지 못했다. 마지막까지 아버지는 사철 과일을 팔았고, 과일이 적은 계절에는 알감자와 호박 따위를 함께 팔았을 뿐이었다. 아들이 보기에 아버지는 언제나 실패하고 있었다. 매번 시험에 떨어지는 아버지가 부끄러웠다.

그가 고등학생 때 아버지가 돌아가셨다. 어이없게도, 아버지가 돌아가신 건 그가 공부를 한답시고 아버지를 따라다니지 않게 되었기 때문이다. 문제집을 소리 내어 읽어주는 것도 잊었고 곤한 잠을 부르던 책장 넘기는 소리도 잊었다. 아버지는 어린 아들과 함께 다니지 않게 되자 운전할 때도 안전을 소홀히 했다. 트럭을 세우고 과일을 팔 때도 바퀴에 돌을 받쳐두지 않았다. 차를 점검하는 데에도 소홀해서 마침내, 평지에서 급커브를 돌다가 브레이크 고장인지 뭔지 차가 뒤집히고 말았다. 고물 트럭 하나 건사하지 못했던 아버지. 그는 아버지의 시신을 거두고 트럭은 버렸다. 이십 년을 아버지와 아들을 먹였던 트럭은 고물 값도 나오지 않았다.

그는 아버지에게 매일 밤 시험 문제집을 읽어주었던 덕분에 어렵지 않게 문제를 풀었고 몇 개의 기능사 자격증을 갖게 되었다. 그것으로 한 시절은 전기기사가 되어 아파트 전기 설비실에서 일을 했고, 또 다른 한 시절은 가전제품 수리기사가 되어 이 집 저 집 티브이와 냉장고를 고쳐주었다. 그런 일들 역시 떠돌이 생활과 다를 바가 없었으므로 또 다른 한 시절은 부동산 중개인이 되고자 했으나 그 시험에는 매번 낙방을 했다. 그는 과일은 손에 대지도 않았다. 그러나 결국 트럭이며 오토바이며 언제 설지 알 수 없는 중고차들을 고치는 일에 손을 대게 되었다.

자기만의 차가 생겼으니 그는 공업사를 거점으로 갈 수 있는 모든 곳을 갔다. 그에게 한반도는 가고 가도 길이 이어지고 듣고 들어도 새로운 소리가 이어지는 거대한 대륙이나 다름없었다. 그는 거친 땅을 박차며 질주하고자 했다.

그러던 어느 날, 돌아오던 길 어디에서 그는 사고를 일으켰다. 오래 손을 탄 순한 말 같던 자동차가 아무리 브레이크를 밟아도 듣지 않았다. 자동차는 오른쪽으로 바퀴를 틀었고 어떤 여자를 쳤다. 그는 핸들을 부서져라 부둥켜안고 브레이크를 깊이 밟았다. 끝장이다, 싶었다. 한참을 꼼짝하지 못했다. 가까스로 몸을 가누며 나갔더니 등을 돌리고 웅크린 여자가 보였다. 여자는 다친 데가 없다고, 다만 차가 달려들어서 놀랐을 뿐이라며 그 자리를 떠났다. 그는 한동안 여자의 뒷모습을 보며 망연해 있다가 오싹한 소름을 느끼고 차를 돌아보았다. 오른쪽 헤드라이트가 부서져 있었다. 길 가장자리로 휙 돌아가 있는 자동차를 보며 그는 자신이 잠깐이나마 졸았는가, 의심했다.

#

문제를 정확히 확인해야 했다. 한적하고 널찍한 국도로 나
갔다. RPM 올라가는 소리에 귀를 기울이며 점점 속력을 높
였다. 변수가 작동될 상황인 건 아니어서인지 현재로서는 특
별히 이상한 소리가 들리지 않았다. RPM이 사천을 넘자 핸
들을 살짝 돌리면서 브레이크를 밟았다. 차가 서지 않고 미끄
러졌다. 무슨 일인가 일어날 것을 예상하고 긴장을 하고 있었
음에도 어어어, 하면서 당황하게 되었다. 핸들을 꼭 움켜쥐고
브레이크를 콱 밟았지만 결국 차가 미끄러지는 것을 잡지 못
했다. 차는 크게 빙글 돌았다. 다행히 넓은 국도였고 수풀 우
거진 길옆이 나대지여서 움푹 팬 길 가장자리에 바퀴가 박히
면서 차가 멈췄다.

김 사장과 함께 면밀히 조사해본 결과, 출력이 높은 차를
받쳐주는 고압 브레이크 호스가 터져 있었다. 호스가 오래되
지도 않은 걸 보니 갈아 넣을 때 너무 세게 조여서 한쪽이 터
졌고 그리로 브레이크액이 샌 것 같았다. 그까짓 거 토크 렌
치를 조절해서 알맞게 조이면 되는데 어설픈 녀석들 같으니
라고. 수입차 딜러들이 운영하는 정비소 기술자들을 떠받들
듯하던 친구를 비웃어줬다. 이런 것 하나 제대로 못하는 것들
이 무슨 대단한 기술자라고.

김 사장이 다른 차에서 떼어낸 호스를 가져왔다. 그는 대놓
고 마뜩찮은 표정을 지었다. 그렇잖아도 웬만한 호스는 이 차

의 출력을 감당할 수 없을 텐데, 국산차 중고부품으로 당기나 하겠냐고, 안 그래도 벌써 수입상에 부품 구입을 의뢰해놓았다고 했다. 김 사장이 화를 버럭 내며 호스를 흔들었다.

─이 사람아, 이거 새 거야. 금방 교체한 것이라고.

─그걸로는 이 차 감당 못해요.

─아, 이 사람아, 고물 차에다가 너무 돈 많이 들이지 말라니깐.

─수입차 수리를 제대로 해봐야 기술이 늘지요. 아무거나 갖다가 땜빵해버리면 성능을 확인도 못하고, 암껏도 안 돼요!

─그래도 지금 몇 번째야.

─브레이크는 제일 중요한 안전장치잖아요. 아무거나 쓰면 안 된다구요.

─아, 맘대로 해! 자네 월급에서 까면 되니까.

김 사장이 그따위로 말을 하는 바람에 그는 들고 있던 토크 렌치를 확 집어던졌다. 어라, 강철 손잡이가 툭 부러져버리네. 아니, 무슨 이런 뭣 같은 경우가 다 있어. 그는 성질을 부렸고 김 사장은 얼씨구, 성질 좀 보라지, 하면서 어디론가 나가버렸다.

그는 다른 토크 렌치를 찾았다. 그런데 어찌된 게 굴러다니던 토크 렌치가 하나도 보이지 않았다. 다른 차라도 수리해야 하는데 영 마음이 잡히지 않았다. 간이 의자에 엉덩이를 걸치고 리프트에 올려진 포르쉐 뒤태를 멍하니 바라보았다. 차의 엉덩이가 여자의 엉덩이 같다는 생각이 잠시 스쳤다. 그러자 친구가 저 차를 산 직후, 그러니까 삼 년쯤 전에 있었던 일이 떠올랐다. 한여름 어느 날 친구가 급하게 부산의 한 호텔로 와달라고 했다. 녀석이 와달라고 한 곳은 칠십층짜리 아파트형 호텔이었다. 처음 그 앞에 도착했을 때 호텔 같지 않아 이게 호텔인지 주상복합아파트인지 알 수가 없었다. 일층을 거의 다 차지하는 영화관과 편의점이 두어 개가 보일 뿐 도대체 호텔의 로비 같은 게 보이지 않아 이곳이 맞는지 빌딩 앞을 여러 번 오갔다. 칠십층짜리 빌딩 한가운데 씌어진 호텔 이름을 확인하느라 쏟아지는 햇빛 속으로 잔뜩 눈을 찌푸리고 올려다보기도 했다. 호텔 이름은 확인했지만 높디높은 꼭대기는 햇빛에 묻혀 보이지 않았다. 그렇게 하고서야 한쪽 끝에 있는 작은 간판과 로비를 발견하고 들어갔다.

초고속 엘리베이터를 타고 친구가 묵고 있는 사십칠층에 내렸다. 어, 왔냐? 하며 문을 열어주는 친구는 옷을 다 입고 있었고 바로 뒤에 서 있는 여자는 얇은 슬립 차림이었다. 친구는 가타부타 말없이 베란다로 나갔다. 그를 따라 베란다로 나가보니 눈부신 바다가 펼쳐져 있었다. 야, 바다네. 친구 집에 놀러라도 온 것처럼 감탄을 터뜨렸다. 드넓은 바다는 빛이 미만해 있어 눈을 바로 뜰 수도 없었다. 친구가 그에게 담배를 한 대 건네주고 자기도 한 대 피웠다. 그는 담배를 피우면서 슬쩍 호텔 내부를 둘러보았다. 아파트형 호텔이라더니 주방도 꽤 큼직하게 마련되어 있었고 베란다에는 세탁기도 놓여 있었다. 침실도 상당히 넓어 보였고 침실을 빙 둘러 베란다가 붙어 있었다. 주방이 크네, 집 같다, 라는 그에게 친구가 시큰둥하게 말했다. 어, 여기 레지던스 호텔이라 일 때문에 오래 있어야 하는 사람들이 간단하게 뭐 해먹으면서 한 달씩 살고 그래. 그는 말없이 고개를 끄덕였다. 이런 호텔에서 한 달씩 사는 사람도 있구나,

여자는 소파에 팔짱을 끼고 다리를 꼰 채 앉아 있었다. 친구가 담배를 다 피우고 나더니 거실로 들어와 캐리어를 들었다. 여자가 친구를 노려보며 바짝 다가와 섰다. 친구가 그에게 이 여자 좀 붙잡아줘라, 라고 했다. 그가 무슨 말인지 알면서도 여자 보기가 겸연쩍어 짐짓 모르는 척 뭐라고? 하고 묻는데 친구가 신경질적으로 다시 말했다. 이 여자 좀 잡고 있으라고, 나 좀 가게. 여자가 흥, 콧방귀를 끼고는 팔짱을 풀더니 친구 앞을 가로막았다. 친구는 아주 흥미를 잃었다는 표정으로 나 좀 가자, 하면서 여자를 밀쳤다. 여자가 그 팔을 확 나꿔챘다. 그도 반사적으로 달려들어 여자를 잡았다. 여자는 힘이 셌다. 그는 친구에게서 여자를 떼어놓기 위해 여자를 끌어안아야 했다. 여자는 몸을 뒤틀어 빠져나가려다 친구가 문을 나서는 것을 보고 팔에서 힘을 뺐다. 그도 팔을 살짝 풀어 여자를 놓아주었다. 돌아서는 여자의 미끌미끌한 슬립과 탄탄한 살의 촉감이 두 팔에 느껴졌다. 여자가 소파에

가서 풀썩 주저앉았다. 그러고는 말없이 담배를 피워 물었다. 첫 모금을 깊이 빨아들이더니 고개를 높이 쳐들고 연기를 내뿜었다.

그는 잠시 망설이다가 친구가 남기고 간 여자 앞에 마주 앉았다. 여자를 혼자 두고 나가자니 어쩐지 못할 짓인 것 같았기 때문이다. 담배나 같이 피워주자, 했다. 여자가 그를 쳐다보더니 팔을 쭉 뻗어 담배를 건네주었다. 어깨에서부터 손끝까지 길고 매끈했다. 팔을 쓰다듬고 싶었다. 그는 담배를 받아 한 모금 길게 피웠다. 그는 친구가 어떤 여자들을 만나는지 알고 있었다. 영화배우라 해도 좋을 만큼 예쁜 여자들이거나 이런저런 분야에서 전문가입네 하는 여자들이었다. 그런 여자들이 저따위 인간에게 떠나지 말라고 애원하는 것이다. 담배를 다시 건네주며 자기를 시종 바라보고 있는 여자와 눈을 맞추었다. 여자와 친구를 함께 능멸해줄 기회가 온 것이다. 눈빛이 거센 걸 보니 이 여자는 친구에게 따귀 몇 대쯤 시원하게 날렸을 거 같았다. 그는 자기에게 눈길을 꽂으며 담배를 눌러 끄는 여자를 보고 일어났다. 여자가 슬립의 어깨 끈을 내렸다. 젖가슴 한쪽이 드러났다. 그가 다가가자 젖꼭지가 오똑 일어섰다. 그는 여자에게 달려들었다. 친구는 여자를 엿먹이려 하고, 여자는 친구를 엿 먹이려고 하고, 그는 친구와 여자를 엿 먹이려 했다. 여자는 시큰둥해 보이는 표정과는 달리 땀을 흠뻑 흘릴 정도로 열심히 사랑을 해주었다.

사실 말이지, 처음 있는 일은 아니었다. 몇 차례 이런 일이 있고 보니 녀석이 먼 곳에서 부를 때면 오랜만에 여자를 만날 수 있을지도 모른다는 생각에 마음 한구석으로는 은근히 기대를 품곤 했다. 그래서 달려갔을 때 막상 여자 문제가 아니라면 내심 서운하기까지 했다. 속옷 차림의 여자가, 간혹 속옷도 안 입은 여자가 눈길을 번들거리며, 때로 눈물 짓고, 때로 경멸하는 표정을 지으며, 짐을 꾸리지도 않고 무언가를 기다리고 있다면 어찌 그가 아무 일도 없이 방을 나올 수 있겠는가.

일이 끝나자 그는 서둘러 여자에게서 몸을 뗐다. '친구가 남기고 간 여자'는 일을 치르고 보니 '친구가 버린 여자'였다. 여자의 숨소리가 들리는 쪽으로는 고개도 돌리지 않았다. 급하게 바지를 꿰는데 발이 엇갈려 넘어질 뻔했다. 그는 별다른 인사도 없이 서둘러 방을 나와버렸다. 문을 나서기도 전에 여자 얼굴이며 몸이며 숨 가쁘던 순간이며, 깡그리 잊혔다.

친구는 그에게 어디로 내려오라거나 같이 밥이나 먹자거나 함께 서울로 올라가자거나 하는 연락을 남기지 않았다. 엘리베이터를 타고 내려오는 동안 전화를 했지만 친구는 전화를 받지도 않았다. 어쩌자는 거지? 주차장으로 가야 하나, 망설이다가 주차장 어디에서 녀석을 찾을까 싶어서 그냥 호텔 앞으로 나갔다. 길가에 멍하니 서 있는데 낯익은 포르쉐가 탕탕탕, 낯익은 소리를 내며 앞을 지나갔다. 어어? 야! 하면서 뛰어갔지만 친구는 멈추지 않고 교차로를 지나가버렸다. 멀어지는 포르쉐 뒷모습을 바라보고 있자니 허탈하기 그지없었다. 지금 내가 뭐 하는 거지? 저놈은 도대체 뭐 하자는 거지? 수치심이 밀려왔다. 멀고 먼 부산까지 내려와 한 짓이라고는 녀석이 달아나도록 여자를 붙잡고 있어주고 그 여자와 몸을 섞는 것뿐이었다니. 고속버스를 타고 올라오는 내내 잘난 포르쉐를 타고 달아난 녀석을 생각하며 혼자 속을 끓였다. 버스가 쉴 때마다 밖에 나가 담배를 뻑뻑 피웠다. 생각할 때마다 얼굴이 뜨겁게 타오르고 속도 바짝 타올랐다.

# #

친구가 공업사 앞에 포르쉐를 대놓고 그를 불렀다. 그는 힐끗 쳐다보고는 하던 일을 계속했다. 녀석은 차창으로 팔을 늘어뜨리고 느긋하게 그를 기다렸다. 가끔 한 번씩 그를 돌아보다 눈이 마주치면 손짓을 했다. 그는 마지못해 연장을 집어던지고 손을 작업복에 쓱쓱 문지르며 차에 올라탔다. 그가 자리에 앉자마자 녀석이 차를 출발시켰다. 차는 부릉, 하고 나가는 게 아니라 마치 길가의 상점들을 다 때려눕힐 듯 탕탕탕, 하는 커다란 공명음을 내며 튀어나갔다. 튀어나가는 속도에 놀라 그의 다리에 저절로 힘이 들어갔다. 고속도로로 들어서 RPM이 사천을 넘어 오천을 향할 때는 금방이라도 차가 폭발할 것처럼 커다란 소리를 터트렸다. 차는 고속도로 옹벽을 긁어버릴 것처럼 거세게 달렸다.

시속 250킬로로 달리는 차 안에서 친구는 등받이를 뒤로 젖혀 먼 곳에 시선을 두고 읊조렸다. 슈퍼카를 타는 건 소리 때문이야. 생김새가 마초적이기도 하고 속도도 엄청나게 빠르고 그런 점도 있지만, 진짜는 소리를 즐기기 위해 타는 거야. 녀석은 터널에 들어서자 창문을 내렸다. 높디높고 세찬 소리가 터널을 할퀴듯 휘몰아쳤다. 거센 회오리바람이 귓속으로 파고들었다. 그는 야, 역시 엄청난 사운드를 자랑하는구나, 라고 맞장구를 쳤다. 그렇게 하지 않고는 배길 수가 없었다. 이런 차 타고 다니면 사람들 이목을 끄니까, 으쓱한 기분 느끼려고 타는 건 줄 아는데 말이야. 그건 그냥 일부에 불과해. 진짜 매니아들은 말이야. 소리 때문에 슈퍼카를 타는 거야. 폭발하듯 하는 분출음만 있는 게 아니거든. 자, 우리 들판으로 나가볼까. 녀석은 여유를 부렸고 그는 무언지 모를 열패감에 휩싸인 채 아무렇지 않은 표정을 지었다. 공랭식 포르쉐 964는 이제 가을이 한창인 들판으로 나왔다.

친구는 차의 속도를 늦췄다. 통통통통, 하는 소리가 너른 들판을 울렸다. 닦은 지 오래된 거친 도로가 마치 금방 닦은 도로인 것처럼 맑은 소리로 진동했다. 녀석이 또 연설을 시작했다. 잘 들어봐, 세단을 탄 것보다 정감 있잖아. 통통통 울리는 소리 사이로 풍경이 스며드는 것 같잖아. 소리는 크지만 역설적으로 잔잔하고 평화로운 기분이 들게 해. 잘 들으면 바람 소리도 새소리도 같이 묻혀 들어온다니까. 녀석은 한껏 제 기분에 취해 있었다. 자동차는 산업재이면서 감성 소비재 거든. 단순한 물건이 아니라고. 녀석은 낮고 굵직한 목소리로 읊조렸다. 등받이를 젖힌 채 눈은 멀리 두고, 여유롭고 느긋한 어조로.

친구에게 들리는 그 소리들이 그에게는 들리지 않았다. 그런 소리들이 들리는 게 다 무언가. 소리가 들리기는커녕 비싼 차를 타는 이유가 여자나 태우고 다니며 온갖 난봉을 다 피우려는 건 줄 알았는데, 자신이 모르는 소리의 세계를 살기 위해서라니, 얼굴 가죽이 조여들고 가슴이 답답해지고 목구멍 아래에서 무언가가 울컥울컥하고 치밀어 오르기만 했다. 그냥 돈 많은 거 자랑하고 여자 많이 따르는 거 자랑하는 편이 훨씬 녀석답지 않나 말이다. 개같이 벌었으면 개같이 쓰라고.

고압 브레이크 호스가 왔다. 새 토크 렌치도 샀다. 호스를 관에 끼우고 알맞은 세기로 단단히 조였다. 허참, 이렇게 간단한 일을 제대로 못해서 그걸 터지게 만들었단 말이야.

차를 이적할 때 보험사에 다 알아보았다. 큰 사고만 네 건이었다. 더 상세하게는 주인 바뀔 때마다 무시할 수 없는 사고가 한 번씩 있었다. 친구는 큰 고장이나 결함에 대해서는 그에게 묻지 않았다. 하지만 잔 고장에 대해서는 종종 묻곤 했다. 자식, 언제나 자동차에 문제가 생기면 나한테 꼬치꼬치 물어봤지. 내가 고치면 훨씬 정밀하게 저렴한 값에 고칠 수 있다고 말했건만 들은 척도 하지 않았지. 묻기는 나한테 물어 놓고 가기는 딜러한테 갔단 말이야. 내 기분은 생각도 하지 않고 말이지. 그런데 그렇게 해서 자동차가 잘 고쳐졌냐 말이야, 문제를 계속 일으키지 않았냐 말이야. 자동차에 관해서는 내가 전문가인데, 내 말을 안 들었지. 그렇게 큰돈 들여 고치고 매번 얼마 안 가 다시 고장 나던 차를 그가 이제 제대로 고친 것이다.

결국 잦은 사고를 당하고도 딜러만 믿은 친구는 똑같은 고장으로 세상을 뜨고 말았다. 이름 없는 동네 공업사에 있다는 이유로 제대로 된 기술자를 몰라본 탓이라고 해야 할까. 자기 손으로 완벽한 차를 만들었다고 생각하니 그는 비로소 친구 녀석에게 단단히 설욕을 하는 기분이 들었다. 녀석에게 보여 줄 수 없는 게 단 하나의 아쉬움이라면 아쉬움일까.

완벽해진 자동차를 타고 속도를 높여 터널로 들어갔다. 터널을 뚫고 달리는 자동차는 마치 총열을 통과해 쏘아지는 총알 같았다. 어둡고 좁은데다 거센 소리와 바람이 회오리치는 터널을 빠져나가는 순간 저 먼 우주로 튕겨져 낯선 공간에 내던져진 것만 같았다. 그는 뜻밖에 맑은 소리 속으로 풀려난 유영체처럼 어리둥절했다. 그러다 곧 자신이 터널 밖 들판에 내던져졌으며 자신도 모르는 새 속도를 늦추었다는 것을 깨달았다. 열린 차창으로 통통통, 탕탕탕, 공기를 울리는 소리가 들렸다. 소리가 열어주는 길을 타고 멀리 달렸다. 친구가 갔던 길이었다. 그 코스는 그에게 '달릴 만한 길'의 기준이 되어주었다. 소리는 코스마다 멀어졌다 가까워지고, 귀청을 찢어놓았다가 짧은 순간 가뭇없이 사라졌다. 그는 들리는 소리마다 귀를 기울였고 각각의 소리들을 분간했다. 그는 긴장을 늦추고 먼 곳에 시선을 두었다. 차를 타고 있을 때 그는 공업사도, 김 사장도, 친구가 남긴 여자들도 모두 잊었다. 그들이 없는 세상으로 그는 달려갔다.

누가 뭐래도 잘 길들여진 자동차가 내는 소리가 있게 마련이다. 자동차든 바이크든 오디오든, 기계는 자기 손으로 길들여야 한다. 이른 바 에이징이라고 하는 거고, 요는 둘이 시간을 많이 보내야 한다는 것이다. 그는 하나씩 제어해나가는 삶이 좋았다. 불안은 미리미리 없애야 하는 것이다. 이상 징후를 미리 알아차리지 못한다는 것은 무능한 것. 자동차를 몸으로 여기고 타고 다니다보니 청각이 예민해졌다. 기계란 소리를 내게 되어 있고, 이상 징후란 대개 소리로 나타나게 되어 있다. 수동식 올드 모빌이 전자동 자동차 같은 소리를 내면 그게 이상한 거다. 문짝이 닫힐 때도 콱 처박히는 소리가 나는 게 당연한 거고 매끈한 아스팔트길을 달려도 두 발과 엉덩이를 통해 거친 쇳덩이가 마찰하는 소리가 들리는 게 당연했다. 이 녀석은 원래 그렇게 태어난 것이니까.

점차 그는 자동차가 자기에게 보내는 소리가 있다고 믿기 시작했다. 다른 세계로 이동하는 통로이니까 무슨 신호를 보내도 보낼 거라고. 그렇게 시간을 들여 귀를 기울였다. 귀를 기울일수록 역시 무슨 소린가가 들렸다. 같은 코스를 주행한 지 두어 달 만에 호소하는 듯한 소리가 들리기 시작했다. 속도를 조금만 올리면 엉덩이 밑을 긁는 소리에 이어 찌그럭거리는 소리가 들렸다. 발사대에 올라 발사의 순간만을 기다리던 대포동 미사일이 바퀴벌레 한 마리 때문에 버그를 일으킨 것 같았다. 진입로를 타고 웅장한 소리를 내며 멋지게 도약해야 할 슈퍼카가 찌그럭거리는 소리라니. 그는 고개를 젓고 쯔쯔 소리를 냈다.

게다가 고질라가 자동차를 잡고 좌우로 흔드는 것처럼 차체가 흔들리는 것을 느꼈다. 그는 다시 한 번 고개를 젓고 쯔쯔 혀를 찼으나 내심 기뻤다. 이상 징후를 발견해낸 자신의 과민함을 신뢰하지 않을 수 없었던 것이다. 쇼바가 닳아빠졌군, 그렇다면 쇼바를 바꿔보지. 승차감이 말도 못하게 좋아질 거야. 수입상에 물어서 순정품을 찾았으나 생산이 중단되었고 국산 제품에도 맞는 쇼바가 없었다. 수입상은 데데한 목소리로 애프터 마켓용으로 파는 수입품만 있는데 고급형이라 값이 두 배도 더 된다고 했다. 그는 당장 그것을 보내라고 호통을 쳤다. 쇼바를 바꾸자 곧바로 찌그럭거리는 소리가 사라졌다. 좌우로 미세하게 흔들리는 느낌도 없었다. 그는 자동차를 안을 수만 있었다면 답삭 끌어안고 뺨을 비볐을 것이다.

너를 안다는 것은 너를 장악하는 것이고, 장악한다는 것은 이렇게 뿌듯한 것이지.

#

작업복을 입은 채 잠이 들었던가 보다. 개운하게 눈을 뜨게 된 것이 새로웠다. 그는 밖으로 나오다가 선뜩한 바람이 목으로 파고들어 움찔 놀랐다. 벌써 서리가 내렸네. 한 바퀴 돌고 올까. 그는 포르쉐에 올라탔다. 차가운 시트에 엉덩이를 앉히자 기분이 더욱 좋아졌다. 단단한 차가움. 동그란 쇠공 모양의 기어를 손바닥으로 감싸듯 쥐었다. 자, 출발! 자동차는 차가운 날씨에 예열 없이도 거세게 튀어나갔다. 뒤쪽에서 들리는 탕탕탕 소리는 마치 정비소를 향해 대포를 쏘는 것 같았다.

조금 달리다보니 엔진에서 뭔가 거슬리는 소리가 났다. 쇳덩어리끼리 마찰할 때 들리는 소리지 싶었다. 어서 들어가서 뚜껑 열어봐야지. 서둘러 창고로 들어오는 그를 보자마자 김 사장은 노발대발했다.

— 너 에쎔쓰리 문짝 고쳐놓으라고 했지! 지금 주인 온다는데, 어쩔 거야, 임마!

— 아, 그거 금방 해요. 금방 해.

— 저 그랜저 휀다는! 저건 이따 한시에 찾으러 온다고 했잖아!

—아, 금방 해요. 금방.

그는 사장이 왜 저러는지 알 수가 없었다. 수입자동차 완벽 수리를 지향한다고 해놓고 저렇게 중도에 그만둬서는 될 것도 안 되는 거지. 그는 우그러진 문짝을 당겨 펴는 압착 기계를 끌고 가며 투덜거렸다. 김 사장이 뭐 임마? 어서 일 안 해? 하면서 등짝을 쳤다.

에스엠3 문짝 따위를 고치고 있으려니 신이 나지를 않았다. 어서 빨리 내 자동차 엔진을 점검해야 하는데 에스엠3 문짝 따위를 만지고 있어야 하다니. 그는 대강 문짝을 펴놓고 사장에게 보고했다. 사장이 딴 생각 말고 그랜저 고쳐놓으라고 소리 지르는 바람에 어정어정 그랜저를 보러 갔다. 우그러진 휀더를 뜯고 사장이 주문해놓은 새것을 끼워 넣었다. 벌써 점심 먹을 때가 되었는지 청소 아줌마가 뭘 먹을 거냐고 물었다. 그는 점심 메뉴 따위 아무래도 좋았다. 아무거나요, 라고 대답하면서 포르쉐에게 뛰어갔다. 아줌마가 뒤에서 밥도 제대로 안 먹고 저이가 왜 저래, 하면서 주방으로 들어갔다.

그는 포르쉐 엔진룸 뚜껑을 열었다. 전문가의 눈으로 면밀히 살펴본 결과, 엔진을 얹고 고정한 부분에서 마찰이 일어나는 것 같았다. 사그락, 사그락거리는 소리가 들릴 곳이라곤 거기밖에 없었다. 그는 단걸음에 청계천으로 달려갔다. 선반 가게 사장님에게 열심히 설명해봤지만 알아듣지도 못해서 그가 직접 만들겠다고 굽신거렸다. 세 시간을 들여 엔진을 얹는

받침쇠에 끼울 링을 우레탄으로 열 벌을 깎았다. 지금 당장은 네 벌만 있으면 되지만 깎는 김에 넉넉하게 깎은 것이다. 그는 우레탄 링을 두 손으로 안아 들고 정비소로 달려왔다. 혼자 진땀을 흘려가며 엔진을 들어내고 링을 끼웠다. 기름에 전 목덜미를 수건으로 쓱 문지르는데 김 사장이 와서 또 잔소리를 하기 시작했다.

—엔진 바꾼 지 얼마나 되었다고 그런 짓을 해.

—엔진이 아니라 엔진 얹은 데가 낡아서 마찰이 일어난다고요.

—차 고칠라 말고 네 인생이나 고쳐, 임마.

—아, 인생 못 고치니까 차를 고치는 거죠. 쓸데없는 소리를 하고 그래요.

그는 버럭 소리를 질렀다.

—하, 저놈이 저놈의 자동차 얻은 뒤로는 꼬박꼬박 대드네. 내 살다 살다 엔진에다 고무링 끼우는 사람 첨 봤다. 너 그러다가 월급 다 날린다! 나 원망하지를 말어.

그는 상관 말라며 귀찮은 파리 쫓듯 손을 내저었다. 그는 제법 기술이 좋은 편이라 사장이 쉽게 해고할 수 없다는 것을 잘 알고 있었다.

#

김 사장이 방으로 들어와 발로 이불을 걷어찼다.

—방이나 좀 치우고 살아, 이 사람아. 이게 뭐냐.

　공업사 한쪽에 그가 먹고 자는 방이 있다. 부엌이랄 게 따로 없어서 방 안에 두 칸짜리 씽크대가 있었다. 냄비 두어 개, 그릇 몇 개가 개수통에 들어 있었고 앉은뱅이 탁자에 어제 시켜 먹은 족발 세트가 그대로 놓여 있었다. 양말도 바지도 아무렇게나 벗어놓은 그대로였다. 밤늦게까지 자동차를 고치고는 늦잠을 자고 있던 그는 김 사장 잔소리에 더 이상 누워 있을 수가 없었다.

　—이러고 사니 여자가 생기냐? 정신 차려 이 사람아. 지금 자네 나이가 몇이야.

　그는 김 사장 말에 아무 대꾸도 하지 않고 커피포트에 물을 받아 스위치를 올렸다. 물이 금세 끓어올랐다. 그는 여전히 아무 말도 하지 않고 커피를 타서 김 사장에게 건넸다. 김 사장 목소리가 조금 누그러졌다.

　—자네 지금 자동차하고 싸우자는 거야?

　그는 잠기가 묻어 있는 목소리로 느릿느릿 무슨 소리냐고 되물었다. 김 사장은 무슨 소리인지 알고도 모르쇠로 나오는 그를 한심스럽게 쳐다보다 절레절레 도리질을 했다.

　—자동차를 고치라고 했지, 자동차하고 싸우라고 했어?

　—자동차는 완벽해요. 제가 완벽하게 고쳐놔서 더 손볼 데가 없어요.

　그는 기름때에 찌든 작업복을 꿰며 정비소로 나왔다.

—이 사람아, 눈 좀 똑바로 뜨고 차를 봐. 자네가 어떻게 만들어놓았는지. 얼마나 뜯어고쳤는지 포르쉐가 아니라 생판 다른 차가 됐잖아. 사람이 말이야, 도무지 말을 안 들어.

그는 고물 그랜저의 보닛을 열며 웅얼거렸다.

—내가 왜 사장님 말을 들어요. 나는 포르쉐의 말을 듣고 있다니까요.

—포르쉐의 말 좋아하네. 내 말이나 좀 들어라. 다른 사람 눈에는 보이는데 왜 제 눈에는 안 보이는지 몰라. 사람들이 하나같이 저 사람 저러면 안 되는데, 할 때 그만둬야 하는 거야. 이러니 아직까지 여자도 하나 없고 그러지.

친구가 남겼던 여자들이 문득 떠올랐다. 얼굴도 없고 이름도 없는 여자들. 그 여자들이 한꺼번에 둥글둥글 뒤섞이더니 묵직하고 날렵한 포르쉐로 둔갑했다. 내 팔자에 여자는 없는 모양이지. 그는 신경질을 냈다.

—아, 듣기 싫어요. 그만 좀 해요.

—돈도 모으고 집도 장만하고 그래야 할 거 아냐.

—제가 다 알아서 해요. 잔소리 좀 그만 하세요.

—자네 아버지도 트럭 몰다 돌아가셨다고 했지? 고물 차 갖고 드리프트 했다고 그러지 않았어? 타이어가 터져서 굴렀다고?

아니, 김 사장이 오늘따라 나를 왜 이렇게 코너로 몰지. 그는 정신 산란하게 왜 작업하는데 따라다니며 이러느냐고 짜증을 부렸다.

—자네 아버지가 드리프트 했는데 브레이크가 고장 나서 뒤집혔다고 했잖아?

—아니, 뭐, 꼭 그런 건 아니었고요. 졸음운전으로 차가 굴렀어요.

—에헤, 이사람 참, 왜 그래? 왜 자꾸 말을 바꿔?

—트럭 가지고 어떻게 드리프트를 해요.

—그러니까 내가 어이가 없다고 했잖아. 되도 않는 허세를 부리고 그래.

—아버지가 공터에서 가끔 드리프트 한 건 사실이에요. 뭐, 달리 즐길 게 없던 분이니까.

—그런데 왜 또 아니라고 그래? 사실은 사실대로 말해야지.

그는 화를 벌컥 냈다.

—저리 좀 가세요. 차 좀 고치게.

그는 바닥에 널린 연장들을 걷어차며 자동차 밑으로 들어갔다. 김 사장이 손을 내저으며 자리를 떴다.

—고치기는, 더 망가뜨리지 않으면 다행이겠고만.

그는 차체를 쓰다듬었다. 단단한 몸체가 그의 손바닥 안에서 미끄러졌다. 나는 이 자동차를 사랑한다고. 내가 이날 이때까지 뭘 사랑해본 적이 없잖아?

그는 밥을 제대로 먹지도 않았다. 예전에는 친구를 만나러 가거나 여자를 만나러 갈 때 제법 말끔하게 꾸밀 줄도 알았다. 그런데 이제 목욕은 뒷전이었다. 방 안에는 각종 라면 봉지와 컵라면 빈 용기가 굴러다녔고 언제 벗어놓은 옷인지 빨지도 않았으며 옷을 갈아입지도 않았다. 그는 눈을 뜨기가 무섭게 포르쉐에 올라탔다. 손으로 어루만지고 눈으로 어루만졌다. 액셀을 밟고 온몸으로 진동을 느꼈다. 묵직한 진동이 몸의 심부를 울린다 싶을 때 거세게 튀어나갔다. 점점 속도를 높여 터널 속을 달렸다. 한겨울 창문을 열고 터널 속을 달리면 휘갈기고 찢어발길 듯 울부짖는 소리가 들렸다. 그는 소리를 타고 달렸다. 높디높은 굉음에 온몸을 맡겼다. 그러다 순식간에 다른 소리로 이동할 때면 삽시간에 다른 세상에 내던져진 듯 가슴이 벅찼다. 그렇게 돌고 오면 새로 태어난 듯 개운해졌다. 소리는 그에게 애착이었고, 강박이었다.

또다시 브레이크 호스가 터졌다. 김 사장은 이제 더 이상은 못 봐주겠다고 선언을 했다.

—네 인생이나 좀 브레이크를 밟아. 사람은 브레이크를 밟아야 할 때를 알아야 하는 거야. 사람들이 말이야, 망해 먹을 때는 꼭 저러더라니까. 죽을 거 알면서도 끊지를 못해.

그는 가까스로 하나 남은 순정부품을 얻었다. 대리점 직원은 이제 이것으로 더 이상은 구할 수 없다고 냉정하게 말했다. 김 사장은 포르쉐를 완벽하게 수리해서 수입차 수리점을 하겠다는 꿈을 접었다. 그는 김 사장의 꾸지람을 듣지 않으려고 속으로 중얼거렸다. 자동차는 단순한 산업재가 아니라고.

자동차 엔진은 펄펄 끓는 심장이라고. 찐득찐득한 심장을 손아귀에 쥐어보면 사람이 달라지는 거야. 더구나 공랭식 포르쉐는 남자들의 로망이라는 거지. 이걸 타기 전에는 자동차를 탔다고 할 수 없어. 무엇보다 소리에 눈을 뜨게 되어 있거든. 심장이 뛸 때는 소리가 나. 소리는 살아 있다는 증거잖아. 이 자동차는 영혼을 품은 강철이라고. 당신이 뭘 몰라서 그래.

아버지의 트럭이 급커브를 돌다 맨땅에 콱 처박히며 뒤집히던 광경을 보았다. 공부를 한답시고 친구들과 어울려 담배한 대씩 피우고 뒷골목을 빠져나오다가 공터에서 드리프트를 하는 아버지의 트럭을 본 것이다. 트럭이 넘어졌을 때 짐칸에서 쏟아지던 붉은 사과들, 알감자들, 그것들과 함께 짓이겨지던 붉은 감을 보았다. 아버지는 또 한 번의 응시에서 떨어졌으리라. 아버지는 또다시 떠돌아야 했을 테고, 울분을 어찌지못해 한밤의 공터에서 트럭을 달리다 콱 처박았을 게다. 트럭은 좌석 앞에 공간이 없어서 사고가 나면 핸들이 가슴과 배로 곧장 밀고 들어온다. 아버지의 심장과 내장이 짓이겨졌다. 그는 마지막 감이 트럭에서 떨어져 그대로 박살나는 소리를 들었다.

떠돌지 않으려고 그렇게 기를 쓰고 시험공부를 한 사람이 왜 차를 몰다 사고를 냈을까. 울분을 토하듯 거칠게 운전대를 꺾는 아버지를 몇 번 보았었다. 아버지가 돌아가신 뒤에 그는 그 사고를 여러 번 되짚어보았다. 아버지는 트럭을 탔지만 어디로도 이동하지 못한 것이겠지. 트럭의 소리는 그토록 보잘것없었던 걸까.

친구 녀석은 비바람이 몰아치는 고속도로를 달렸다. 비바람이 몰아치는 고속도로만이 들려줄 수 있는 소리를 들으며 달렸을 것이다. 어쩌면 그런 도로에서 미끄러질 때만 들을 수 있는 소리가 있는지도 모른다. 미친 녀석을 받아주는 공간은 작은 차체 하나만큼일 뿐인 게다. 그 차체 하나로 뚫고 가는 외길 만큼이었을 테다. 친구는 그 작은 차체로 뚫고 가는 길에서 들을 수 있는 모든 소리를 들으려 했던 것뿐인지도 모른다. 미친다는 건 그런 거니까. 고장 나는 곳이 또 고장이 나면 그 차는 버려야 하는 것이지. 그러나 녀석은 고장 난 곳이 매번 다시 고장 난다는 것을 모르는 척했지. 미친다는 건 그렇게 남김없이 탕진하는 거니까. 그는 토크 렌치의 눈금을 정밀하게 맞춰 브레이크 호스를 조였다. 그 역시 두 사람의 뒤를 따를지도 모른다. 그러나 지금 그만둘 수는 없었다. 누추한 공업사를 벗어나는 길은 소리를 타고 이동하는 길뿐이니까.

광장에 지다

광장의 첫날

아버지가 말한다. 다섯 걸음 떨어져서 따라와라. 나는 아버지의 오른쪽 소매 끝에서 정확히 다섯 걸음 떨어져 따라간다. 한순간도 아버지의 소매 끝에서 눈을 떼지 않는다. 사거리에 이르렀다. 아버지는 거기에 우뚝 서서 내게 길을 가리켰다. 서쪽으로 2킬로 500미터를 걷는 거야. 그리고 북쪽으로 400미터를 더 걸어. 광장에 이르면 남쪽으로 20미터 떨어진 곳에 앉아서 이 피자 세 판을 먹는 거다. 아주 맛있게 먹는 거다, 알았지?

처음 걷는 길이다. 서쪽으로 2킬로 500미터를 걷는 동안 비둘기가 한 마리 내 어깨를 스치고 날아가다 두 걸음 앞에서 급히 땅으로 내려앉았으며 정확히 224명의 사람들이 내 왼쪽 오른쪽으로 스쳐 지나갔다. 북쪽으로 400미터를 걷는 동안 뜨거운 석양이 23층 빌딩 뒤로 붉게 졌으며, 건널목에서 나를 포함한 142명의 사람들이 어지럽게 교차했다. 아버지는 4시 16분이면 광장에 이를 것이라고 했다. 정확한 시간에 가 닿은 그곳에서는 수많은 사람들이 웅성이고, 모였다 갈라졌다, 이리저리 오고 갔다. 누군가는 노랑 피켓을 들고 서 있고, 누군가는 지나가는 사람들을 향해 외쳤다. 사람들 뒤로 흰 천막들이 열 지어 있었다. 흰 천막의 처마들에는 노랑 리본이 매달려 있었다. 사람들은 바로 그 흰 천막에서 흘러나오고 그곳으로 흘러들어갔다. 사람들이 오갈 때마다 매달린 리본들이 하늘로 날아올랐다 가라앉았다. 광장은 웅성이고 움직이고 모였다 갈라졌다 하며 무한히 변모하는 중이었다. 나는 아버지가 지정해준 광장의 자리를 찾지 못했다.

피자 세 판을 들고 꼼짝하지 않고 그 자리에 선 채 저녁을 맞이했다. 누구에게도 길을 묻지 못했고, 누구에게도 내가 앉아야 할 자리가 어디인지 물어보지 못했다. 아버지는 어떤 길로 해서 얼마만큼 걸어 집으로 돌아오라고 말해주지 않았다. 사위가 어두워져 오가는 사람들은 성글어지고, 하얀 천막들은 어스름에 잠겼다. 사람도 천막도 뭉그러진 정물처럼 무엇이 무엇인지 분간하기 어려워졌을 즈음 아버지가 나를 찾아왔다. 아버지는 나의 어깨를 끌고 가서 정확한 지점을 알려주었다. 내일은 여기에 앉아서 피자를 먹는 거다, 알겠지? 누가 뭐라고 해도 피자를 다 먹기 전에는 일어나서는 안 된다. 아버지는 나를 돌려 세우고 자, 이제 집에 가는 거다, 라고 했다. 아버지의 소매 끝에서 다섯 걸음 떨어져 집으로 돌아왔다.

아버지와 함께 집으로 돌아오는 길에는 비둘기도 만나지 못했고, 저무는 해도 만나지 못했다. 건물들에서는 불이 하나 둘 꺼져갔다. 사람들이 듬성듬성 오가는 보도는 왠지 쓸쓸했고, 도로 위의 차들은 기름 냄새를 풍기며 급히 달려갔다. 빠르게 걷는 아버지의 소매 끝을 따라 차디찬 먼지가 일었다. 아버지가 숙소 문을 열어주었다. 스물네 명의 공원이 둘씩 잠을 자는 방들 가운데로 나 있는 좁은 복도로 신발을 벗고 올라섰다. 복도 끝의 작은 창으로 달이 엿보였다. 나는 손끝으로 달을 가리켜보고 방으로 들어갔다. 매일 밤 달을 가리켜보지만 달은 창을 넘어 들어오거나 다른 데로 사라지거나 하는 일이 없었다.

나는 말을 못하는 사람이다. 내가 사람인지 아닌지도 모르겠다. 사람들은 나를 골렘*이라 부른다. 아버지가 말했다. 너

---

* 골렘은 유태인의 전설에서 오래된 무덤의 흙을 빚어 만든 흙인형 같은 것으로 사람들이 믿을 수 있고 든든한 도우미 역할을 해주는 존재이다. 신이 말씀으로 사람을 창조하고 신의 형상을 본떠 형태를 만들었으나 사람은 사람의 형상을 본떠 흙으로 골렘을 빚었을 뿐이기 때문에 골렘은 말을 하지 못한다. 기독교에서는 신 이외에 생명을 머물게 할 수 있는 자는 없다고 한다. 어떤 사물에 생명을 불어넣을 수 있는 존재가 있다면 그것은 바로 악마일 것

는 300년 된 무덤의 흙으로 빚어졌단다. 얼마나 고운 진흙으로 정성을 다해 빚었는지 모두들 너를 아름답다고 한다. 열일곱 살, 딱 좋은 나이로 태어났으니 얼마나 좋으냐. 피부는 탱글탱글하고 근육도 적당해서 무얼 가르쳐도 잘 배울 때가 아니냐. 기술을 익히기에도 효율성이 가장 높을 때다. 어떠냐, 만족스럽느냐? 나는 얼굴을 쓰다듬어본다. 매끈한 살갗이 만져진다. 머리칼에 손가락을 집어넣어 훑어 내린다. 곱슬곱슬하고 부드러운 머리카락을 타고 손이 미끄러진다. 쭉 뻗은 늘씬한 다리를 굽혔다 폈다 앉았다 일어나 몇 걸음 걸어본다. 물결처럼 자연스럽다. 아버지는 나를 데리고 시계 공장으로 갔다.

나는 아버지의 시계 공장에서 다른 사람들이 하는 모든 일을 한다. 남들처럼 잠을 자고 밥을 먹고 시계를 조립한다. 시계는 내 손안에서 누구보다 빠르고 정확하게 완성된다. 내 손과 눈은 한 번 본 것을 잊지 않고 정확히 옮겨놓곤 해서 아버지로부터 종종 칭찬을 받는다. 매출이 급속도록 늘어났다. 아버지는 이래서 골렘을 만드는 거라니까, 말 안 듣는 자식보다 낫잖아, 하며 내 머리를 쓰다듬곤 했다. 그럴 때면 방긋이 웃어야 한다는 것을 안다. 아버지와 눈을 맞추고 방긋이 웃는다. 아버지는 다시 한 번 내 머리를 쓰다듬었다. 어느 날 아버지는 나에게 상을 주었다. 가장 잘 팔리는 예물용 금장 시계였다.

이다. 즉, 골렘을 만든 것은 악마의 소행이라는 것이다. 속어로 골렘은 바보, 멍청이라는 뜻이 있기도 하다.

세상에서 가장 좋은 시계야. 앞으로는 이것으로 시간을 맞춰라. 나는 입김을 하, 불어 시계 유리를 닦았다.

공원들이 묵는 방에는 창이 없다. 매일 아침 눈을 뜨면 나는 복도 끝 작은 창 앞으로 가서 서늘하게 맺힌 이슬을 쓸어 내고 달이 지는 것을 본다. 이슬이 지는 시간 희미한 달이 서쪽으로 진다. 달이 지면 해가 뜨고 이슬이 스러진다. 나는 서쪽을 물끄러미 5분 20초 동안 바라보다가 손목시계의 시간을 맞추고 일을 시작한다.

똑딱똑딱, 똑딱똑딱, 시계 소리를 따라 어떤 날은 꽃이 피고 어떤 날은 비가 내렸다. 똑딱똑딱, 똑딱똑딱, 시계 소리를 따라 공장은 점점 커지고 일하는 공원들이 늘어났다. 아버지는 공원들에게 엄격했다. 모두들 저 애를 따라 똑같은 속도로 조립을 해. 하루 한 개를 완성하지 못하면 임금을 줄 수 없어. 아버지의 공장은 두 가지 브랜드를 만든다. 똑같은 제품이지만 하나는 S기업에 납품하는 유명 브랜드이고 하나는 아버지 회사의 이름을 달고 나오는 시계이다. 이탤릭체로 쓰인 로고 문양이 대기업 납품 시계와 달리 마지막 글자가 위로 휘어져 있지만 종로 시계 거리를 찾는 사람들은 알면서도 사고 모르면서도 산다. 아버지는 자신의 회사 이름을 달고 나오는 시계를 만드는 공정에는 그닥 깐깐하지 않다. 그러나 S기업으로 납품하는 제품에 조금이라도 하자가 생기면 그날은 공장이 뒤집히는 날이다. S기업에 납품하는 시계와 자체 브랜드 시계 사이에 제작 단가의 차이는 크지는 않다. 그러나 시장에서 팔릴 때에는 S기업 제품이 두 배 이상 비싸다. S기업 제품을 생산하는 라인에 최고의 기술자들이 몰려 있다.

하얀 모자를 쓰고 하얀 유니폼을 입고 하얀 장갑을 낀 스물네 명의 공원은 한 시간에 한 번씩 물을 마시거나 커피를 마시거나 화장실을 갈 시간을 달라고 아버지에게 요구했다. 아버지는 세 시간에 한 번 커피를 마시게 해주었다. 프레스를 쓰는 것도 레이저를 쓰는 것도 생산성과 효율성을 극대화시키기 위한 것인데, 작업이란 것은 리듬을 타게 되어 있어서 중간에 리듬을 끊으면 효율성이 뚝 떨어진다는 것이다. 작업의 최적 지속 시간은 세 시간이라는 게 아버지의 주장이었다. 나는 정확성과 빠르기에서 스물네 명의 공원들 중 가장 뛰어났다. 최고의 기술자에게 주는 상은 20분 동안의 산책.

아버지는 가끔 나를 데리고 산책을 나간다. 산책을 할 때엔 내 어깨에 손을 얹고 그 손을 도닥거린다. 예부터 골렘에게는 말야, 성소를 지키는 일을 맡겼어. 성소가 무엇을 말하는 것인지 나는 모른다. 나는 고개를 틀어 아버지를 쳐다본다. 아버지, 그는 인자한 미소를 짓는다. 성소는 보물이 가득 찬 곳을 말해. 아무나 드나들지 못하는 곳이지. 그런 곳을 지키는 거야. 너는 시계를 만들지? 우리나라에서 가장 좋은 시계를 만드는 것은 보물을 지키는 것과 같은 거야. 너는 그런 일을 하라고 아버지가 만들었어. 아버지는 내게 정면으로 자신을 보라고 했다. 태어난 날 2014년 4월 16일. 태어난 이후 줄곧, 아버지의 인자한 미소를 따라 미소 짓는 연습 122일째.

광장의 둘째 날

다시 아침이 되었다. 복도 끝에 가서 달이 이울고 해가 뜨고 이슬이 지는 것을 본다. 손가락을 들어 이우는 달을 가리켰더니 창틀의 홈에서 무언가가 파닥였다. 지난밤에는 보이지 않았던 작고 둥근 고치였다. 고치 끝에서 작은 날개가 삐져나오는 중이었다. 5분 30초가량 지켜보았다. 더 이상 지체할 수 없어서 고치를 등지려는 찰나, 나방이 쏙 빠져나와 내 손가락에 앉았다. 나방이 나와 눈을 맞추고는 날개를 바르르 떨었다. 미세한 가루가 번졌다. 마치 매일 손가락으로 가리키던 달빛 같았다. 나방을 창틀에 올려놓고 숙소를 나왔다.

다른 사람의 두 배 빠르기로 작업을 마쳤다. 아버지가 말했다. 광장에 가야 할 시간이다. 한 가지 명심해야 할 게 있다. 네 앞에 42일 동안 굶은 남자가 있을 게다. 그 남자를 바라보며 맛있게 피자를 먹는 거다. 그 남자와 눈을 마주치는 것은 어쩔 수 없는 일이지, 그러나 결코 그 남자와 눈빛을 섞어서는 안 돼. 자, 이제 가거라. 나는 서쪽으로 2킬로 500미터를 걸었다. 비둘기가 두 마리 내 머리를 스치고 날아가 몇 발짝 앞에 내려앉았다. 내가 그만큼 걸으면 비둘기는 다시 푸드덕 날아올랐다. 비둘기 두 마리는 서로 엇갈려 날아다니며 어지러이 날개를 파닥거렸다. 그러다가 걸음을 내딛기 어려울 만큼 갑작스레 발 앞에 내려앉곤 했다. 나를 막아서려는 것일까.

비둘기가 발에 채여도 시간을 지체할까 싶어 걸음을 늦추지 않았다. 내 정확함을 신뢰하는 아버지를 실망시킬 수는 없었다. 23층 갈색 빌딩을 표지로 북쪽으로 400미터를 걸어야 할 때였다. 비둘기 두 마리가 어지러이 날개를 퍼덕이며 눈앞을 가렸다. 비둘기를 쫓을 방법을 몰랐다. 걸음을 더욱 세차게 내딛다 비둘기 두 마리와 연달아 이마를 부딪쳤다. 비둘기가 길바닥에 떨어졌고 나는 그것을 밟고 건널목을 건넜다. 광장에 다다라 우뚝 섰다. 정확히 4시 16분이었다. 광장에 싯누런 금빛 석양이 쏟아졌다. 석양이 흥건하게 쏟아진 광장은 여전히 수많은 사람들로 웅성거렸고 움직였고 어제와는 또 달라져 있었다.

아버지가 지정해준 자리에 앉았다. 불과 몇 걸음 앞 하얀 천막 아래에 볼이 움푹 패고 수염이 온 얼굴을 뒤덮은, 눈 맑은 남자가 앉아 있었다. 42일이나 음식을 입에 대지 않았다는 사람 같았다. 그의 눈은 슬픔으로 가득 차고 결기로 빛이 났다. 나는 그 사람 20미터 앞에 앉아 피자 박스를 열고 아구아구 피자를 먹었다. 사람들이 나를 둘러싸고 웅성거리고 소리를 쳤으며 사진을 찍어댔다. 나는 콜라도 없이 피자를 먹었다. 웅성거리는 사람들 사이로 눈 맑은 남자와 세 번이나 눈이 마주쳤다. 그가 슬픈 눈으로 나를 바라보았다. 그러나 나는 그와 0.2초 이상 눈을 맞추지는 않았다. 피자를 먹어야 했기 때문이다. 누군가 말했다. 버러지 같은 자식, 겁나게 처먹네. 니 애비가 그렇게 굶기더냐. 아버지는 공원들 중에 피자를 세 판이나 맛있게 먹을 수 있는 자는 나밖에 없다고 했다. 내가 피자를 세 판이나 먹어야 하는 이유는 그것뿐이다. 먹으라 하면 먹고, 일하라 하면 일하고, 잠들어라 하면 잠들 수 있는 나, 골렘.

세 판째 피자의 뚜껑을 열었다. 손을 막 가져가려는데 옆에 누군가 와서 앉았다.

"너, 이름이 뭐냐?"

피자는 손에 들렸고 입을 적당히 벌렸지만 나는 먹지 못하고 소리 나는 쪽으로 고개를 돌렸다. 꼭 조이는 교복을 입은 여자애가 옆에 쪼그리고 앉아 나를 빤히 쳐다보고 있었다. 하얀 양말에 삼선 슬리퍼가 눈에 띄었다. 나는 알다시피 말을 할 줄 모른다. 고개를 저었다. 나는 골렘, 이름은 야. 또는 저 애. 또는 그 애.

"이름 지어줄까?"

여자애가 피자를 쿡 찌르며 물었다. 나는 대답을 할 줄 모른다. 여자애는 피자를 뺏을 것처럼 손을 뻗쳤다. 나는 여자

애의 손을 피해 피자를 먹으랴, 여자애를 곁눈질하랴, 정신이
없었다. 다시 봐도 기억이 나지 않을 얼굴이었다. 게다가 저
건 뭐람. 교복 치마 아래 입은 체육복 바지라니.

"수! 수, 어때? 네 이름이야."

여자애가 금방이라도 깔깔거릴 것처럼 목소리를 높였다.
여자애가 왜 웃는지 알 수가 없었다. 공장 밖의 저 애들은 언
제나 저렇게 깔깔대며 몰려다녔다.

"내 가장 친한 친구 이름이야. 그 애는 저기 저 물속에 잠
겨 있어. 마지막까지 내 손을 잡고 있었어. 너무 꼭 잡아서 피
가 났어. 이거 봐."

여자애가 두 손을 내밀었다. 나도 모르게 여자애의 손을 내
려다보았다. 두 손과 팔목에 손톱 자국인지 쿡쿡 찔린 상처와
피멍이 들어 있었다. 그렇지만 피자를 먹는 것을 멈출 수는
없었다. 어떤 남자가 다가와 느닷없이 피자 박스를 발로 걸어
찼다.

"이 버러지 같은 자식아! 이게 사람이 할 짓이냐?"

남자는 피자를 들고 있는 내 손을 후려쳤다. 손에 들렸던
피자가 땅바닥에 떨어졌다. 아버지의 노한 얼굴이 떠올랐다.
너는 내가 시키는 대로 하지 못했어. 누가 말을 걸어도, 누가
어떤 짓을 해도 너는 피자만 먹으라고 했지! 왜 그러지 못했
니! 아버지가 내게 어떤 벌을 내릴지 나는 모른다. 나는 땅에
떨어진 피자를 주웠다. 그것을 입에 넣어야 했다. 나는 골렘,

내게는 이름이 없다.

피자를 주위 한입 입에 물었다. 남자가 사납게 내 뺨을 때렸다. 피자를 빼앗아 내동댕이치고 발로 짓이겼다. 나는 응수를 할 줄 모른다. 피자를 다 먹지 못했으니 나를 신뢰하는 아버지가 노할 것이다. 아버지가 돌아오라고 정해준 시간이 되었다. 피자를 다 먹지 못했어도 집에 돌아갈 수 있는 건지 판단할 수 없었다. 예상에서 어긋나는 일이 벌어졌을 때 어떻게 해야 하는지 나는 아직 배우지 못했다. 여자애는 어디 갔는지 보이지 않았다. 망설이다가 시간이 자꾸 지나가서 그만 짓이겨진 피자를 박스에 옮겨 담아 들고 일어났다. 맞은편 하얀 천막 안의, 천막만큼 하얗게 수척해진 오래 굶은 남자가 내게서 눈을 돌렸다. 그의 눈에서 눈물이 흘렀다.

흙이 묻고 짓이겨진 피자를 보고 아버지의 얼굴이 삽시간에 붉게 타올랐다. 아버지는 박스째 쓰레기통에 던져 넣고 발로 꾹꾹 밟으며 소리쳤다. 다른 아이들이랑 함께 먹으면 아무도 못 건드릴 게다. 내일부터는 열 명의 아이들을 보내주마. 이제 돌아가서 자거라. 아버지는 숙소의 문을 열어주었다.

복도 끝 작은 창으로 갔다. 달이 보이지 않았다. 그 대신 나방이 창틀에서 어스름한 날개를 파닥이고 있었다. 손가락을 가까이 가져갔다. 나방이 손가락에 올라앉았다. 나방은 달 대신 달빛의 가루를 뿌려주었다. 나방의 날개를 가만히 들여다보았다. 어스름과 닮은 갈색의 섬세한 잎맥, 손가락을 꼭 붙잡고 있는 가늘디가는 발톱. 바르르 떨리는 날개와 다리. 창에 맺힌 이슬을 손가락에 묻혀 나방의 입에 대주었다. 나방이 입을 손가락 끝에 콕콕 박는다. 이슬을 핥는 것일까.

나는 유리창 밖, 가까운 풀숲을 주시했다. 한 번도 주의 깊게 보지 않았던 먼지 덮인 풀숲이다. 어스름 속에서 나방들이 이리저리 작은 날개를 푸덕거리며 풀의 대궁 속으로 숨어들었다. 나방은 풀의 즙을 먹고 산다고 했지. 창문은 열리지 않는 구조로 되어 있다. 열리지 않는 창문틀 옆의 고치를 보았다. 여자애가 옆에서 깔깔 웃으며 이야기하는 것 같았다. 이름이 뭐니? 내가 이름을 지어줄게. 수, 어때? 수는 내 가장 친한 친구였어. 나는 열리지 않는 창을 보며 처음으로 의문을 품었다. 나방이 어떻게 여기에 고치를 틀었을까. 달빛을 타고 들어온 것일까. 처음 품은 의문은 이렇게 이어졌다. 왜 그 여자애는 친구의 이름을 내게 주려는 것일까. 가장 친한 친구의 이름을.

광장의 셋째 날

해가 뜨고 이슬이 지기 전, 나는 손가락으로 창에 맺힌 이슬을 쓸어 나방의 입에 가져다 댔다. 나방이 입을 손가락에 콕콕 찍었다. 물을 먹기는 먹는 걸까. 고치는 조금 더 마르고 작아져 있었다. 나방은 고치보다 다섯 배는 더 크다. 한번 나온 고치로는 되돌아갈 수 없어 보였다. 나방은 여기 이 창틀 안에서만 전 생애를 보내게 될까? 나방은 유리창 밖으로 나가리라는 꿈을 가질까? 의문이 잠시 일어났지만 금세 스러졌다. 오늘부터는 두 배로 일을 많이 하라는 명령이 내려졌다.

아버지는 하루 종일 신경이 곤두선 채 전무와 부장을 불러 회의에 회의를 거듭했다. S기업에서 비용 절감을 위해 자동화 라인을 설치하라고 했다는 것이다. S기업은 작업 공정을 개선해야 비용 절감이 되고 그러면 하청업체들 사이의 경쟁력이 살아나고 그러면 절감된 비용만큼 추가 오더를 주겠다고 했다. 전무는 자동화 라인을 설치할 자금을 끌어들일 방법을 찾느라 은행으로 어디로 뛰어다니고, 부장은 설치 업체 두 곳에다 후려친 단가를 제시한 뒤 알아서 결정하라고 큰소리를 치고, 아버지는 시간을 더 달라고 S기업에 통사정을 하고, 회사가 하루아침에 북새통이 따로 없었다.

공원들은 어수선하고 뒤숭숭한 회사 분위기에 둘씩 셋씩 수군거리면서도 제품량을 맞추지 못할까 봐 세 시간에 한 번 갖는 커피 타임도 갖지 못했다. 어차피 커피 타임은 처음 사흘밖에 지켜지지 않았다. 세 시간에 한 번씩으로 브레이크 타임을 정하는 바람에 이전에는 필요할 때마다 이용하던 화장실조차 브레이크 타임이 되기 전에는 다닐 수 없게 되었다. 공원들은 소변을 참으려 발을 동동 구르며 작업을 했다. 나는 할당된 작업량을 다 채우고 사장실 앞에서 아버지의 명령을 기다렸다. 피자 세 판을 내 손에 들려주어야 할 아버지는 지금 그럴 정신이 없어 보였다. 아버지는 일주일 동안 하루도 빠짐없이 광장에 나가서 피자를 먹으라는 명령을 내렸었다. 그러니 따로 명령을 받지 않아도 시간이 되면 나가야 한다. 하지만 아버지가 피자를 챙겨주지 않으니 어쩌면 좋담. 아버지가 잠깐만이라도 나를 돌아봐준다면 좋을 텐데. 피자를 가져가는 것과 광장에 가는 것, 을 놓고 가만히 생각해보니 '가는 것'이 겹쳤다. 광장에 가야 했다. 나는 시간이 되자 망설임 없이 광장을 향해 걸었다. 피자를 들고 걷는 것과 다름없이 같은 빠르기였다.

4시 16분, 광장의 그 자리에 섰다. 피자를 가져오지 않았으니 할 일이 없었다. 제자리를 지키며 가만히 서 있었다. 43일 동안 밥을 굶은 남자와 눈이 마주쳤다. 하늘이 그의 얼굴에 오분의 사쯤 드리워져 있었고, 텅 빈 그의 시선은 어제보다 10도쯤 더 하늘로 기울어져 있었다. 목숨이 그만큼 기운 것 같았다. 곁에서 그를 보살피고 있는 사람들의 얼굴이 사뭇 어두웠다. 나는 3초 동안 남자의 시선을 따라갔다. 그의 눈길은 하늘에 닿아 있었다. 그와 나 사이엔 20미터나 거리가 있었는데 내 눈가가 조금씩 뜨거워졌다.

왔니? 귓가에서 여자애의 높은 음성이 들렸다. 나는 불쑥 다가온 여자애에게 놀라 뒷걸음질 쳤다. 윗도리가 깡총하게 짧고 꼭 조이는 치마 밑에 무릎이 튀어나온 체육복을 입은 여자애가 서 있었다. 토실토실한 뺨이 빛이 날 만큼 반질거렸다. 명랑한 여자애, 몹시 반가웠다. 여자애가 장난스럽게 내 뺨에 제 얼굴을 바짝 갖다 대며 물었다.

"너, 여기에 왜 왔어?"

나는 대답을 할 줄 모른다. 내가 왜 여기에 와 있는 거냐고? 그야 아버지가 가라고 했으니 왔지. 여자애가 팔을 잡아 끌었다. 저기 가보자. 쭉 뻗은 손끝에 달, 아니 나방, 아니 노랑 리본이 걸려 있었다. 그곳으로 갔다. 똑같은 노란 티셔츠를 입은 남자와 여자 몇이 작은 테이블에 둘러앉아 가죽 끈으로 리본을 만들고 있었다. 가판대에는 그들이 만든 각양각색의 리본이 놓여 있었다. 갖고 싶은 거 골라보라며 그 애가 리본들을 가리켰다. 나는 어떤 것을 가질지 결정할 수 없었다. 가판대 앞에서 망설이는 내게 리본을 만들던 아주머니가 이건 어떠니? 하면서 리본 하나를 골라 왼쪽 가슴에 꽂아주었다. 아버지는 내게 밖에서 지켜야 할 몇 가지를 주지시켰다. 낯선 사람이 주는 것을 받아서도, 누군가를 따라가서도 안 된다. 그런데 나는 아버지의 금지를 간단히 어겼다. 그것을 깨닫자 리본을 만지작거리던 짓을 멈췄다. 아버지가 화를 낼 것이다. 나는 아무것도 하지 않을지라도 아버지가 지정해준 자리를 지켜야 한다. 서둘러 그 자리로 갔다.

내가 앉아 있던 자리에 웬 청년들이 대여섯 둘러앉아 피자를 먹고 있었다. 피자 특유의 고소한 냄새가 물큰물큰 주위로 번졌다. 치킨과 햄버거를 손에 든 청년들도 속속 몰려들었다. 나는 왁자하게 떠들고 웃으며 점점 큰 원을 그리고 둘러앉는 자들에게 밀려 걸음을 옮겼다. 나는 굶는 자들과 폭식하는 자들 사이에 서 있었다. 청년들은 내가 그랬던 것처럼 한 사람이 피자를 한 판 이상씩 먹는 내기를 했다. 이들은 피자 한 쪽을 한 번에 입안에 몰아넣는 사진을 찍어 누군가에게 전송했다. 그러고는 낄낄거리고 낄낄댔다. 굶는 자들과 먹는 자들 사이에서 나는 어정쩡하게 서 있었다. 피자와 치킨과 햄버거와 낄낄대는 소리가 뒤엉켜 역겨운 냄새가 났다. 어느 사이엔가 옆에 온 여자애가 불쑥 물었다.

"사랑하는 사람이 죽었는데, 왜 죽었는지 모를 때 넌 어떻게 할 거 같아?"

여자애의 시선이 성큼 다가왔다. 나는 움찔 물러났다. 날카로운 시선에 꿰인 나는 눈을 돌릴 수 없었다. 나는 대답을 할 수 없다. 나는 말을 못하는 골렘이다. 나는 생각을 못한다. 골렘은 생각을 할 수 없다. 그러나, 나는 피부를 가졌고, 따뜻한 피를 가졌고, 팔다리를 움직이는 근육과 신경도 가졌으며 말캉한 살도 가졌다. 그 애의 시선에 꿰인 살갗이 몹시도 따가웠고, 하루가 무척 무겁게 느껴졌으며 어딘지 모르게 둔중한 아픔이 느껴졌다. 왠지 온몸에서 힘도 빠져나가는 것 같았다. 움직이기도 싫어졌고, 몸의 어디선가 습기가 번져오는 것도 같았다.

집에 가야 할 시간이 되었다. 여자애를 등지고 다리를 옮겼다. 온몸이 뻐근하게 굳어 있었다. 저 아이는 왜 나를 무겁게 만들었을까. 저 아이는 왜 저토록 아픈 시선을 내 등에 꽂아두고 있는 것일까. 나는 왜, 건널목을 건너고 400미터를 걸었어도 그 시선에서 벗어나지 못하는 걸가.

지친 몸으로 숙소에 돌아왔다. 아버지는 보이지 않았지만 아버지의 회사에는 아직 불이 켜져 있었다. 숙소의 복도 끝으로 걸어갔다. 창밖으로 작은 달이 보였다. 창틀에는 아직 나방의 고치가 붙어 있었다. 나방은, 천장 모서리에 붙어 있다가 벽을 타고 걸어 내려왔다. 나는 달을 가리키던 손가락을 이제 나방을 향해 뻗었다. 나방은 날개를 팔락팔락 움직이더니 손가락 위에 앉았다. 미세한 가루가 번졌다. 무겁디무거웠던 몸이 손가락에서부터 점차 힘이 돌아오기 시작했다. 나는 나방을 창틀에 놓아주고 방으로 들어갔다. 나방이 창틀 틈에 들어가 날개를 접었다. 나방은 이 좁은 복도에서 생을 나고 있었다.

광장의 넷째 날

아침 이슬을 나방에게 먹이고 시계를 맞춘 뒤 공장에 갔다. 자동화 시스템 설비를 하느라 넓은 공간이 필요해진 회사는 원래의 공장 옆에 붙여 가건물을 짓고 있었다. 공장 벽을 터서 가건물과 이어 공간을 넓히려는 것이라고 했다. 비용 절감을 위한 설비 투자였다. 아버지는 아침 일찍부터 S기업에 갔다고 했다. 아버지를 보지 못하니 마치 시계태엽을 감아 밥을 주는 것을 빼먹은 것처럼 허전했다. 아버지는 정확한 시간에 일을 시작하는 것은 높은 효율을 위한 처음이자 끝이라고 했다. 나는 커피를 두세 잔 마셔야 잠이 깨는 다른 공원들과는 달랐다. 아침 일곱시, 나는 몸에 내장된 시계가 작동하는 것처럼 군더더기 없이 일을 시작한다. 아버지가 있건 없건 할당량을 정확히 채우는 게 내가 만들어진 이유였으니까.

공원들은 떠도는 소문을 이쪽에서 저쪽으로 옮기며 수군거렸다. 자동화 설비를 갖춘다는 것은 곧 인원을 감축한다는 뜻이라는 것이다. 그렇다면 인원 감축은 기정사실이고, 해고의 기준이 무엇일지, 누가 해고될 것인지, 각자의 추측을 주고받느라 작업장 분위기가 뒤숭숭했다. 나는 공원들의 걱정과 한숨 소리를 흘려 들으며 한눈팔지 않고 작업을 했다. 목표 작업량을 맞추고 작업한 자리를 정리하면서 나는 다른 때와는 달리 서둘렀다. 오늘도 아버지의 새로운 지시가 없었으니 지난 명령이 유효한 것일 게다. 아버지를 만나지 못하고 피자를 받지도 못했지만 오늘 역시 어제와 마찬가지로 광장의 자리를 지켜야 할 것이다. 나는 서둘렀다. 시계를 만드는 작업이 재미있다거나 몹시 흡족하다거나 하는 것은 아니다. 몸에 익

흰 가장 잘하는 일이고 일을 하다 보면 나름대로 리듬이 있고 리듬을 타기 시작하면 그것이 작업을 끌고 나가게 되어 있었다. 그런데 광장에 나가는 것은 달랐다. 나도 모르게 재빨리 작업대를 정리하고 서둘러 공장을 떠났다. 그게 여자애 때문인지는 모르겠다.

정확한 보폭으로 길을 걷고 있다고 생각했지만 문득 정신을 차려보니 15분이나 일찍 광장에 도착해 있었다. 그 자리에 서서 주변을 둘러보았다. 여자애는 보이지 않고 44일 굶은 남자는 병색이 짙어진 채 누워 있었다. 이제는 남자를 오래 쳐다보아도 시선이 엮이지 않았다. 그의 눈동자는 빈 공간에 걸린 달처럼 천막의 처마쯤에 걸려 허옇게 바래 있었다. 남자 옆으로 동조 단식을 이어가는 사람들이 단정히 앉아 있었다. 남자와 시선이 얽히지 않으니 더욱 할 일이 없어졌다. 남자의 시선을 피하기 위한 노력이 꽤나 큰 일이었는지 나는 도리어 눈을 부릅뜨고 남자의 눈을 노려보았다. 그래도 남자는 나를 쳐다보지 않았다. 4시 16분.

애! 익숙한 음성이 들렸다. 나는 살갗이 있다. 나는 솜털도 있고, 신경세포도 있다. 여자애의 음성을 듣자 귓속에 나방이 들어와 가볍게 날개를 터는 것 같았다. 아, 내 나방, 너에게 내 나방을 보여주고 싶어. 그런 감각이 귀에서 느껴졌다. 나는 그 애를 보고 활짝 웃었다. 그 애가 내 귀를 잡고 흔들었다.

"분향소에 가보자."

여자애가 손을 잡아끄는 대로 따라갔다. 어떤 천막에 짙푸른 바다에 뒤집힌 배가 그려져 있었다. 뒤집힌 배를 수백 개의 풍선이 하늘로 둥실둥실 띄우고 있었다. 그것을 보느라 걸음이 늦어졌다.

"네가 태어난 날 너의 친구들이 죽었어. 저기, 저 물에서 수많은 아이들의 목숨이 졌어."

여자애가 화가 난 듯이 빠르게 말했다. 마치 나를 나무라는 것 같았다. 그 애가 내 손을 움켜쥐고 어딘가로 끌고 갔다. 나는 저항하듯 느리게 걸었다. 그 애는 수백 명의 사진들이 줄지어 놓인 단상으로 가서 걸음을 멈추더니 그 앞에 나를 세웠다.

똑같은 옷을 입고 정면을 보고 있는 수백 명의 학생들. 그 학생들이 지금 여기 광장에 모인 사람들 전부보다 많아 보였다. 학생들은 단지 304명이 아닌지도 모른다. 줄지어 있는 사진들은 저 끝으로 끝으로 이어져 계속해서 불어나는 것 같았다. 그래서 학생들은 수천, 수만, 수백만 명으로 보였다. 단상에 꽃을 올리고 고개를 숙이는 사람들 또한 저 사진들 속의 학생들이나 다름없어 보였다. 끊임없이 광장에 모여드는 사람들과 줄지어 놓인 사진들, 줄지어 세워진 천막들, 끊임없이 만들어지는 노란 리본들, 물을 굶고 밥을 굶는 사람들. 웅성웅성. 어지러웠다. 노랑 풍선들이 줄지어 놓인 사진들과 사람들을 끌고 하늘로 둥실둥실 올라가는 것도 같았다. 어지러웠다. 무엇인지 모를 것들이 나를 밀고 움직이게 했다. 나는 말을 못하는 골렘, 생각이 없는 골렘. 그러나 살갗이 있고, 눈동자가 움직이며, 심장이 뛰고, 섬세한 두 손이 있고, 건강한 다리가 있는 골렘. 웅성이고 눈물 흘리고, 가슴을 쥐어뜯으며 기도를 하는 사람들이 살갗에 닿고, 눈동자로 읽히고, 손에 잡혔다.

여자애가 내 옷을 잡아당기며 물었다.

"사랑하는 사람이 숨졌다면 너는 어떻게 할 거야?"

나방이 목구멍을 콱 틀어막은 것 같았다. 켁켁, 켁켁, 나는 사레들린 것을 뱉어내려고 기침을 하고, 주먹으로 가슴을 쿵쿵 쳤다. 나는 모른다. 내가 무엇을 어떻게 해야 하는지. 그저 사레든 것을 뱉어내려고 켁켁 기침을 하고 있을 뿐이다. 눈물이 찔끔 삐져나왔다.

아버지가 나타났다. 아버지는 나를 보자마자 다짜고짜 뺨을 때렸다.

"여기서 뭐 하고 있는 거냐? 당장 집에 가자. 아버지가 얼마나 바쁘고 힘들었는지 알아? 아버지를 도와야지 여기서 뭐 하고 있느냐 말이다!"

아버지에게 끌려가면서 나는 두리번두리번 여자애를 찾았다. 여자애는 보이지 않았다. 그 자리에는 여자애를 닮은 수많은 학생들이 줄지어 단상에 꽃을 올리고 있었다.

광장의 다섯째 날

나방을 찾느라 달을 보는 것을 잊었다. 천장 모서리에 붙어 있던 나방이 내게로 날아왔다. 손가락에 앉아 이슬을 핥아먹는 나방을 그 애에게 보여주고 싶었다. 조심스럽게 나방을 내려놓고 시계를 맞추고 공장으로 갔다.

아버지가 불렀다. 아버지의 얼굴이 붉게 타올랐다. 주먹을 불끈 쥐었다 폈다, 책상을 쾅 내리치곤 했다. 너는 나를 배신해서는 안 된다. 나쁜 놈들, 이럴 수가 있냐. 아버지는 망했다. 공정을 개선하면 비용이 절감될 거라고 했지, 그만큼 매입 수량을 늘릴 거고, 이익을 남기게 해줄 거라고 했지, 그놈들. 내가 모르는 건 아니야. 공정 개선의 결과물이 나 같은 하청업체에 오는 게 아니라는 것을. 그래도 설마 나를 엿 먹일 줄은 몰랐지. 비용이 절감됐으니 납품 단가를 낮추라고 할 때 어쩐지 불안하긴 했어. 그래서 얼른 단가를 낮춰 제공했는데, 어이고, 다른 업체한테 하청을 줘? 그쪽이 단가를 낮춰서 입찰했으니 어쩔 수 없이 그쪽으로 낙찰됐다고 핑계를 댔지만, 그거 낙하산인 줄 내가 모를 줄 알고! 내가 망하고 가만있을 줄 알아? 어림도 없지, 어림도 없어!

아버지는 주먹 쥔 손을 다른 손바닥에 대고 쿵쿵 쳤다. 그러더니 나를 가까이 오도록 손짓을 했다. 나는 아버지 옆에 가서 앉았다. 아버지는 내 어깨를 감싸 안았다. 직원들을 반도 더 내보냈다. 이제 네가 일을 더 많이 해야 해. 작업 시간이 좀 늘어날 게다. 아직 너는 젊으니 충분히 감당할 수 있을 거야. 아버지는 배신감에 몸을 부르르 떨었다. 내가 너를 광장에 내보내고, 다른 멍청이들 불러서 피자며 치킨이며 실컷 처먹게 해줬는데, 이렇게 물을 먹여. 두고 보라지. 내가 다 생각이 있으니까. 나도 가만히 있지는 않을 거니까.

공장에 갔다. 공원들이 반은 줄어서인지 텅 비어 보였다. 커피 두어 잔씩 마시고 일을 시작하던 사람들이 다들 입을 꾹 다물고 시계에 코를 박고 작업만 하고 있었다. 해고된 사람들은 어디로 갔을까. 공장 옆에는 공장이 있고, 공원들의 숙소가 있다. 그 공장 옆에는 또 공장이 있고 공장에 딸린 숙소가 있다. 숙소들은 작고 좁고 어둡고 열악하다. 공장에 딸린 숙소에 사는 공원들은 공장에서 사는 것이나 마찬가지다. 그래서 똑같은 작업복을 입은 수백 수천의 공원들은 외부 사람들의 눈에 띄지 않는다. 공장에서 한꺼번에 해고된 공원들은 갈 데가 없다. 그들은 당장 숙소를 비워줘야 했을 텐데, 어디로 갔을까.

나는 늘어난 작업량을 채우기 위해 밥도 안 먹었다. 화장실도 가지 않았고, 숨도 아껴서 쉬었다. 작업량을 채우자마자 뛰어나갔다. 광장이 보였다. 4시 16분이 저기서 기다리고 있었다. 건널목을 달려가 광장에 서자 숨이 턱에 찼다. 때가 좀 탄 듯한 교복을 입고 덜렁거리며 걷던 여자애가 나를 보고 손을 흔들었다. 나도 그 애에게 손을 흔들어주었다.

"너 친구들이랑 여행 가본 적 있어? 엄마들이 여행 보내줄 때 얼마나 잔소리를 하는지 알아? 나쁜 짓 하지 마라, 술 먹지 마라, 친구들과 밤새워 놀지 마라. 그런 거 안 하려면 소풍을 왜 가?"

아버지는 여행을 보내준 적이 없다. 공장 뒷길을 걷는 산책마저 아버지와 함께여야 한다. 정확한 시간에 나가고 들어와야 한다. 나는 아버지 말을 철저히 들어야 하는 골렘. 아버지가 먹여 살리는 골렘. 소풍이 무엇인지, 친구들과 함께 가는 소풍이 얼마나 가슴을 들뜨게 하는 것인지 모른다. 여자애는 소풍 갈 때는 저절로 웃음이 터진다고 했다. 애들은 웃느라 말도 제대로 못한다고 했다. 누군가 와서 구해줄 것이라 생각했어. 아이들은 죽음이 뭔지 몰라. 아이들은 물에 잠기기 직전까지 웃었어. 물에 잠겨가면서 엄마, 사랑해, 하고 외쳤어. 아이들은 사랑한다는 외침이 엄마에게 닿을 것이라 믿었어. 아이들의 사랑한다는 외침을 들은 엄마와 아버지들이 저기 저렇게 물을 굶고 밥을 굶고 있는 거야. 여자애가 45일 굶은 남자와 그 옆에서 함께 굶고 있는 사람들을 가리켰다. 남자는 눈을 감고 있다가 가까스로 눈을 뜨고 나를 바라보았다. 그 눈과 내 눈이 얽혔다. 남자에게서 눈을 돌리려 했지만 나는 눈을 돌릴 수 없었다. 남자의 눈이 나의 눈을 붙잡고 놓지 않았다.

건널목에 아버지가 나타났다. 아버지가 소리쳐 나를 불렀다. 아버지에게 가려 했지만 꼼짝을 하지 못했다. 아버지는 절망적으로, 얼굴을 붉히며 손을 쳐들었다. 그제서야 아버지의 두 눈을 보았다. 아버지의 두 눈은 45일을 굶은 남자의 눈빛과는 전혀 달랐다. 붉게 충혈되어 분노에 가득 차 있었다. 아버지는 높이 쳐들었던 손을 가까스로 내려 내 손을 꼭 움켜쥐었다.

"가자. 너는 여기에 있을 필요가 없다. 가자."

나는 끌려갔다. 여자애도 어떤 사람도 나를 잡아주지 않았다. 나는 아직 집에 갈 때가 아닌데 가야만 했다.

동쪽으로 2킬로 500미터를 따라가다가 나는 아버지의 손을 놓았다. 아버지가 놓친 내 손을 다시 잡아 꼭 쥐었다. 나는 아버지의 손에서 내 손을 다시 뺐다. 나는 모른다. 왜 내가 그토록 든든하게 여기던 아버지의 손을 놓고 싶어 하는지. 왜 저 여자아이를 따라 광장에 머무르고 싶어 하는지. 왜 나를 태어나게 하고 나를 일하게 해주고 나를 밥 먹여준, 내 생을 짊어진 아버지로부터 멀어지고 싶어 하는지. 왜 내 손을 꽉 잡은 아버지를 등지고 다른 쪽으로 냅다 달려버렸는지. 나는 생각을 못하는 골렘이므로, 왜 그랬는지 모른다. 달렸다. 서쪽으로 2킬로 500미터를.

아버지한테 잡혀왔다. 아버지는 내가 멀리 도망가지 못할 것을 알고 있다. 나는 공장 단지와 광장으로 가는 길밖에 아는 곳이 없다. 아버지는 내가 말을 할 줄 모르고 생각도 할 줄 모른다는 것을 알고 있다. 그러나 내가 느낄 수 있다는 것은 모르고 있다. 나는 이제 느낄 수 있다. 내 살갗이, 내 섬세한 신경세포가, 내 심장이 그동안 모르고 살았던 것을 감각하기 시작했다는 것을. 아버지가 나를 숙소에 밀어 넣고 문을 잠갔다. 나는 복도 끝으로 갔다.

나방이 숨졌다. 작은 나방이 창틀에서 날개를 접고 뒤집혀 있었다. 다리를 떨지도 않고, 더 이상 날개에서 노랑 가루를 뿌리지도 않는다. 여자애에게 보여주지도 못했는데, 그만 나방이 숨졌다. 뺨이 토실토실한 그 애가 나방을 손가락에 얹고 물을 먹여보지도 못했는데 그만 나방은 숨이 져버렸다. 나방이 나흘밖에 살지 못할 것을 알지 못했다. 나방은 기다려줄 수 없었다. 나방이 하루 더 살았다면 내 손가락에 앉아 소녀를 보러 갈 수 있었을까.

나는 숨진 나방을 바라보며 그 애의 질문을 떠올렸다.

"네 이름은 뭐니?"

이름은 대체 무엇에 필요한 것일까.

"내 이름은 수, 너는 친구 이름을 나에게 주었어. 언젠가는 이 이름으로 불릴 날이 있을지도 몰라."

광장의 여섯째 날

광장에 가지 못했다.

늙은 피터의 고백
—지다 2

1

늙은 피터가 말문을 열었다.

나는 오래전에 빨간 피터였지. 멀리 아프리카에서 왔지. 내가 인간 세상에 온 것은 한 상인이 불러일으킨 새로운 세계 때문이었어. 새로운 세계. 그것 때문에 나는 정글과 사나운 원숭이 떼를 떠났어. 그리고 곧 낯선 세계에서 익숙한 냄새를 맡았어. 또 다른 정글이더군, 해볼 만했지. 인간의 말을 배웠거든. 그 어떤 인간보다 말을 잘할 자신이 있었거든.

자다 말고 벌떡 일어났다. 심장이 불에 타는 듯 뜨겁고 박동이 빨라져서 놀라 깬 것이다. 최근 생긴 불안장애 증상이다. 그 증상을 느끼자마자 더욱 불안해졌다. 원고 마감을 넘기고 담당 편집자로부터 일주일 시간을 준다는 냉정한 메일을 받았음에도 쏟아지는 잠을 이기지 못했던 거였다. 원고는 겨우 절반을 넘긴 상태였다. 잠에 빠져들면서도 불안했을 것이다. 이십오 년 동안 수많은 글을 써왔지만 마감을 넘겨본 적이 한 번도 없었다. 내가 뭐라고 원고를 제때 못 써서 담당자를 괴롭히나, 글을 못 쓰면 그만둬야지, 했다. 그런데 지금 마감을 넘기고 속을 끓이고 있다. 나는 이제 소설을 쓸 수 없을지도 모른다. 소설 쓰던 이십오 년을 누군가가 뚝 잘라서 먹어치운 것만 같다. 커다란 구멍이 입을 꾹 다물고 네가 쓴 소설 본 적도 없다며 시치미를 떼고 있는 것만 같았다.

이십오 년 만에 나는 다시 병원으로 돌아왔다. 병원 문이 열린다. 데스크에 앉아 있는 내게로 다양한 신체와 그 신체에서 벌어지는 질병을 지닌 구체적 실체들이 다가온다. 서울에서 밀려나고 밀려나 이곳 비닐하우스에 살다가 갑자기 땅값이 올라서 십억이 넘는 집을 갖게 된 사람들이, 임대 아파트에 사는 생활보호대상자들이, 건축 현장에서 일하고 식당에서 일하는 사람들이, 누군가의 요양보호사가 휠체어를 밀며 들어온다. 커다란 식당의 점장과 그 식당에서 서빙하는 중국인들, 스쿠버다이빙을 전문으로 하는 회사 사람들, 건축 현장 소장과 노동자들, 무슨 회사인지 모르지만 회사에 다니는 사람들, 무슨 사업인지 모르지만 사업하는 사람들이 각자의 병을 지니고 화나고 슬프고 고통스러운 얼굴로 들어온다. 나는 이전에는 얼굴조차 마주할 일이 없었던 사람들을 부축하여

병상에 눕히고 호소를 듣는다.

동네 건달들도 온다. 권투 선수였다며 동네에서 주먹으로 질서를 잡는 사람과 그 사람을 끼고 다니며 괜히 여기저기 겁주고 다니는 사람들이다. 병원에 와서 큰 소리로 형님 동생 하며 서로를 챙긴다. 공포 분위기 조성하지 말라며 주의를 주고 싶지만 나 역시 그들을 자극하지 않는다. 되도록 조용히 내보낼 궁리를 할 뿐이다.

하루를 마치기도 전에 나는 검은 소용돌이에 휘말린 것처럼 잠에 빠져든다. 잠을 물리칠 도리가 없다. 내일 하루를 깨끗한 상태에서 시작해야 하니까. 소설이 한 인간의 모든 시간을 바쳐야 하는 것처럼 다른 직업 역시 모든 것을 바쳐야 했다. 소설이 한 인간의 모든 시간을 바치되 모든 날들이 하나의 소설로 이어져야 하는 것과는 달리 병원에서의 삶은 하루를 거대한 소용돌이에 집어넣어 깨끗이 소멸시켜야만 다른 하루를 시작할 수 있다. 소설과 직장에 한 발씩 걸치고 적당히 해내려 했다니, 가당치도 않았다. 어디에도 만만한 세상은 없다. 뒤늦게 돌아왔으니 여기서 잔뼈가 굵은 사람들보다 훨씬 주의 깊게, 철저하게 해내야 했다. 병원이라는 공간은 실수가 용납되지 않는 곳이다. 나는 원체 구조적으로 꽉 짜인 일을 잘해내지 못하는 사람이다. 손의 움직임 하나도 효율적이어야 하는 곳이 병원이고, 쓸데없이 한 걸음을 더 소비해서는 안 되는 곳이 병원이다. 직원들은 효율에 맞추어 훈련된다. 하루 열 시간의 근무는 책을 읽고 소설 쓰는 시간을 남겨두지 않는다. 소설 한 편을 쓰는 데만 절대적으로 두 달이 필요하다. 아무것에도 매이지 않은 텅 빈 두 달이. 지금 내게는 하루 이십 분도 남는 시간이 없다.

얼마 전 인류 역사상 처음으로 블랙홀을 촬영한 영상이 공개됐다. TV에서도, 친구들이 퍼 나르는 동영상에서도, 한결같이 느릿하게 소용돌이치는 블랙홀이 뒤덮고 있었다. 새로 태어난 거대한 별들을 거침없이 빨아들인다고 했다. 검은 소용돌이와 불길하게 타오르는 붉은 중심은 아닌 게 아니라 사람들의 호기심을 빨아들이기에 충분했다. 우주니 별이니 하는 것, 이전의 나는 전혀 관심이 없었다. 풀 문이니 블러드 문이니 하며 사진을 찍어 올리고 법석을 떨어도 밤하늘 한 번 올려다보지 않았다. 별들이 저 하늘에서 피를 흘리며 빛난다한들 내 눈길을 끌지 못하는데 하물며 눈에 보이지도 않는 블랙홀이야 말해 무엇하나. 거대한 별들을 삼키는 검은 구멍이 '사건의 지평선'이라 불리며 우주의 은유로 작용한다고 해도 내 소설에는 이름 한 번 올리지 않았다. 나는 별에 대해서가 아니라 땅에 발을 붙이고 자기 이름을 갖고 사는 사람에 대해 이야기하고 싶었다. 그러다 문득 나는 비슷한 사람들 속에서 이십 년을 살아왔다는 것을 깨달았다. 무슨 말을 꺼내기만 해도 척척 알아듣는 같은 부류의 사람들. 소설가이거나 시인이거나, 평론가이거나 작가이면서 교수인 사람들이었다. 이십 년 동안 나는 거의 변화하지 않았다. 세상 모든 삶을 활자라는 구멍으로 빨아들여야만 비로소 삶으로 인식하는 사람들이었다. 이들이야말로 블랙홀이 아닌가, 싶었다. 그러자 문득 내가 기억하는 단 하나의 별을 떠올리게 되었다.

별이라고? 어쩌자고 단 한 번도 입에 올려본 적이 없는 별에 대해 이야기를 하겠다는 것일까. 이제 다시는 소설을 쓰지 못할지도 모르는 마당에.

2

나는 본래 원숭이인데 인간의 역할을 부여받았지. 인간들이 나를 가르쳐서 인간의 일을 하게 된 거야. 낯설어서 흥미로웠지. 그들이 가르쳐주는 대로 따라 했어. 그들은 환호했지. 보라, 원숭이가 인간처럼 모든 일을 해내고 있다. 나는 진실로 완벽한 인간이 되어가고 있다고 느꼈어.

해옥이 두리번거리며 스테이션으로 다가왔다. 그녀는 내 얼굴을 똑바로 바라보지 않고 내 귀 언저리를 바라보며 물었다.

—어항이 있는 휴게실이 몇 층에 있는지 아세요?

나는 눈썹만 치켜올리며 되묻는 시늉을 했다.

—어항이 있던 휴게실이 있었는데. 제가 작년에 여기 입원해 있었을 때 그 휴게실에서 금붕어를 보는 게 낙이었거든요.

나는 어항이 있는 휴게실은 없다고, 작년에도 없었고, 올해도 없다고, 이미 두 번이나 대답했다고 일깨워주려다 고개만 저었다.

해옥은 자궁 적출 수술 환자였다. 미련하게도 수십 년 동안 근종들이 다투어 자리 잡은, 무려 다섯 배는 커진 자궁을 버리지 못해 폐경에 이를 때까지 애지중지 부여안고 살았다고 했다. 이해옥은 일 년 전에도 입원했고, 이 년 전에도 입원했다. 자궁을 적출하러 입원했다가 그날 밤을 못 넘기고 수술을 하지 않겠다며 퇴원해버린 게 두 번이라고 했다. 만약 이번에도 수술 안 하고 도망가면 두 번 다시 얼씬도 하지 말라는 주치의의 엄포를 듣고서야 결심을 굳힌 모양이었다.

나는 평소처럼 수술 전 처치를 하러 갔다. 환의를 원피스로 갈아입히고는 수술 부위의 체모를 깎고 소독을 할 것이라 설명하고 해옥을 똑바로 눕혔다. 군더더기 없이 설명하고 재빨리 작업을 마쳤으면 좋겠지만 이런 작업에 싹싹하고 빠릿빠릿하게 호응해주는 여자 환자는 거의 없다. 해옥도 마찬가지였다. 마지못해 몸을 눕혔다가 금세 일으키더니 엉덩이 밑을 더듬었다. 나는 시간을 들이고 품을 들여 다시 그녀를 눕히고 엉덩이를 들게 한 뒤 재빨리 초록색 수술포를 깔았다. 마침내 가랑이를 벌리고는 무슨 철 수세미 엉킨 것 같은 치모에 클리퍼를 들이대는데, 불쑥 삼십 년 전의 해옥이 떠올랐다. 스물세 살 정해옥의 가랑이가 떠올랐던 것이다.

이름이 같았을 뿐, 생김새가 비슷했던 건 아니었다. 무슨 일인지, 나는 삼십 년의 시간을 사이에 두고 두 명의 해옥의 가랑이 사이에 얼굴을 들이밀고 있게 되었다. 오해할까 봐 얘기해두는데 나는 여자고, 해옥도 여자고, 지금 나는 간호사이고 삼십 년 전에는 간호대생이었다. 그리고 그때의 해옥은 우리 동네 살던, 같은 고등학교를 나온 '여깡'으로 불리던 여자애였다. 어쩌다 동네 노는 여자애의 가랑이 사이를 들여다보게 되었던가. 이해옥의 치골과 아랫배, 허벅지 접힌 곳의 체모까지 남김없이 제거하고 소독약을 발라준 뒤 트레이를 들고 입원실을 나왔다. 터덜터덜 걷는데 복도 저 끝의 어두운 창이 눈에 들어왔다. 평소 아무런 관심이 없어서 거기 있는지도 몰랐던 창이. 창을 바라봤다고는 하지만 뭔가가 환히 비쳤던 건 아니었다. 그냥 거기 창이 있었고, 어렴풋이 달인지 별인지가 스쳐간 것 같은 느낌이 들었을 뿐이다. 정해옥을 떠올렸던 탓일 게다. 잠을 이루지 못한 해옥이 내 뒤를 따라 스테이션으로 나왔던가 보다. 수술 전날 잠 못 이루고 복도를 서성이는 사람은 수술을 앞두고도 잘 자는 사람만큼이나 많다.

해옥은 금붕어가 있는 휴게실은 없다고 고개를 젓는 나를 비껴 뒤쪽을 바라보았다. 나는 무심코 해옥의 시선을 따라 뒤를 돌아보았다. 엑스레이 전광판에 내일 수술 들어갈 환자의 엑스레이가 세 장 올려져 있었다. 해옥은 내일 세번째 수술 환자였다. 해옥의 자궁은 크고 작은 돌덩이들이 가득 들어 있

는 주머니 같았다. 돌덩이가 가득 든 자궁과 방금 낙태를 한
자궁, 그 둘의 차이가 지금의 해옥과 삼십 년 전의 해옥의 차
이였다. 그 사이의 이십오 년은 간호사였던 내가 소설가로 살
았던 시간이었다.

대학을 졸업하고 병원 발령을 기다리며 한가한 시간을 보
내고 있을 때였다. 주택가 골목 입구에 있는 태양슈퍼 앞을
지나가는데 해옥이 엄마가 나를 불렀다. 해옥이 엄마는 새까
만 머리를 쪽 찌고 등은 할머니처럼 굽은데다 항상 방 안에
앉아 가게 쪽으로 몸을 틀고 담배를 피우고 있어서 평범한 아
주머니로 보이지 않았다. 나는 재빨리 가게 안팎을 둘러보았
다. 눈썹이 진하고 양 끝이 처져서 순하게 보이는, 항상 웃는
낯으로 바지런히 가게를 돌보는 아저씨가 보이지 않았다. 해
옥이 친구지? 간호대생이라며? 우리 해옥이가 아픈데 너를
찾는다. 해옥이 방에 좀 가봐라. 아주머니는 늙은 골초 특유
의 낮고 걸걸한 목소리로 그렇게 말하고는 방 안 저쪽 어딘가
로 사라져버렸다. 따라오라는 건지 어쩌라는 건지 몰라 나는
그 자리에 엉거주춤 서 있었다. 평소와 달리 기괴한 분위기의
아주머니가 나를 불렀다는 것이 여간 께름칙한 게 아니었다.
그럼에도 뭔지 모를 호기심이 나를 이끌었다. 나는 조심성 있
는 사람이었지만 호기심에 이끌리는 순간 부지불식간에 넘어
서는 것이 경계라는 것을 알았을 리가 없었다.

해옥이는 웃음이 헤폈다. 걸음걸이만 봐도 헤퍼 보였다. 해

옥이 아빠는 순하고 착해서 자식들을 혼내지 않는다고 했다. 해옥이 엄마도 자식들을 혼낸 적이 없다고 했다. 두 분은 자식들을 애지중지해서 해달라는 대로 다 해준다고 했다. 해옥이의 오빠는 고등학교를 칠 년 동안 다닌, 동네 소문난 깡패였다. 골목 뒤편 아무데서나 티셔츠를 들어 올리거나 벗어젖혀서 알몸을 드러내곤 했다. 그와 마주치면 나는 재빨리 인사를 하고 도망치곤 했는데 그는 꼭 나를 불러 세웠다. 그러고는, 너 해옥이 친구지? 너는 모범생이라며? 우리 해옥이 공부 좀 시켜줘라, 라고 했다. 새하얗고 피둥피둥 살찐 알몸, 새하얀 얼굴에 번들거리는 새빨간 입술로 해옥이의 친구가 되어주라는 그를 나는 몹시 두려워하면서 혐오했다. 친구라니, 같은 학교 다니면 친구인가. 질색할 말이었다. 해옥이는 시내에서 오빠 똘마니들의 눈에 띄면 오빠에게 죽을 만큼 얻어터졌다. 그래도 해옥이는 헤펐다. 그냥 척 보면 알아보게 헤펐다. 오빠에게 맞아 죽을 만큼 얻어터지고도 시내를 싸돌아다녔다.

아프면 병원에 갈 일이지 왜 나를 부르는 걸까, 하면서도 해옥이의 방을 찾아갔다. 가게 뒤편으로 살림집을 드나드는 대문이 있었다. 문이 열려 있어서 이름을 부르지도 않고 들어갔다. 좁장한 마당을 둘러 방이 몇 개 있었다. 창호지 발린 방문이 하나 열려 있었다. 해옥이는 얇은 이불을 덮고 누운 채 들어와, 라고만 했다. 나는 주춤주춤 들어가 방문 앞에 앉왔다. 방바닥이 따뜻했다. 떨어지는 빗줄기가 방 안으로 튀어들었다. 맨다리며 무릎에 빗방울이 튀었다. 방에 앉아 빗방울을 맞다니, 방에 앉아 손만 뻗으면 빗줄기를 만질 수 있다니, 뭔가 새로웠다. 그건 어쩌면 이국적인 느낌이었는지 모른다. 어쩌면 해옥이는 내게 이국의 여자만큼이나 새로웠는지 모른다.

빗방울을 바라보며 가만히 앉아 있는 내게 해옥이는 가까이 오라고 했다. 나, 열이 많이 나. 나는 무릎걸음으로 가서 해옥이의 이마를 만져보았다. 열이 펄펄 끓었다. 목덜미도 만져보았다. 역시 열이 펄펄 끓었다. 병원에 가봤어? 물었고 해옥이는 어제 병원에 갔다 왔어, 라고 했다. 얼음으로 열을 식혀야 할 것 같은데 얼음 있어? 열이 나면 겨드랑이에 얼음주머니를 끼워줘야 한다는 것만 알고 있는 나는 그렇게 물었다. 해옥이는 엄마를 불러 얼음주머니를 가져오라고 했고 아주머니는 주머니 따위는 없다며 대야에 얼음을 부어 왔다. 어설프기 그지없는 간호대 졸업생에 불과한 나는 능숙한 척 얼음물에 수건을 적셨다. 손이 시렸고 물을 먹은 수건은 무거웠다. 해옥이의 목덜미를 닦고 잠옷을 들추고 겨드랑이를 닦았다. 얼음물이 목덜미를 타고 흘러도, 그래서 요 자리가 젖는데도 해옥이는 신경 쓰지 않았고 나도 모르는 척했다.

해옥이가 나, 사실은 여기에서 열이 나는 거야, 하면서 잠옷을 걷어 올렸다. 팬티를 입지 않은 아랫배 아래로 사타구니와 치모, 허벅지가 드러났다. 팬티를 입지 않고 있다니, 나는 몹시 당황했다. 나보고 뭘 어쩌라는 걸까. 하지만 나는 간호사로 여기 온 거고, 개인적인 감정을 드러내면 자격이 없는 거야, 라고 생각했다. 나는 임무를 성실히 수행하는 자세로 아무 내색하지 않고 수건을 흠씬 적셔 허벅지를 닦았다. 해옥이는 아예 다리를 벌리고 거기에서 열이 나, 라고 했다. 아닌 게 아니라 사타구니에서 열기가 느껴졌다. 내 사타구니에서는 이런 열기를 느껴본 적이 없었다. 철 수세미처럼 엉킨 치모 아래 사타구니를 닦았다. 그때쯤 얼음은 다 녹았고 미지근한 물이었을 텐데 나는 몇 번이고 수건을 적셔 닦았다.

그렇게 나는 해옥이의 몸을 만지게 되었다. 가무잡잡한 피부는 촉촉하면서도 탄력 있어서 만지면 만질수록 감촉이 좋았다. 허벅지는 매끈했고 탄성이 있었다. 종아리 역시 매끈하고 탄성이 좋았다. 키도 작고 말라서 어린아이 같은 내 몸과는 달랐다. 물로 닦아주는 척하며 만지고 쓰다듬고 주무르고 싶었다. 언제부턴가 해옥이 울고 있었다. 나, 어제 낙태했어. 이번이 세번째야. 너 낙태가 뭔지 알아? 낙태를 해서 거기에서 열이 나는 거야. 너는 알지도 못할 거야. 내가 만나는 남자들을. 너는 모를 거야.

문밖으로는 맑은 여름비가 내리고 해옥이가 누운 자리도 물이 흥건했다. 나는 수건을 대야에 넣고 해옥이의 몸을 바라보았다. 해옥이는 스물셋, 많아 봐야 넷일 텐데, 벌써 낙태가

세번째라고 했다. 시내에서 노는 해옥이는 대학에는 가본 적
도 없고, 친구들과 어울려 술 마시고, 담배 피우고, 매일 나
이트클럽에 다니고, 아저씨들을 만난다고 했다. 아저씨들을
벌써 몇 명을 만났는지 모른다고 했다. 가무잡잡하고 매끈한
몸은 여간해서 열이 식지 않았다. 물이 다 식어서 더 닦아봐
야 소용도 없었다. 수건을 놓고 나는 해옥이의 몸을 보았다.
저 몸은, 옷 속에 가만히 숨어 있지 않을 몸이야. 그렇게 생각
했다.

얼마 전의 기억이 떠올랐다. 학생들은 중간고사나 기말고
사가 끝나면 나이트클럽으로 달려가곤 했다. 이 대학 저 대학
중간고사를 마치는 시즌이었다. 나는 그즈음 막 서로 호기심
을 느끼던 남자애와 내 오랜 여자 친구들과 함께 나이트클럽
에 갔었다. 콜라나 아이스크림을 파는 나이트클럽이었다. 물
론 맥주도 팔았을 텐데 맥주를 마시는 테이블은 거의 없었다.
우린 몇 곡의 댄스를 격렬하게 추고 개운해져서 밤거리로 나
오곤 했다. 댄스곡 사이의 브레이크 타임에는 블루스 곡이 나
오곤 했는데 대부분의 대학생들은 그때 테이블에 앉아 콜라
나 아이스크림을 먹으며 숨을 돌리곤 했다. 그런 어느 브레이
크 타임, 흔한 블루스 곡이 나왔다. 숨을 고르고 땀을 닦으며
콜라를 마시고 있는데 두 명의 여자가 무대에 올라갔다. 둘
다 늘씬하고 관능적이었다. 해옥이와 해옥이 단짝이었다. 블
루스인데 쟤네들 왜 올라가지? 나는 하나 마나 한 말을 중얼

거렸고 내게 손가락이라도 가져다 댈 구실을 만들고자 틈을 노리던 남자애는 내가 하는 말에는 귀도 기울이지 않고 제 할 짓만 했다. 내 머리카락을 넘겨주며 땀을 한 방울도 안 흘리는 걸 보니 독한가 보다, 라고 하지를 않나, 방금 제가 한 말을 잊고 덥지? 덥지? 하며 내 블라우스 깃을 들추어 바람을 불어넣으려 했다. 녀석이 남들 다 아는 수작을 부리는 중이었지만 나는 해옥이와 단짝에게서 눈길을 떼지 않았다. 그녀들은 마주 서서 더없이 나긋하게 손을 잡고 다른 손은 서로의 등에 둘렀다. 음악이 벌써 한 소절은 다 지나가도록 어떤 격식을 차리는 것 같더니 이윽고 느릿하게 블루스를 추기 시작했다. 그건 우리가 흔히 보고 흔히 생각하는, 남녀가 끌어안고 어기적거리기 위해 추는 블루스가 아니었다. 밀고 당겼다가 쭉쭉 밀고 다녔다. 무대가 두 여자로 가득 찼다. 눈이 번쩍 뜨였다. 남녀 커플이 만들어낼 수 없는 관능이 있었다. 해옥이의 몸은 나긋나긋하고 탄성이 있고, 부들부들했다. 누구의 손에 들려봐도 그 손에 맞을 것만 같았다.

그해 봄에서 여름까지, 나는 해옥이와 어울렸다. 어쩌면 나는 단순히 해옥이의 몸을 보는 걸 즐겼는지 모르겠다. 해옥이는 낙태의 기억 따위 싹 잊고 새로운 연애에 열을 올렸다. 해옥이의 새 애인은, 또래 남자였다. 처음이라 했다. 또래는.

해옥이 수줍은 얼굴로 말했다. 있지, 그 애는 내가 그동안 만난 남자들과는 달라, 글쎄 나한테 별을 보여주더라니까. 나한테 별을 보여준 남자는 한 명도 없었어. 역시 젊은 남자는 다른가 봐. 나는 새 연애의 증인처럼 그녀의 이야기에 귀를 기울였다. 이윽고 해옥은 내게 기식이라는 새 애인을 소개해 주겠다고 했다. 우리는 길거리에서 만나 어딘가를 싸돌아다 녔는데, 딱히 식당이라거나 카페 등지가 아니었다. 기식은 체구가 컸고 눈빛이 날카로웠다. 그는 주머니에 손을 찔러 넣고 건들거렸으며 길바닥에 침을 뱉었고 말투가 거칠었다. 길거리를 쏘다니다가 기식은 어느 녹슨 철문을 밀고 들어갔다. 해옥이 자연스럽게 따라 들어갔고 나도 그 뒤를 따랐다. 허름한 기역자 형의 이층 건물이었다. 들어서자마자 께름칙한 냄새가 풍겨왔다. 기식이 해옥을 이끌고 재빨리 건물 밖으로 난 계단으로 올라갔지만 나는 건물 안쪽을 보고 말았다. 머리를 박박 민 삐쩍 마른 장애인이 시멘트 바닥 아무데나 앉아 사위어가는 볕을 쬐고 있었다. 나는 계단을 오르면서 한 번 더 뒤를 돌아보았고 지적장애인으로 보이는, 남자인지 여자인지 구분이 안 가는 그 사람을 누군가가 욕설을 퍼부으며 끌고 들어가는 것을 보고 말았다. 그제서야 철문 옆에 조악한 현판이 있었던 것도 기억났다. 기식의 방은 입구 쪽 첫번째 방이었고 시멘트 바닥의 복도를 따라 안쪽으로 방문이 몇 개 더 보였다. 가족들이 사용하는 방이었을까. 복도에 신발을 벗어놓고 방으로 들어갔다.

기식의 방은 창문 아래로 침대 하나가 덩그러니 놓여 있었고 쓸모없어 보이는 작은 책상이 하나 있었다. 그 외에는 아무것도 없었다. 정말 아무것도. 심지어 옷장도 없었으니 그렇게 휑뎅그렁한 방은 어디서도 본 적이 없었다. 티셔츠 두어 장, 바지 한 벌이 벽에 걸려 있을 뿐이었다. 해옥은 아무것도 개의치 않았다. 두 사람은 침대에서 뒹굴거리며 무슨 이야기인가를 나누다 웃고 또 무슨 이야기를 나누자마자 웃곤 했다. 기식은 단정한 남자로 보이지는 않았다. 그렇다고 해서 함부로 해옥이를 만지거나 하지는 않았다. 그들은 어느 모로 보나 막 연애를 시작하는 커플답게 수줍어하고 서로에게 조심했다. 나를 거의 의식하지 않는 그들 덕분에 나는 머쓱하게, 그렇지만 또 아무렇지도 않게 의자에 앉아 그들을 지켜보았다. 무엇을 하며 밤이 이슥해질 때까지 그 방에 있었는지 기억나지 않는다. 그러나 한 가지는 분명하게 기억난다. 침대에 엎드린 해옥의 허리와 엉덩이와 다리가 얼마나 아름다웠는지. 뒤집었다 엎드렸다 하는 해옥의 몸을 바라보며 시간 가는 줄 몰랐다. 이윽고 창밖으로 어슴푸레 어둠이 내리자 해옥이 몸을 발딱 일으키며 말했다. 별 보여줘. 별? 별은 아직 안 떴을걸? 달은, 어 저기 떴다! 기식이 침대 한쪽에 넘어져 있던 망원경을 일으켜 세웠다. 삼각대를 세우고 망원경을 올리고 이리저리 조절하더니 해옥이에게 자리를 비켜줬다. 해옥이는 망원경을 들여다보았지만, 아마 달보다 별보다 기식의 얼굴을 더 들여다보고 싶었을 테지. 달, 잘 안 보여. 이리 와봐.

자, 여기서 이렇게 봐야지. 어어, 거기를 잡으면 안 되지. 기식은 해옥의 얼굴과 망원경의 각도를 잡아주었고 해옥은 헤헤 웃으며 자꾸만 각도에서 벗어났다. 그렇게 한 번, 두 번 해옥은 기식에게 얼굴을 내밀었고 기식은 별과 일직선이 되도록 해옥의 얼굴을 만졌다.

벽지도 제대로 발리지도 않고 방바닥 가장자리의 리놀륨이 찢어져 있는 휑한 방. 어디서 주워다 놓은 것인지 모르겠는 책상과 의자, 머리받이도 없는 스프링 침대. 청결하게 빨았을 것 같지도 않은 낡은 패드 한 장 덮인 침대 위에서 해옥은 기식이 제 눈앞에 대주는 망원경에 붙어 어디 먼 곳을 바라보았다. 망원경 끝에서 별이 반짝이긴 했을 것이다. 그러나 해옥의 눈동자와 뺨과 입술만큼 반짝였을까. 별을 바라보는 것보다 기식의 얼굴을 바라보는 게 좋았던 해옥은 자꾸만 망원경에서 눈을 떼고 물러났다. 기식은 해옥이 물러난 만큼 삼각대를 기울여 해옥의 눈앞에 갖다 댔다. 해옥은 헤헤 웃었다. 그냥 기식의 손길이 좋아서. 나는 그들을 보고 있는 게 하나도 지루하지 않았다.

그리고 하루 이틀이 지났을까. 해옥은 또 나를 불렀다. 봤지? 그 애가 내게 별을 보여주는 거? 해옥은 기식을 자랑스러워했고 자꾸 자랑하고 싶어 했다. 오늘도 별 보러 오라고 했어. 우리는 당연한 듯 기식의 집으로 갔다. 왜 그랬는지 모른다. 왜 밖에서 부른다거나 전화를 먼저 한다거나 하지 않았는지 모른다. 그 집은 어딘가 남다른 데가 있어서, 우리가 누구의 눈에 띄어서도 안 되고, 시설 사람들 역시 우리의 눈에 띄어서는 안 될 것 같은, 그래서 몰래 드나들어야 할 것 같은 느낌이 있었기 때문일 것이다. 살며시 녹슨 철문을 밀고 들어갔다. 녹슨 철문답지 않게 아무 소리도 없이 열렸다. 건물 안쪽에서 무슨 말인지 알아들을 수 없는 소리가 들렸고, 욕을 하는 소리도 들렸다. 곧장 건물 밖으로 난 계단으로 올라가지 않고 우리는 슬쩍 안쪽을 훔쳐보았다.

기식이 어떤 장애인을 발로 차고, 주먹으로 때리고 거칠게 끌어당겨 패대기를 쳤다. 기식에게는 아주 오랫동안 그렇게 해온 사람의 몸짓과 말투와 표정이 배어 있었다. 우리는 대문 밖으로 뒷걸음질을 쳤다. 나는 돌아섰고 해옥은 아무 일 없다는 듯 그에게 전화를 했다. 어, 근처에 와 있어. 나 자기 방에 가도 돼? 아마 들어오라고 하는 모양이었다. 어, 그럼 지금 들어갈게. 해옥이 눈짓을 했고 나는 손을 흔들고 그곳을 떠났다. 두 사람은 오늘도 별을 볼까? 별은 어디선가 빛나도록 내버려두고 서로의 눈을 들여다보며 헤헤, 웃기만 할까.

그리고 몇 주일 뒤 해옥이 나를 불렀다. 똑같은 방이었고 이제 여름이었다. 열이 들끓는다며 해옥이 방바닥을 지고 누워 있었다. 나는 얼음물로 해옥이의 온몸을 닦고 사타구니를 닦았다. 해옥은 이별을 통보받았다. 그놈과 하루 자고 난 뒤였다. 그놈이 그랬다고 했다. 순결한 여자를 사귀고 싶다고,

너는 아닌 것 같다고. 해옥은 울었다. 나는 그를 만날 자격이 없어. 이제 그 누구도 나에게 별을 보여주지 않을 거야. 별을 같이 보고 싶다는 남자는 처음이었는데. 해옥이 울었다. 나는 해옥의 사타구니를 닦으며 분노했다. 그따위 인간이 별을 찾고 순결을 찾다니. 이토록 관능적인 사타구니를 가진 여자에게 순결이 다 무엇이냐 말이다.

그해 여름이 끝나갈 무렵 나는 발령을 받았다. 그 뒤로 우린 단 한 번도 만나지 않았다. 아주 짧은 관계였을 뿐이다. 특별한 의미를 부여하지도 않았다. 우연찮게 다른 해옥을 만나기 전까지는.

3

인간의 말을 하고 있다고 생각했던 건 나의 착각이었어. 인간들은 나를 결코 자신들과 같은 부류로 취급하지 않았던 거야. 나는 내가 본래 살던 곳으로 돌아가야 했지.

자궁을 들어내고 까부라진 해옥은 소변 줄이 제대로 삽입되어 있는지, 소변량은 얼마나 되는지 체크하러 온 내게 말했다.

—이만큼 들어냈대요. 천 그램이었다는데 소고기 두 근이

넘는 거잖아요. 배가 홀쭉해지겠죠?

—몸이 가벼워질 테니 하고 싶은 거 마음껏 하세요.

—내가 마음껏 하고 싶은 것…… 뭘까.

해옥은 내게서 눈길을 돌려 멍하니 천장을 바라보았다. 나는 서둘러 대화의 방향을 바꾼다. 마음껏 하고 싶은 일을 하라는 말을 괜히 했다 싶어서다. 어차피 깊이 관여할 사람이 아닌데 당신 마음 다 안다는 듯한 말버릇은 좋지 않다.

—숨 깊이 들이쉬고요, 허리가 많이 아플 테니 필요하면 쿠션 달라고 하세요. 허리에 쿠션 받치면 한결 편해져요.

소변량을 체크하고 진통제와 항생제를 투여하는 일이 너무 중요하다는 듯 입을 꾹 다물었다. 자궁에 대해서는 길게 말하고 싶지 않았다. 이해옥이 돌덩이가 가득한 자궁을 폐경이 지나도록 애지중지하며 싸안고 있었다 한들, 여자니까 자궁을 지니는 게 당연하다는 고정 관념 때문에 더 이상 고통을 받고 싶지 않다며 자궁을 적출한, 마흔 갓 넘긴 선근증 환자와 달리 여겨야 할 이유가 없으니 말이다. 다른 환자에게 하듯 수술 후 주의사항이나 담백하게 전달했어야 했다.

이해옥은 그저 정해옥을 떠올리게 하는 다리였을 뿐이다. 병실을 나오며 마감을 넘긴 원고를 생각한다. 어디까지 썼더라. 정해옥이 얘기는 마쳤는데, 무슨 에피소드로 뒤를 이어가나. 궁리는 이어지지 않는다. 곧바로 다음 병실에 들어가야 한다. 늙은 뇌졸중 할머니가 누워 있는 병실이다. 지린내와 짠내가 가득하다. 이언 매큐언의 『나비』를 읽고 이런 소설을 써야 한다며 깊은 한숨을 내쉬던 날들은, 뇌졸중을 겪고 반쯤 바보가 된 아내를 매번 고이 데리고 와서 가만가만 침대에 눕히고 환의를 갈아입히고 돌봐주는 늙은 남편을 보며 가슴이 젖는 날들로 전환되었다. 늙은 경비는 말한다. 내가 IMF 때 실직하고 직장 못 구해서 한참 힘들었어요. 이 사람이 애들 키우느라 못 먹고 못 입고 얼마나 고생했겠어요. 그러니 뇌졸중이 왔죠. 뇌졸중 오고서도 아이들 다 잘 키웠어요. 얼마나 고마운 사람이에요. 나는 이언 매큐언의 『나비』와 필립 로스의 『죽어가는 짐승』이 아니라 내가 소설을 쓰도록 생계를 책임지느라 중병에 걸려버린 내 남편을 읽었어야 했다. 생존을 책임지고 있던 사람이 쓰러져서야 생존의 무게를 깨닫게 되는 건 다들 마찬가지인가.

피 묻은 솜과 주삿바늘을 분리해 폐기물 박스에 버리고, 환자의 체액이 묻은 시트를 걷고, 지린내와 짠내가 나는 노인들을 부축해서 눕히고 체위를 바꿔줘야 한다. 책장을 넘기고 마우스와 키보드를 두드리던 손은 이제 오백 원짜리, 백 원짜리 동전을 세어 건네주고 환자가 떠난 자리를 닦고 오물을 버리고, 쓰레기통을 닦는 손으로 대체되었다. 주부로 살았기에 이런 일들이 꺼려지지는 않는다. 가족들이 먹고 난 닭뼈를 손으로 집어 쓰레기통에 넣고 생선 내장을 분리하고, 돼지와 소와 닭의 기름을 떼어내고 개와 고양이의 똥과 소변을 치우는 일을 했다. 아무렇지도 않다. 다만, 소설이 더 이상 이어지지 않을 뿐이다. 이해옥과 정해옥은 오랜 시차를 사이에 두고 내 소설 속에서 만났다. 둘 사이에는 아무런 연관이 없다. 두 사람은 내 소설 속 한 페이지에 함께하기 위해 소멸하는 별과 새로 태어난 별처럼 만났을 뿐이다. 정해옥과 쓰레기 같은 기식이란 놈이 바라보았던 별. 그들에게 별은 잠깐의 유혹거리였을까. 해옥과 기식의 삶에서 잠시 잠깐 보았던 별이 내게는 '소설'이란 것이 아니었을까. 나는 잠시 잠깐 올려다보고 말았어야 할 세계에 뛰어들어 아등바등 버텨오며 내가 별에 속한 인간이라 착각해왔던 것은 아닐까. 남의 삶을 훔쳐 살았던 것만 같다.

하루 한 줄의 문장도 쓰지 않았던 날들이 사유를 멈추게 했음을 깨닫는다. 나는 이제 사유를 멈추고 하루하루 생존을 빌고 있다. 생존과 사유는 양극단에서 무엇이 더하다 할 수 없이 숭고하다. 별은 끝없이 태어나고 블랙홀은 끝없이 별을 삼키는 것처럼. 그런 것처럼.

숨을 헐떡일 정도로 바쁜 열 시간의 중노동을 한 뒤 도망치듯 병원을 빠져나와 차에 앉아 긴 숨을 몰아쉰다. 적당히 서늘하고 적당히 고요하다. 종일 삼사십 명의 환자와 보호자들, 오너와 상위 직원들에 시달리고 나면 아무도 없는 공간이란 천국에 다름 아니다. 홀로 운전을 하며 이전에는 눈길도 주지 않았던 산과 꽃을 바라본다. 내 눈은 책을 읽기 위해 뜨여졌고 책을 읽다 감기는 데에나 소용되던 것이었으나 이제 눈앞 가득 출렁이는 나무들과 길 한편에 핀 노란 꽃들을 귀여워한다. 그것들이 이토록 귀엽고 사랑스러운 것이었음을 반복되는 아침 출근길에서야 깨달았다. 밤의 산책에서는 깊은 어둠을 바라보고 개천물 흐르는 소리에 귀를 기울인다. 아직까지 밤의 산책길에 별을 찾아보는 일은 없었으나, 어느 날 모든 글쓰는 이들을 빨아들이는 블랙홀을 발견하고 걸음을 멈출지는, 누구도 모를 일이다.

우는 남자

—지다 3

첫번째 그림

아버지가 말했다.

너는 이제부터 세 폭의 그림을 찾아야 한다.

동쪽으로 2.4킬로미터를 가서 북쪽으로 400미터를 걸어가라. 사람들의 왕래가 잦고 갈래길이 무수히 많은 길이다. 한눈팔지 말고 걸어가라. 정확한 지점에서 큰 강을 만날 것이다. 이 도시를 있게 한 강이며 이제는 최고의 전망이 되어주는 곳이다. 다리를 건너 왼쪽으로 돌면 아래로 내려가는 길이 있다. 다리 아랫길로 강을 따라 걸어라. 양편으로 깎아지른 듯 높이 솟은 고층 아파트들이 있을 것이다. 고독한 사람들이 사는 곳이다. 570미터 지점에 서면 똑같은 고층 아파트들 중에 강을 향해 툭 튀어나온 집이 한 채 있을 것이다. 낭떠러지 위에 얹힌 집이라고 해도 좋을 그 집을 바라보며 울어라. 첫 번째 그림이다. 자, 떠나거라.

나는 즉시 길을 나섰다. 개 한 마리가 졸졸 따라왔다. 점박이에 귀가 축 처져 있고 다리가 짧아 뒤뚱거리는 개였다. 개는 서너 걸음 걷다가 나를 한번 쳐다보고 또 서너 걸음 걷다가 나를 한번 쳐다보곤 했다. 서너 걸음을 걸을 때는 마치 분명한 목적지를 알고 걷는 듯 발걸음이 가벼웠다. 그러나 나를 쳐다보는 얼굴은 미심쩍은 표정이었다. 나는 개가 왜 나를 따라오는지 알 수 없었다. 개가 앞을 바라보며 총총총 걸을 때면 나도 걸음이 가벼워졌고, 개가 나를 쳐다보며 뭔가 묻는 표정을 지을 때는 나도 모르겠다는 표정을 지었다. 나는 모르니까.

나는 말을 할 줄 모른다. 나는 사람인지 아닌지도 모르겠다. 아버지와 비슷하게 생겼고 다른 사람들이 하는 모든 것을 할 수 있다. 그러나 나는 말을 할 수 없다. 나는 골렘이다. 이름도 없다. 아버지는 야, 또는 이리 와봐라, 또는 골렘아, 라고 불렀다. 아버지는 내가 태어나자마자 말했다. 울어라. 울기 위해 태어났으니 너는 울어야 한다. 너는 온갖 우는 형상으로 울어야 한다. 나는 태어나자마자 울었다. 사흘 밤낮을 우는 것을 보고 아버지는 말했다. 울기에 적합한 아이군. 너는 300년 된 무덤의 흙으로 빚어졌단다. 얼마나 고운 진흙으로 얼마나 정성을 다해 빚었는지 모두들 너를 아름답다고 한다. 열일곱 살, 딱 좋은 나이로 태어났으니 얼마나 좋으냐. 피부는 자극에 민감하고 탱글탱글하다. 자, 다리를 움직여보아라. 손을 들어 눈을 가려보아라. 네가 얼마나 좋은 몸으로 태어났는지 알겠느냐. 걸어보고 뛰어보아라. 나는 걸어보고 뛰어보았다. 다리는 물결처럼 자유롭고 편안하게 움직였다. 손은 누구보다 섬세하게 움직였다. 네 피부와 심장은 울기에 적합하다. 너는 아무리 울어도 피부가 짓무르지 않을 것이고, 아무리 울어도 숨이 차지 않을 것이며, 아무리 울어도 심장이 찢어지지 않을 것이다. 네 허파는 우는 동안에도 들숨과 날숨을 뒤바꾸지 않을 것이다. 네 허파와 심장은 서로의 리듬과 세기를 익혀 그 빠르기를 조율할 것이다.

나는 태어난 지 일주일 되었다. 나는 일주일 내내 울 수 있었고, 아버지는 흡족해했다. 보기에 좋구나. 너는 네가 울어주는 바로 그 사람이 될 것이다.

동쪽으로 2.4킬로미터를 걸었다. 북쪽으로 400미터를 가는 동안 개는 서너 걸음을 걷다가 걸음을 멈췄다. 그리고 내 앞을 가로막았다. 여전히 미심쩍은 눈을 치켜떴고 이제 짖기라도 하려는지 입을 조금 벌리기도 했다. 나는 조금도 지체할 수 없다. 개가 발에 채였다. 발에 채인 개는 마음을 고쳐먹었는지 또다시 총총총 믿음직스럽게 걸었다. 그러다가 문득 무엇이 또 미심쩍은지 내 앞을 가로막았다. 2.4킬로미터를 함께

온 개가 무엇 때문에 의심에 가득 찬 채 400미터를 걷는지 알수가 없었다. 다시 개가 내 앞을 가로막자 내가 손짓을 했다. 쉬잇, 저리 가. 말소리가 나지 않아서인지 개는 알아듣는 시능도 하지 않았다. 개가 왜 저러는 걸까.

한강을 건넜다. 다리를 왼쪽으로 돌면 그 아래로 내려가는 작은 길이 있다고 했다. 개 때문에 길을 놓칠까 봐 신경이 곤두섰다. 개를 떼어놓고 가고 싶었으나 방법을 모른다. 개는 줄곧 따라왔다. 좁은 내리막길도 개는 나보다 잘 내려갔다. 다리 아랫길을 걷는데 개가 내 앞을 가로막으며 짖기 시작했다. 개는 당당한 걸음으로, 간혹 미심쩍은 눈빛으로, 나를 가로막고, 내 발길에 채이며, 이제 나를 향해 컹컹 짖으며 무언가를 표현했다. 그러나 나는 개의 말을 읽을 수 없다.

저 아래쪽에서 길고 날카로운 비명이 들렸다. 아마도 여자일 누군가의 길고 날카로운 비명이 내 심장을 직격했다. 소리는 갑작스럽게 시작되었던 것처럼 뚝 끊겼다. 심장이 물을 한가득 담은 주머니처럼 출렁거렸다. 강 양편을 에워싼 빌딩들은 적막했다. 그렇게 고통에 가득 찬 비명이 길게 들렸는데 아무도 창문을 열어보지 않았고, 문을 열고 나오지도 않았다. 저 아래쪽에서 무언가가 질질 끌려가는 소리가 들렸다. 나는 빨리 걸었다. 개가 열댓 발짝 뛰어가더니 다시 돌아와 나를 쳐다보았다. 눈길에 흥분이 가득했다. 개의 눈길을 보니 심장에 물이 더욱더 차올랐다. 그렇게 날카로운 비명이 들렸는데 왜 아무런 움직임이 없을까. 옆으로 흐르는 강물에 언뜻 모르는 얼굴이 비쳤다. 다시 나를 비춰보았다. 나이가 든 남자의 얼굴이었다. 누구지?

570미터를 걸었을 때 마침내, 깎아지른 고층 아파트 중 툭 튀어나온 집이 보였다. 개가 달려갔다. 달려가던 개가 우뚝 섰다. 개의 발아래 누군가 쓰러져 있었다. 남자의 머리 밑으로 피가 낭자했다. 개가 낑낑거리더니 남자의 머리 옆에 엎드렸다. 남자의 얼굴이 조금 전 강물에 비쳤을 때 봤던 내 얼굴이었다. 피가 흐르고 번진다. 빌딩 위의 집에서는 누군가가 몸을 내밀고 아래를 내려다보고 있다. 여자였다. 여자의 눈에 남자의 머리에서 흐른 피가 붉게 비쳤다. 여자는 울지 못한다. 소리도 내지 못하는 입이 벌려져 있고 눈은 뜨겁다. 눈에 피가 맺힌다.

내가 골렘이고 당신이 사람이라면 우리는 서로에게 거울이 되지 않을 수가 없다. 내 심장은 당신을 비추는 거울이다. 내 심장은 당신을 맞이하기 위해 불안하게 두근거리며 피를 가득 채웠다. 심장에 차오른 피는 뜨겁고 불안하고, 위험하게 흔들린다. 언제든 비등점을 쉽게 넘는다. 끓어넘친다. 울음이 터진다. 내가 닮은 남자는 머리가 깨져 더 이상 울지 못한다. 내가 운다.

깎아지른 빌딩 벽에 당신이 그려진다. 그림을 보지 않을 수 없다. 당신 혼자 비틀비틀 어두운 밤길을 걷고 있다. 종로3가

뒷골목의 고등어구이집에서 소주를 마시고, 그 옆의 전집에 들어가 소주를 마셨다. 길가의 포장마차에서 오뎅 국물에 소주를 마셨다. 힘들다. 혼자 주고받는다. 힘들지. 당신은 고층 아파트 속의 집으로 간다. 당신의 집은 마치 절벽 위에 불안정하게 걸쳐져 있는 것 같다. 당신이 발만 잘못 짚으면 까딱하고 절벽 아래로 떨어져버릴 것만 같다. 다른 고층 아파트에도 당신의 집처럼 낭떠러지에 얹힌 것처럼 불안해 보이는 집들이 있다. 당신은 절벽 위에 걸터앉아 잠시 쉬고 싶었다. 힘들어. 비루먹은 점박이 개가 당신의 발을 감싸고 엎드린다. 어젯밤, 술에 취해 귀가한 당신은 소파에 풀썩 주저앉으며 자기도 모르게 한숨을 쉬었다. 힘들어. 역시 회사에서 퇴근하고 집으로 돌아와 저녁을 짓고 딸아이를 돌보고, 성화를 해대며 공부를 시키고, 빨래를 널던 아내는 나도 힘들어, 라고 쏘아붙였다.

당신들의 그림을 보지 않을 수가 없다. 머리가 깨진 당신과 똑같이 생긴 내가 운다. 당신은 머리를 깨야만 했다. 그 어떤 형태로든 당신 몸을 빠져나가고 싶었으니까. 머리를 깨지 않는다면 목을 부러뜨려서라도 당신은 당신의 몸을 빠져나가야 했다. 당신의 몸을 지닌 채로는 달리 살 아무런 방도가 없었으니까. 나는 당신의 깨진 머리에서 흐른 피로 나를 채운다, 그리고 운다. 당신이 울지 못했던 시간들을 내가 운다.

고층 아파트 베란다 바닥에 엎드린 여자의 눈에서 피눈물이 흐른다. 왜, 너만 힘들어, 왜 너만 힘들다는 거야! 어떻게 이런 짓을 해! 내 심장은 당신의 눈물로 채워진다. 운다. 아버지가 말했다. 너는 온갖 형상으로 울어라. 너는 네가 보고 있는 사람의 형상으로 울어라. 여자는 퇴근 후의 술자리 따위 원하지도 않는다. 집에 가서 애를 돌봐야 하고, 밥을 해야 한다. 잠을 잘 시간이나마 충분했으면 좋겠다. 안정감을 주지 못하는 남편이 지긋지긋하게 싫었다. 여자는 마치 자기 자신에게서 떠나버린 것처럼 남편과 자신에 대해 아무 생각도 하지 않았다. 그렇게 하면 삶이 피부 밖으로 흘러갈 거라고 믿었다. 지금 여자는 울지 못한다. 숨을 쉬지도 못한다. 위험하게 흔들리는 절벽 위의 집에서 가슴만 쥐어뜯는다.

나의 두 다리는 아무 쓸모가 없다. 당신들을 만나러 오는데 소용될 뿐이다. 나의 두 팔 역시 아무짝에도 쓸모가 없다. 나의 몸뚱어리 역시 아무 일도 하지 않는다. 내 두 팔과 다리, 몸뚱이는 내 심장과 허파와 온몸으로 뿜어내는 끈끈한 눈물과 땀으로 쓰인다. 내 눈에 당신이 비친다. 흐르지 못하는 당신의 눈물이 내 몸을 채웠다. 죽어 쓰러진 저이의 땀과 피가 나를 채웠다. 나는 눈물을 흘리지 못하고 피도 흘리지 못하는 당신들의 몸이 되어 운다. 나는 말을 하지 못하는 골렘, 당신을 충실히 비추는 당신보다 더 당신 같은 골렘.

개가 갑자기 빌딩 속으로 뛰어올라갔다. 컹컹 짖으며. 무엇을 본 것일까. 개가 여자를 둘러싸고 빙빙 돌았다. 빙빙 돌고 또 돌았다. 개는 여자가 움직이지 못하도록, 벼랑 끝으로 기어가지 못하도록 칭칭 감는 거 같았다.

두번째 그림

아버지가 말했다. 살아 있는 사람들에게 1미터 이내로 접근하지 마라. 혹 사람들이 네게 접근해 오거든 꼭 그만큼 물러서라. 너는 종족이 다르다. 사람에게서 전이되는 병이 있다. 슬픔이 그것이다. 사람에게 슬픔은 천성이다. 그러나 네게는 치명적인 병이 될 것이다. 네가 슬픔에 감염되면 너는 너 자신만을 위해 울게 될 것이다. 너의 할 일은 네가 맞이하는 사람을 위해 우는 것. 네가 충실히 울기만 한다면 네 심장은 너를 배반하지 않을 것이다. 네 허파는 심장이 아무리 뜨거워져도 들숨과 날숨을 촉촉하게 유지할 것이다. 명심해라. 사람들과의 거리를. 너와 사람들의 거리가 팔 하나 길이, 즉 75센티미터 이하로 줄어들면 네 심장은 허파를 태워버리고 말 것이다. 사람을 비추려면 적당한 거리를 유지해야 한다. 너무 가까이 다가들면 그를 비출 수 없다. 오래 머물지 마라. 그들의 이야기에 지나치게 귀를 기울이지 마라. 사람을 숙주로 하여 너를 파괴하는 병이 있다. 두려움이 그것이다. 두려움에 감염되면 도리어 울지 못한다. 너는 충실히 울기만 하여라. 그것만으로도 할 일이 많다. 두번째 그림을 찾아오너라. 자, 떠나거라.

나는 길을 떠났다. 개가 앞장섰다. 개는 바짝 마른 뜨거운 해가 등줄기에 얹힐 때면 가끔 혀를 내밀어 콧등을 핥았다. 북쪽에서 불어오는 바람을 만났을 때는 제대로 길을 찾아 기쁜 듯이 콧구멍을 벌렁거렸다. 개는 걸을수록 등줄기에 힘이 서고 걸음도 기운차다. 이윽고 마르고 차가운 삭풍이 한줄기 불어오자 털이 짧은 개는 등줄기를 세워 후드득 떨고는 콧잔등을 높이 세우고 당당하게 걸었다. 개가 종종 내 걸음을 방해해도 개에게 이렇게 하라, 저렇게 하라, 말하지 못한다. 개가 내게 뭘 전하려는 것인지 묻지도 못한다. 나는 심장을 가졌을 뿐, 말을 갖지 못했다. 뒤도 돌아보지 않고 뒤뚱거리며 걷는 개는 나보다 아는 게 더 많아 보인다.

고층 아파트, 툭 튀어나온 집에 있던 여자를 찾아가야 한다. 그 여자는 낭떠러지 위의 집에서 아침 일찍 나와 버스를 두 번이나 갈아타고 시 외곽으로 나갔다. 여윈 얼굴에 살빛 희고 눈썹이 희미하며 말을 한마디만 할라치면 입술이 파르르 떨리고, 걸핏하면 눈자위가 뜨거워지는 그 여자를 찾아야 한다. 다니던 직장을 그만둔 여자는 아직 직장을 잡지 못했다. 정규직은 생각할 수가 없었다. 그러나 무엇이든 하루를 채울 일이 필요했다. 개장 직전의 도서관에서 자원봉사를 했다. 도서관은 전국 각지의 출판사에서 폐기처분하는 도서를 무상으로 기증받았다. 트럭들이 하루에도 몇 톤씩 책을 부려놓았다. 매일 수백 권의 도서를 높다란 서가에 정리하는 일이라 여자는 사람들과 부딪치지 않아도 되었다. 도서관은 자원봉사자에게 차비와 식비를 지급했다. 여기에서는 누구도 그녀에게 묻지 않는다. 남편이 왜 죽었는지, 남편이 죽을 생각을 하고 있는데 어떻게 모를 수가 있는지, 묻지 않는다. 그녀는 그렇게 묻는 눈들에게서 도망쳐 여기로 온 것이다. 그 생각을 하지 않도록 하루에 수백 권의 책을 나르고 서가에 올렸다. 수레에 책을 가득 담아 절벽 같은 서가 사이로 끌고 간다. 웬만해서는 사람 손이 닿지 않는 이삼층 높이의 서가에 아슬아슬한 사다리를 타고 올라가 책을 꽂는다. 낭떠러지가 생각나서 처음에는 도저히 못할 거 같았다. 그런데 한번 올라보자, 도리어 아무 생각도 할 수 없어서 좋았다. 책을 들고 올라가 책을 꽂고 내려오는 일을 수십 번 반복했다.

그녀는 높다란 사다리 위에서 무심코 들었던 책을 보고는 그만 바닥으로 떨어뜨렸다. 책등이 아래로 향한 책은 내리꽂히듯 추락했다. 책의 제목은 '나는 가해자의 엄마입니다'였다. 높은 사다리 위에서 여자는 공포에 사로잡혔다. 그녀는 사다리 위에서 내려올 수도 가만히 있을 수도 없었다.

개가 그녀를 발견했다. 컹, 한 번 짖고는 달려갔다. 그녀는 사다리 위에 선 채 공포에 질려 있었다. 바짝 말라 타오르는 눈길은 저 바닥에 떨어져 활짝 펼쳐진 책에 꽂혀 있었다. 여자를 올려다보았다. 내 심장이 뜨겁게 부풀어 올랐다. 개가 사다리에 발을 올리고 컹컹 짖더니 나를 쳐다보았다. 나는 여자를 보느라 개를 볼 수 없었다. 개가 내 다리 사이를 부산하게 왔다 갔다 하며 컹컹 짖었다. 어쩌라는 거지. 개야, 너는 내게 무얼 원하는 게냐. 개가 사다리에 발을 걸치고 나를 또 쳐다보았다. 나는 여자를 보았다. 개는 내 바짓가랑이를 물고 끌었다. 나를 사다리 밑에 세우고 컹컹 짖었다. 나는 개가 시키는 대로 사다리를 타고 올라갔다.

그 여자에게 닿기 직전, 75센티미터 앞에서 나는 아버지가 한 말을 기억했다. 명심해라, 사람과는 1미터 거리를 유지해야 한다. 아무리 사람들이 원해도 75센티미터 이내로 다가가서는 안 된다. 나는 팔을 뻗을 수가 없었다. 벌겋게 타오르는 여자의 눈은 여전히 저 아래 책에 꽂혀 있었다. 그녀의 눈동자에 책 표지가 비쳤다. 나는 가해자입니다. 여자는 공포에 질려 사다리를 부여잡고 있었다. 내 심장에 뜨거운 눈물이 차올랐다. 여자의 한쪽 발이 천천히 미끄러졌다. 온몸에는 핏기가 싹 가셔 창백했는데 사다리를 쥐고 있는 손가락 끝만 붉었다. 코끝에서 눈물이 한 방울 톡 떨어졌다. 내 심장이 오싹했다. 개가 저 밑에서 빙빙 돌며 나를 향해 컹컹 짖었다. 나를 잡아먹을 듯이 짖어댔다.

여자의 한쪽 발이 천천히 미끄러졌다. 툭. 내 갈비뼈 앞으로 발이 툭 떨어졌다. 빳빳하던 여자의 몸이 한순간 무너졌다. 나는 여자를 잡았다. 잡을 수밖에 없었다. 여기까지 오는 동안 나는 여자와 닮아갔다. 나는 여자와 흡사한 여자가 되어 여자를 안았다. 75센티미터를 지키지 못했다. 여자의 심장이 터질 것처럼 뜨겁게 벌렁거리는데 몸은 차디찼다. 여자를 바닥에 내려놓았다. 축 늘어진 여자 옆에 책이 있었다. 책에서 눈을 떼지 못하는 여자가 말했다. 나는 없는 사람입니다.

여자의 말이 끝나기도 전에 나는 운다. 여자가 다시 말한다. 나는 없는 사람입니다. 남편이 몸을 던진 그 순간부터 나는, 내 인생은, 없어졌습니다.

내 심장이 울음을 토했다. 눈물에 짓무르지 않을 만큼 윤택하고 건강한 내 피부는 여자의 심장이 얕고 빠르게 뛰는 것을 감각했다. 여자를 안았던 내 앞가슴이 타들어갔다. 바짝 마른 여자의 심장이 박동을 건너뛰며 위험하게 빨라졌다. 내 심장이 울컥울컥 눈물을 토했다. 여자의 마른 팔을 붙잡았던 손이 타는 듯 아팠다. 심장이 닿은 자리가 쓰라렸다.

공포가 가라앉자 여자는 도망치려 했다. 그림 밖으로 나가, 또 어딘가로 숨으려 했다. 여자는 아직 다 꽂지 못한 도서들을 팽개치고 뒷문으로 빠져나갔다. 나는 울면서 여자를 뒤따라갔다. 울면서 뛰는 것은 여간 어려운 게 아니었다. 울음과 심장과 호흡은 뛰는 몸에 맞는 새로운 리듬을 찾아내야 했다. 아버지는 말했다. 네 심장과 허파는 울음에 완벽히 적응했다. 그러니 길게 울어도 심장과 허파가 교란을 일으키지 않을 것이다. 정해놓은 규칙만 잘 지키면 울음이 어렵지 않을 것이다. 그러나 나는 75센티미터의 간격을 지키지 못했다. 떨어지는 여자를 받아 안을 때 내 심장과 여자의 심장은 1센티미터도 떨어지지 않았다. 그때 피부가 그을렸다. 여자의 심장에 닿은 자리가 여태 쓰라렸다. 운다. 뛰면서 우는 것은, 두 개의 심장이 타오르는 것처럼, 허파를 바짝 말렸다. 숨쉬기가 어려웠다. 가슴이 찢어지는 것 같았다.

개가 달리는 여자를 따라잡았고, 나는 개를 따라잡았다. 여자는 남자가 떨어진 한강변의 자기 집으로 달려갔다. 한강이 내려다보이는 고층 아파트의 창들은 다들 꼭꼭 닫혀 있다. 웬만큼 시끄러워서는 문을 열고 내다보지도 않는다. 여자는 이웃들의 눈과 마주칠까 봐 고개를 푹 숙이고 재빨리 집으로 들어갔다. 여자가 집에 들어서자마자 소녀가 여자를 밀치고 밖으로 뛰쳐나갔다. 여자가 외쳤다. 민정아! 어디 가니, 어디 가! 여자는 현관문을 붙잡고 부들부들 떨었다. 여자의 얼굴은 더욱 말라 창백했다. 헐떡이던 숨이 잦아들었다. 행여 이웃이 문이라도 열고 내다볼까 봐 서둘러 문을 닫는다. 여자는 베란다로 나간다. 벼랑 끝에 한쪽을 걸친 집은 여자의 걸음마다 흔들린다. 여자가 난간을 잡고 서자 집이 기우뚱한다. 소녀가 길을 따라 달려가는 게 보인다. 소녀는 곧, 빌딩들 사이로 사라졌다. 여자의 눈에 핏물이 고인다. 버티고 선 다리가 후들거리고 난간을 꽉 잡은 손에 핏줄이 툭툭 불거진다.

저 애는 나를 싫어해요. 나를 싫어해요. 저 애는 집에 있을 때면 여기에 나와 있어요. 내가 들어오면 애는 나가고 나는 여기로 와서 저 아래를 내려다봐요. 전에는 푸른 강을 바라보고 화려한 야경을 바라보았어요. 이제는 저 아랫길을 내려다봐요. 검은 자국, 그걸 내려다봐요. 나는 베란다에 서서 여자의 형상으로 울었다. 저 아랫길, 핏자국을 보면서 울었다. 왜, 왜 그랬을까. 그것만 말해줬으면 좋겠어요. 화만 났습니다. 화만 났어요. 왜 슬픔보다 화가 차지하는 게 더 크냐고요. 남편이 죽었는데 슬프지가 않고 화가 나서, 그것이 너무 고통스러운 거예요. 내 감정이 무언지 모르겠어요.

여자는 바짝 마른 음성으로 말한다. 나는 말을 하지 못하니 생각을 하지 못한다. 여자의 말은 내 심장에 눈물로 차올랐다. 여자의 심장에 그을린 피부가 쓰라렸다. 나는 여자의 형상으로 운다. 개가 당신 앞에 엎드린다. 여자가 말한다. 나는 무섭습니다. 세상 모두가 무섭습니다. 너는 뭐 했느냐고 사람들이 묻습니다. 너는 왜 남편의 감정에 귀를 기울이지 않았느냐고 나를 비난합니다. 나는 내 감정도 외면했는데, 내가 어떻게 남편의 감정에 귀를 기울이겠습니까. 개는 당신에게 기어가 당신 발등을 핥는다. *끄응끄응* 소리를 낸다. 여자가 그 소리에 고개를 들었다. 개는 여자의 신음을 대신하여 더욱 애절하게 소리를 낸다. *끄응, 끄응.* 꼬리를 나지막이 흔들어 여자의 종아리를 쓰다듬는다. 내 울음과 개의 핥는 혀와 흔드는 꼬리 때문인지 당신이 스르르 주저앉았다. 집이 또다시 기우뚱한다.

문이 살그머니 열린다. 열일곱 살짜리 여자애가 몰래 들어왔다. 일어설 힘도 없는 여자는 여자애를 눈으로만 좇는다. 여자애는 자기 방으로 들어가다 우는 나를 보고 한마디 내뱉는다. 바보 아냐? 나는 울음을 그칠 수 없다. 여자애가 방문을 열고 소리를 질렀다. 네가 뭘 안다고 울어? 여자애가 소리를 지르고 방문을 쾅 닫는 바람에 여자가 정신을 차렸다. 민정이 왔니? 왔구나! 밥 먹어야지. 민정이가 소리를 질렀다. 안 먹어! 안 먹는다고 몇 번이나 말해? 민정이는 볼펜을 책상에 콱 내리찍었다. 밥, 밥! 그만 좀 해! 밥 안 먹는다고 안 죽어! 볼펜을 한 번 더 내리찍고 민정이는 책상에 풀썩 엎드린다. 무서워, 무서워 죽겠어. 잠을 잘 수가 없어. 아빠가 보인다고, 십삼층에서 뛰어내린 아빠가.

두 사람은 각자의 방에서 홀로 파르르 떨었다. 두 사람의 두려움이 내 심장으로 스며들었다. 개가 끙끙거리고 내가 울다가 멈춘다. 심장이 조여오더니 파르르 떤다. 무언지 모르겠다. 인간들 속에 깊숙이 도사린 저 무엇이 나를 두렵게 했다. 울음마저 얼어붙은 듯 찔끔찔끔 나온다. 엄마와 딸이 각자의 방에 내던져진 채 자다 깨다 자다 깨다 한다.

세번째 그림

아버지가 나를 꾸짖었다. 어젯밤에 어디에 있었느냐? 내가 너에게 제한 시간을 넘겨 인간과 함께 있는 것을 금했잖느냐. 네 피부는 민감하여 인간이 숙주가 되어 너를 공격하는 병에 취약하다. 오래 노출되어 있으면, 또 그들의 피부와 접촉하게 되면 네가 위험해진다. 사람들에게서 팔 하나 길이는 떨어져 있어야 한다는 걸 명심해라.

나는 심장 부근의 피부가 타버린 것을 아버지에게 감춘다. 나는 세상에 하나뿐인 골렘. 나는 울지 못하는 사람 대신 울어주기 위해 만들어진 존재. 태어나면서부터 혼자다. 나를 위해 울어줄 존재는 없다. 나를 위해 죽는 것도 마다하지 않을 피붙이가 없다. 나는 아버지의 용도에 맞게 움직이면 그만이다. 내 살갗이 아픈 이유가 무엇 때문인지 누가 알까. 나는 타버린 살갗을 들킬까 봐 아버지의 명령이 떨어지기 전에 길을 나선다. 개는 왠지 불안한 눈길로 나를 자주 쳐다보았다. 그러고 보니 개는 아버지를 떠나 길을 나서면 어디선가 나타나고는 했다. 개는, 나보다 무엇이든 더 잘 아는 개는, 왜 나를 따라오는 것일까.

그 집은 강 쪽으로 15도쯤 기울어져 있다. 여자애가 베란다 난간에 몸을 걸치고 있어서 더욱 기울어진 것이다. 여자애의 두 뺨과 이마가 붉었고 눈에는 적개심이 가득했다. 나는 여자애와 눈이 마주치자 그만 놀라서 울음을 터트렸다. 여자애가 화를 냈다.

너는 왜 울어? 네가 왜 우냐고. 내 친구도 아닌데 왜 우냐고! 나는 친구도 없어. 아니, 몇 달 전까지 내게는 친구가 많이 있었지. 그 애들이 미워. 내가 아빠를 죽인 게 아니잖아? 왜 나를 그런 눈으로 쳐다보는 거지? 그 애들이 나를 쳐다보던 그 눈, 그 눈을 찔러주고 싶었어. 나는 아빠를 잘 몰라. 아빠는 매일 술을 마시느라 늦게 들어왔고, 엄마랑 다퉜어. 그까짓 밥하는 거, 빨래하는 거, 청소하는 거, 내가 공부 안 하는 것 가지고 다퉜어. 누가 하면 어때서? 안 하면 어때서? 나더러 뭘 어쩌라고?

여자애가 샤프펜슬을 집어던졌다. 그것이 내 팔뚝에 와서 박혔다. 놀라고 아파서 더 크게 울었다. 여자애와 나 사이의 거리는 불과 50센티미터 정도. 여자애가 눈을 부라렸다. 노트 한 권을 더 집어던졌다. 노트가 가슴팍을 때리고 바닥에 떨어졌다.

너, 내 앞에서 울지 마.

나는 눈물을 그치고 싶었으나 그럴 수가 없었다. 울지 못하는 사람 대신 무턱대고 우는 것이 내 숙명이니까. 나는 여자애의 형상으로 울었다.

너, 그런 거 겪어봤어? 매일 우는 아빠를 겪어봤냐고. 엄마는 지쳤다면서 일찍 잠이 들고, 아빠는 울다가 잠이 들었어.

나는 공부를 해야 하니까 밤늦게까지 깨어 있어야 했지. 그런데 아빠가 우는 거야. 자기 방에서 숨 죽여서. 엄마가 우는 게 아니라 아빠가 울어. 너 그거 겪어봤어? 네 아빠도 그렇게 자주 우니? 왜 아빠가 우는지 아니? 왜 우는지 모르는 채로 그 울음을 듣고 있어야 하는 거, 너 겪어봤어? 무슨 일이 일어날지도 모른다는 예감으로 두렵고 불안한 밤을 지내본 적 있어? 그렇잖음 내 앞에서 울지 마. 나는 우는 게 지겨워. 나는 결코 울지 않을 거야.

샤프펜슬이 꽂혔던 자리가 시커멓게 멍들어가는 것을 보았다. 나는 팔뚝을 문지르면서 울었다. 여자애가 그치지 못해? 하며 발로 찼다. 나는 여자애와 너무 가까웠다. 여자애가 점점 더 화를 냈다. 어쩐 일인지 화를 내면 낼수록 화가 더 나는 것 같았고, 점점 더 난폭해졌다. 나를 때리고 발로 찼다. 여자애는 울지 않으려 이를 악물었다. 이를 악물수록 얼굴은 붉어졌고 눈은 더욱 충혈되었으며 주먹과 발길질은 더욱 거칠어졌다. 이웃들이 창문을 닫는 소리가 들렸다. 어디선가 시끄럽다고 소리치며 문을 거세게 닫는 소리도 들렸다.

나는 베란다 한구석에 쪼그리고 앉아 때리는 대로 맞았다. 울음이 솟구쳤고 맞은 데가 아팠고, 호흡이 가파르게 빨라졌다. 심장이 찢어지듯 아파 왔다. 여자애가 나를 때리다 말고 빳빳하게 굳어졌다. 아빠 우는 소리 들으며 내가 뭐라고 했는지 알아? 베란다 문 열고 나가 소리라도 크게 지르라고 했어.

밤공기를 찢어놓을 만큼 소리를 지르면 좀 나아질 거 아냐, 라고 했어. 나는 혼자 중얼거렸어. 중얼거리면 우는 소리가 안 들리거든. 내 목소리가 점점 커져간다는 걸 나는 몰랐어. 게다가 문이 열려 있던 것도 몰랐어. 그날, 내가 짜증을 냈던 거야. 제발 집에서 울지 말고, 나가서 울어, 라고 했던 거야. 그걸 아빠가 듣고 베란다로 뛰쳐나간 거야. 내가 뒤에서 소리쳤어. 아빠! 아빠는 잠시 이렇게 난간에 몸을 걸치고 있었어. 내가 다시 아빠를 부르자 아빠가 몸을 날렸어.

여자애가 몸을 난간 밖으로 내밀었다. 나는 재빨리 여자애를 끌어안았다. 여자애가 나를 뿌리쳤다. 나는 울면서 여자애의 몸을 난간에서 떼어놓으려 했다. 난간에 짓찧어 팔뚝 여기저기가 찢어졌다. 여자애가 내 팔뚝 안에서 울부짖었다.

나는 울 수가 없어, 울 수가 없다고. 내가 울면 말이 돼?

몸부림치는 여자애를 끌어안고 있는 것은 무척이나 아프고 힘들고 슬펐다. 울지 않겠다는 여자애의 심장이 어찌나 뜨겁고 숨이 어찌나 가쁘고 주먹과 발길질이 어찌나 거셌던지 내 가슴이 크게 탔고, 살갗이 찢겼으며 심장에서는 피눈물이 울컥울컥 솟구쳤고, 폐는 호흡을 조절하지 못했다. 나는 헐떡거렸다. 나는 실패한 것 같았다. 나는 75센티미터도 아니고 50센티미터도 아니고 손바닥 하나 들어갈 틈도 없이 여자애를 꽉 끌어안고 있었다. 나는 실패했다. 거리를 지키지 못했다. 여자애의 날뛰는 두려움과 불안에 살갗과 심장이 찢어지고 있었다. 개가 옆에서 컹컹 짖다가 집 밖으로 뛰쳐나갔다. 누군가를 부르듯 주둥이를 높이 쳐들고 짖으며 안짱다리로 내달렸다. 나는 개를 걱정하지 않는다. 나보다 사람을 더 많이 알고 있으며 나보다 훨씬 예감이 날카로우며, 나보다 훨씬 상세하게 감각하는 개니까.

세번째 그림은 아버지에게 가져다 줄 수 없을 것 같다. 나는 심장이 찢어져서 눈으로 눈물을 올려보내지 못하게 되었다. 눈물이 말랐고, 심장에서 피가 흘렀다. 심장에서 피가 다 빠져나가기 전에 돌아가야 했다. 개를 앞세우고 여자가 들어오자 집이 기우뚱했다. 여자애가 또다시 여자를 밀치고 밖으로 뛰쳐나가는 바람에 집이 크게 기우뚱기우뚱 흔들렸다. 여자는 개에게 이끌려 집에 왔지만 자신에게서 달아나는 여자애를 잡지 못했다. 여자는 속수무책이다. 나는 여자를 보고도 울지 못했다. 나는 개를 남겨두고 집을 나왔다. 나보다 나은 개는 스르르 주저앉는 여자의 무릎에 올라가 엎드렸다. 여자는 내일도 자원봉사를 하러 갈지도 모른다. 자기 피부 밖으로 삶을 흘려보내기에 적합한 일이니까. 그게 아니라면 무얼 어떻게 해야 하는지 누가 알까. 개가 여자의 무릎 위에 앉아 있는 동안은 안전하겠지.

한강변의 고층 아파트, 이웃들은 머리를 깨고 싶은 마음이 들기 전에 문을 꼭꼭 닫았다. 슬픔의 냄새도 고독의 기운도 스며들지 않기를 바라며, 저 바닥에 아직 지워지지 않은 검은 자국을 쳐다보지 않기 위해 문을 꼭꼭 닫았다.

　나는 골렘, 나는 없는 사람이다. 나는 말도 하지 못하고, 생각도 하지 못한다. 사람의 기분을 잘 읽고 반응하는 개보다 못한 존재다. 그러나 울지 못하는 사람의 눈물을 담을 수 있는 심장도 있고, 그를 위해 울어줄 수 있는 호흡도 있다. 무엇보다 나는 살갗을 지니고 있다. 살갗은 누군가의 체온이 급박하게 떨어지거나 달아오르거나, 외롭거나 쓸쓸한 것을 느낄 수 있다. 섬세하게 감각하는 기관은 그만큼 취약하다. 감정의 급격한 변화에 직접 닿으면 나는 타버리거나 녹아버린다. 세 사람을 만났고, 세 사람을 비추었고, 세 사람의 눈물을 흘렸지만, 민감한 살갗과 심장이 타버렸다. 나는 사람들에게 적절하게 반응하지 못했고 아버지가 원하는 만큼 업무를 수행하지 못했다. 거리를 지키지 못해 나는 실패했다. 아버지는 나를 불렀다. 살갗이 벗겨지고 멍들고 타버린 나는 아버지로부터 숨었다. 무엇보다 동력기관인 심장이 찢어졌으니 나는 망가진 것이다. 나를 찾은 아버지가 말했다. 쯔쯔, 못쓰게 됐군. 무엇이 잘못된 것일까. 왜 사람에게 가까이 가지 말라는 말을 듣지 않았던 걸까. 아버지는 못쓰게 된 나를 질질 끌고 갔다. 어딘가에 버리려는 것일까.

밤의 환대

1

어둠 속에서 윤곽만 남은 그를 내려다본다. 그의 가슴이 일
정하게 오르내린 지 이십 분. 귀를 기울이지 않아도, 손을 얹
지 않아도 일정해진 호흡을 알아볼 수 있다. 환의 대신 깔끔
하게 다린 푸른 피케 셔츠 위에 두 손이 가지런히 올려져 있
다. 커튼 틈으로 새어 들어온 밤빛이 가만가만 움직여 그의
손등에 얹힌다. 그는 이제 깨어나는 일 없이 아침 일곱시까지
는 몸 한 번 뒤척이지 못할 것이다. 얇은 이불 아래로 넓적한
보호대가 그의 명치께를 가로지르고 있다. 골반을 가로지른
보호대는 그를 더욱 강하게 압박하고 있다. 수면 중에 경련을
일으켜 침대에서 몇 번 떨어졌던 그는 자신의 잠을 믿지 못한
다. 자신의 불안정한 잠을 믿느니 아늑하게 조여주는 압박대

를 믿는다.

미간을 잔뜩 찌푸린 얼굴에는 깊은 어둠이 고여 있다. 나는 손을 뻗어 얇은 시트 위로 가슴을 쓸어내린다. 뼈가 만져질 만큼 마른 가슴이지만 그 한가운데에서 열기가 느껴진다. 아직 심장 박동이 느슨해지지 않고 가슴뼈 아래서 가늘게 파닥거리기 때문이다. 수면제와 마약성 진통제로 억지로 재워져서 그런 것이겠지. 꼭 여며진 커튼을 확인하고 취침등을 끈다. 제자리에 선 채 일이 분을 기다렸다가 병실 문을 연다. 네가 거기 어둡게 있다. 기쁨으로 가슴이 세차게 뛴다. 밤을 향해 무슨 말이라도 건네고 싶다. 그러나 밤은 말을 모르므로, 나는 그 속으로 발을 딛는다.

문을 열자 밤이 달려든다. 달려드는 밤으로 몸을 던진다. 밤은 미끈둥하다. 잡아주는 것은 아무것도 없다. 층계참은 좁고 계단은 바로 앞이다. 굴러떨어질 뻔한다. 꼬리뼈에 힘을 준다. 몸이 힘차게 곧추선다. 첫 계단이 어둠 속에 희미하게 드러난다. 잘 보기 위해 눈을 꾹 감았다 부릅뜬다. 순간적으로 모여든 빛의 잔상이 도리어 눈앞을 허옇게 만들어버렸다. 눈은 없는 빛을 보는 착각을 일으키고 그사이에 온몸을 감싼 어둠은 피부에 닿았다가 내부로 스며든다. 이 피부 아래는 언제나 진득한 어둠이었을 테다. 한 번도 빛이 닿은 적 없던 피부 밑 2밀리미터 안쪽의 내부를 나는 본 적이 없으나 어둠은 언제나 거기 있었다. 나의 내부는 밤을 더욱 반기겠다.

사층을 달려 내려간다. 계단을 달려 내려가기에 벽에 붙은 작은 비상등은 적당치 않다. 층층이 저 아래로 이어지는 계단은 점점 깊어지는 어둠에 잠겨 있다. 그 어둠 속으로 한참을 내려가야 한다. 하지만 발은 더없이 가볍다. 미끄러지고 미끄러지며 달려 내려간다. 밤에 서너 번 계단을 뛰어 내려간 것으로 어쩌면 내 다리는 계단의 폭을 정확히 기억하고 있는지도 모른다. 계단 모퉁이를 돌 때마다 나를 꽁꽁 묶어놓던 그를 지운다. 부릅뜬 그의 눈을 맨 처음 감겨버린다. 내게 퍼부었던 말은 거꾸로 그의 입안으로 쑤셔넣고 내 손목을 틀어쥐던 손은 잘라버린다. 나는 달려 나가고 그는 지금 압박대 밑에 꽁꽁 묶여 자고 있다. 마침내 일층 비상문을 열고 튀어나간다.

밤이 몸에 철퍼덕 닿을 때면 기쁨으로 뱃구레 깊숙이 척추까지 떨린다. 고급 리조트 같은 요양병원 뒤뜰은 앞뜰만큼이나 넓디넓은 잔디밭이다. 잘 손질된 잔디밭을 둘러싸고 산이 솟아 있으며 사이사이 산책로가 나 있다. 산책로는 깊은 산으로 연결되어 있다. 봉우리 중 하나를 밀어서 병원 부지를 만든 것 같다. 그만큼 넓다. 앞뜰은 병원 관계자들을 위한 골프장과 연결되어 있다. 능선에 능선으로 저 아래까지 이어지는 푸른 잔디밭은 깊은 숲속보다 훨씬 막막하다. 어디가 어딘지 알 수 있는 지표가 없다. 이 병원에는 내가 알지 못하는 공간이 많다. 그 공간들은 매우 크다, 그리고 깊다.

어둠 속의 잔디밭은 실제보다 훨씬 막막하다. 방향 감각도 사라진다. 어젯밤에도 나왔었다는 것은 아무 도움이 안 된다. 크다는 것, 깊다는 것은 모른다는 뜻이다. 무작정 몸을 던진다. 내가 가진 것 중 가장 길고 큰 것은 몸이므로 몸으로 재는 수밖에 없다. 잔디밭의 끝을 향해 달린다. 처음에는 맨땅을 달리다가도 넘어졌다. 매여 있던 나에게 아무런 장애물이 없다는 것이 믿을 수 없는 장애였다. 지금은 허파가 들이켜는 게 맑은 밤공기가 아니라 잔디 위에 미세하게 내려앉다가 도로 날아오른 낮의 먼지라는 것을 알 만큼 익숙해졌다. 밤의 잔디밭은 시간에 따라 피어오르는 게 다르다. 얼마나 달렸는지 모른다. 가장자리의 짙은 어둠에 걸려 고꾸라질 뻔했다. 넘어지지 않으려고 손을 내밀었다. 어둠이 나를 찔렀다. 배꼽 높이의 나무였다. 갓 다듬어놓은 가지 끝에 손바닥이 긁혔다. 쓰라리다. 옷에다 쓱쓱 닦고 산책로를 찾는다. 층이 진 어둠이 보인다. 가슴이 뛴다. 산책로에 특별한 것이 있는 것은 아니다. 망망한 곳에 몸을 드러냈다면 다음 순간에는 숨기고 싶은 것뿐이다.

초입은 가파르다. 산책로는 나무 패널을 촘촘히 짜넣은 계단으로 이루어져 위험은 최소화되어 있다. 그렇긴 해도 양옆으로는 울창한 숲이 드리워져 있고 경로도 구불구불하다. 누군가 말하기를 어떤 산책로는 숲의 터널 같다고 했다. 이곳이 바로 그 터널 같은 산책로라고 생각한다. 나뭇가지는 흔히 어

깨며 목을 쓰다듬는다. 산책로에 들어서 줄곧 나를 쓰다듬은
것은 나뭇가지라고 짐작한다. 그래서 다리를 쓰다듬는 것도
나뭇가지라고 생각했다. 그러나 다리를 잡은 것은 나뭇가지
가 아니라 손이었다.

2

손이 말했다. 밟지 마. 누군가 그 몸을 최대한 산책로 가장
자리에 밀어붙이고 웅크리고 있었다. 다리를 잡은 손이 떨고
있었다. 나는 조금 내밀어진 그의 발을 콱 밟았다가 막 떼어
놓은 참이었다. 쭈그리고 앉아 그를 보았지만 나를 마주 보지
않는 그는 내가 있는 병실 바로 위층의 젊고 잘생긴 알코올중
독자였다. 그가 없어진 것을 알면 그를 찾으러 병원을 뒤질
텐데. 그를 잡아가면 바로 우주복을 입혀 침대에 묶어둘 텐
데. 그는 어제도 탈출했다가 붙잡혀 들어갔다. 이곳은 서울에
서 가깝다 해도 깊은 산속 광활한 들판 위에 오직 홀로 지어
진 곳이라 여간해서는 걸어서 빠져나가기 어렵다. 그런데 그
는 무턱대고 걸어갔고, 그렇게 걸어간 이유는 술을 사기 위해
서였을 거라고 했다. 어젯밤에 나는 앞뜰로 뛰어나갔다가 그
가 붙잡혀 가는 것을 보았다. 밤의 한가운데가 날카로운 손전
등으로 찢기고 주먹질 발길질로 뒤집혔다. 그는 거세게 저항

했다. 온몸을 뒤틀었고 주먹을 내질렀고 발을 번쩍 들어 올려 그들을 찼다. 그를 붙잡은 사람들이 목소리를 낮춰 을러댔다. 옆에서 그를 비추었다 앞을 비추었다 하는 손전등 불빛이 어지러웠다. 고요했던 밤이 한순간에 소란스러워졌다. 빛에 비친 그의 얼굴은 나를 격앙시켰다. 절망적으로 소리 없이 울부짖는 젊은 알코올중독자의 얼굴. 나는 청년을 잡아끌고 가는 사람들에게 달려들었다. 누군가가 나를 가볍게 집어던졌다. 나는 그들이 떠난 자리에 던져진 채로 구겨져 있었다. 어둠 속 깊이를 짐작할 수 없는 풀밭에 얼굴을 묻고 흐느꼈다. 천천히 몸을 뒤집었다. 나를 잡아갈 사람은 아무도 없다. 내 손목을 틀어쥐던 그 사람은 경련을 두려워하며 간신히 잠들어 있다. 수면제는 틈이 많아서 각성이 비집고 들어오는 것까지는 어쩌지 못한다. 그는 수면의 경계에서 이쪽으로 미끄러졌다 저쪽으로 미끄러지며 눈꺼풀을 파르르 떨다가 가끔 눈을 뜨기도 하지만 압박대를 벗겨낼 만큼 정신이 들지는 못한다. 나는 그의 불안한 잠이 안쓰럽다고 여기지 않는다. 얼마 전까지 나는 이십사 시간 감시하는 그의 깐깐한 눈빛 아래서 잠을 자야 했으니까. 이제 그의 불안한 잠을 바라보는 내 눈이 깐깐하게 빛난다.

젊은 알코올중독자가 나를 잡지 않았다면 나는 그곳에 유독 짙은 어둠이 깃들어 있다고 여겼을 것이다. 나는 고개를 무릎 사이에 집어넣고 한껏 웅크린 그에게 말한다. 너는 밤이다. 그는 병실에서 벗어나고 싶을 뿐이고, 가족에게로 가고 싶을 뿐이고, 끊임없이 떨리는 척추가 진정되기만을 바랄 뿐이다. 그러나 그가 잡혀간 지 얼마 지나지 않아 몰래 엿본 병실의 풍경은 그가 그 어느 것도 결코 가질 수 없을 거라고 말하고 있었다. 그 새벽, 탈출 소식을 들은 그의 부모가 달려왔다. 그들의 신분을 숨기기 위해 최소한의 의료진이 움직였다. 담당 닥터와 간호사 하나만이 드나드는 병실은 문이 조금 열려 있었다. 나는 문에 찰싹 달라붙어 병실 안을 훔쳐보았다. 부리나케 달려왔을 그의 아버지는 머리가 단정히 빗겨 있었고 정장을 갖춰 입었으며 그의 어머니는 그 밤중에 헤어샵이라도 다녀온 듯 세련되게 부풀려진 머리 모양에 샤넬 투피스를 입고 있었다. 젊은 환자는 침대 맞은편에 놓인 일자형 소파에 단정하게 무릎을 붙이고 앉아 있었고 그의 아버지는 마치 그를 찍어 누를 듯한 자세로 무릎 앞에 바짝 다가서 있었다. 그의 어머니는 아버지 한 발짝 뒤에서 아버지의 몸에 자기 몸을 삼분의 일쯤 가리고 죄송하다는 듯이 어깨를 옹송그리고 있었다.

세 사람 다 아무 말이 없었다. 내가 훔쳐보는 동안 그들은 단 한마디도 주고받지 않았다. 젊고 잘생긴 알코올중독자는 아무 표정 없이 두 무릎을 단정히 붙이고 앉아서 두 손으로 몸에 붙은 무언가를 떼어내는 행동을 하고 있었다. 알코올중독자들이 겪는 금단 증상 중에 그런 게 있다고 했다. 지금 그의 몸에는 수많은 벌레들이 기어 다니고 있고 그는 그것을 떼어내는 짓을 일정한 리듬으로 해내고 있는 것이다. 그것을 내려다보는 절망에 빠진 위압적인 아버지와 그 그늘에 몸을 숨긴 어머니. 너는 밤이다. 너의 부모는 그림자일 뿐이다. 밤에게 그림자가 무슨 소용이 있겠나. 닥터가 직접 허연 우주복을 가지고 병실로 들어가며 나를 흘겨본다. 주사를 두어 대 맞은 그는 팔이 아주 긴 질긴 천으로 된 옷에 가둬진다. 긴 소매는 양쪽으로 엇갈려 몸을 둘러 뒤에서 묶였다. 그리고 조심스럽게 침대로 옮겨졌다. 침대에 똑바로 눕혀진 그는 얌전히 눈을 감는다. 순하디순한 절망이다. 순하디순한 얼굴 너머로 검은 창이 보였다. 그의 부모는 단 한 번도 자신들을 거역해본 적이 없는 순함에는 어찌해야 하는지 모른다. 두 주먹을 불끈 쥐고 아무 말 없이 그의 아버지는 병실을 나선다. 그의 어머니는 어깨를 옹송그리고 최대한 남편의 등에 달라붙어 종종걸음으로 따라갔다. 돌이켜보니 그들은 언제나 밤중에만 병원에 왔던 것 같다. 비밀스럽게. 그들 뒤로 단단한 쇠창살이 박힌 검은 창문이 보인다. 오층 병실은 대부분 자해할 위험이 있는 사람들이 입원한다. 병실은 회장님 방이라 해도 좋을 만큼 크다. 소파도 크다. 벽지는 민트색이다. 창 아래쪽에는 예쁜 테이블과 의자도 놓여 있다. 여자 친구가 놀러 와 커피를 마시며 창밖을 내다보면 아주 좋을 게다. 그러나 텅 비어 있다.

산책로 가장자리에 숨은 너는 이렇게 온순하게 숨을 죽이고 잠잠하다. 수렁같이 잠잠하다. 너의 손을 잡고 일으켜 세울까, 하다가 다시 주저앉는다. 수풀 속에 폭 파묻힌 밤 같은 너는 거기 있는 게 맞춤해 보였다. 내 방에 데려가 소파 밑이나 침대 밑, 옷장 속에 숨겨주는 것보다는 나무 덤불 옆이 낫겠다. 너의 손을 놓고 일어난다. 나는 오르막으로 몇 걸음 올라간다. 산책로의 깊은 골이 나를 여기로 뛰쳐나오게 만들었던가 보다. 평소 산책을 이끄는 명상 지도사와 그날 산책을 신청한 환자와 보호자들이 함께 걷는 곳이다. 우리도 가끔 신청했지만 그가 몹시 허약해진 상태여서 오르막 산책로를 몇 걸음 걷지 못하고 돌아오곤 했다. 나는 더 올라가고 싶었지만 그를 데리고 내려와야 했다. 산책로 끝은 어딘지 알 수 없는 산속이고 정상은 안개에 휩싸이거나 구름에 휩싸이거나 비에 휩싸여 있곤 했다. 나는 한 번도 온전한 산의 정상을 본 적이 없었다. 나는 그곳을 향해 몇 걸음 오르다가 멈춰 섰다. 이미 그것보다 깊은 밤을 만나서일까. 산책로 저 끝에 대한 흥미가 급작스럽게 떨어졌다.

아래로 고개를 돌린다. 지금까지 아무것도 없던 먼 허공에 누군가 아무렇게나 던져놓은 듯한 불빛이 보인다. 크기도 밝기도 제멋대로다. 어떤 불빛은 천 광년쯤 달려와 지쳤다는 듯이 까무룩 죽어버린다. 아니다, 저건 하늘이 아니라 고급 리조트 같은 병원 건물이고, 지금은 불면증 환자조차 대부분 불을 끄는 시간일 뿐이다. 알코올중독 청년은 덤불 속으로 깊숙이 숨었는지 보이지 않았다. 발로 길섶을 툭툭 차면서 걸었지만 아무것도 채이지 않았다.

3

일층으로 걸어 들어갔다. 마치 폐쇄병동을 탈출했던 환자가 막상 탈출에 성공하자 갈 곳이 없어 제 발로 돌아가는 기분이다. 평소 병원에서 가장 번잡한 일층 로비에 서자 그 적막함이 더욱 배반감을 느끼게 했다. 하룻밤 헛걸음한 셈 치기에는 뭔가 아쉬웠다. 두리번거리고 기웃거리며 엘리베이터 쪽으로 가다가 복도 저 끝에서 푸른빛이 새어 나오는 것을 보았다. 컴퓨터실이었다. 컴퓨터실 안쪽으로는 칸막이가 또 있었고 그곳은 게임룸이었다. 대부분 잠을 이루지 못하는 보호자들이 게임을 하고 있는데 간혹 수면제를 쏟아부어도 잠을 못 자는 환자가 유령 같은 얼굴로 푸르게 점멸하는 빛 속에 잠겨 있곤 했다. 지금은 보호자는 한 사람도 없었다. 환자 한 명이 게임 화면에 몸을 바치다시피 빠져 있었다. 옆모습을 보자 하니 마약중독을 치료하러 온 사람이다.

그는 어떤 종합병원 정형외과 의사인데 수술에 실수가 많아서 스스로 극심한 고통을 받았다고 한다. 그가 고통에서 벗어나기 위해 택한 것은 환자에게 투여하는 마약성 진통제를 자기 팔에 주사한 것. 마약이 없어지는 것을 알게 된 병동에서 범인을 찾아냈고, 그는 자진해서 마약을 끊기 위해 이곳에 들어왔다고 한다. 이제 마약은 끊었는데 불면을 끊을 수 없다고 한다. 그의 밤은 아주 하얗다고 한다. 아무 움직임도 없고, 아무 격랑도 없다고 한다. 새하얀 소금 동굴에 갇혀 있는 기분이라고 한다. 그는 병원용 슬리퍼를 신지 않고 맨발로 걸어 다닌다. 동굴 천장과 벽에서 소리 없이 부서져 내리는 소금으로 바닥은 파도 파도 끝없는 소금밭이라 했다. 소금밭은 맨발로 걸어야 좋다고 해서 맨발인 것이 아니고 새하얀 소금밭이 차분하게 가라앉아 있는 게 싫어서 맨발로 자국을 내고 흩트리고 싶기 때문이라고 한다. 그런데 아무리 헤쳐놓아도 발자국조차 남지 않아서 잠을 잘 수가 없다고 한다. 모든 게 꼼짝도 하지 않는다고 한다. 소금 동굴을 주먹으로 쳐도, 소리를 질러도, 부서지는 건 소금 가루일 뿐이고 부서져 날리는 소금 가루에 닿은 모든 소리들은 가뭇없이 사라진다고 했다. 게임을 하는 건, 화면에서 푸른빛이 점멸하기 때문이라고 했다. 그 어떤 것도 움직일 수 없는데 다만 푸른빛은 자기가 앞에 앉기만 하면 전신을 감싸고 점멸하기 때문이란다.

환자들의 이야기를 실어 나르는 사람들은 어떻게 이렇게 상세한 이야기를 알아내는 걸까. 층마다 있는 휴게실은 간단한 홈시어터 시스템이 갖춰져 있다. 음악을 들으며 커피를 마실 수도 있고 누군가 먼저 틀어놓은 영화를 함께 즐길 수도 있다. 그러나 무엇보다 환자들과 보호자들 사이에서 떠도는 소문을 건넬 수 있다. 거기에서는 건네지지 못할 게 없다. 알코올중독 청년의 아버지가 장관인지 차관인지 고위 공직자라는 것도, 마약중독 의사가 이혼 위기에 놓여 있다는 것도, 내가 폭력 남편과 살았다는 것도 손에 손을 거쳐 건네진다. 사회적으로 이렇다 하게 알려진 사람들이 노출로부터 보호받기 위해 깊은 산중의 요양병원을 찾았건만, 소문은 은밀하게 그래서 더욱 화려하게 피어난다. 나는 거기서 새로운 소문이 건네지길 기대한다. 키가 크고 잘생긴 담당 의사가 내 옆을 스쳐 지나가다가 엉덩이를 움켜쥐었다는 소문이 사실이기를 바란다. 두번째 움켜쥐었을 때 두 사람은 눈이 맞았고 급한 대로 비상계단으로 서로를 이끌었다는 소문도 떠돌아야 한다. 비상계단은 여자와 남자가 급박한 정사를 벌이기에 매우 좋은 장소라는 걸 사람들이 모를 리가 없다. 소문은 언제나 사실보다 진했고 소문은 언제나 한 가닥 진실이지 않던가. 닥터는 우발적이었다고 하고 여자는 진실했다고 말할 것이다. 여자는 닥터의 숙소에 숨어들어가고, 닥터의 샤워실에도 몸을 숨겼다고 할 것이다. 알몸으로 샤워기를 들어 머리를 적시던 닥터가 너무 놀라 빰을 때렸고 여자는 피를 토하지는 않았지만 피를 토하는 심경이었으며 반드시 복수를 하겠다고 해야 한다. 그리고 마침내 붙잡힌 여자는 기쁨에 차서 뼛속까지 떨며 실토를 해야 한다. 복수의 전 과정을.

어둠 속에서 마약중독 환자를 바라보고는 있었지만 그를 지켜보는 건 아니었다. 그가 불현듯 나를 돌아보았다. 내 이야기를 상상하느라 멍하니 열려 있었을 뿐인 내 눈 속에서 그가 서서히 형체를 갖추어갔다. 그는 초점을 정돈하더니 어두운 문설주에 기대선 나를 정확히 겨눠보았다. 마침내 그가 의자를 박차고 일어났다. 그의 눈이 푸르게 타올랐고 나를 향해 떼는 걸음이 사나웠다. 기분 나쁘게 뭘 봐? 그는 잡아먹을 듯 노려보며 내 코앞에 자기 턱을 들이밀었다. 예상과 하나도 다르지 않은 그 말에 웃음을 터트려줘야 했는데 웃음이 나오지 않았다. 그의 맨발을 내려다보았다. 광이 나게 닦인 인조 대리석 바닥을 밟고 선 시커멓고 푸르죽죽한 발이 꼭 죽은 사람 발 같았다. 기분 나쁘게 뭘 봐, 그 말이 계속 귓가에서 되풀이되었다. 기분 나쁘게 뭘 봐? 요즘 나를 보는 사람마다 나를 기분 나빠했다. 눈이 마주치면 다들 언짢은 표정을 지으며 홱 고개를 돌리곤 했다. 담당 의사도, 간호사도, 환자 보호자들도, 간병인들도. 살쾡이가 밤마다 닭장 근처에 나타나 잠든 닭들을 지켜보다가 그중 한 마리를 공격해서 물어 가버리는 그런 것을 연상하고 있는지 나를 꺼려하는 기색이 역력했다.

덩치가 큰 남자가 나를 찍어 누를 듯이 눈을 부라리며 가슴을 내밀고 주먹 쥔 손을 부르르 떨고 있는데도 하나도 겁이 나지 않았다. 나는 네 비밀을 쥐고 있어, 네 비밀을. 주문을 외웠다. 네가 밤에 잠을 자기 위해 창녀를 불렀다는 것을 알

아. 아니, 정부였다지. 너의 말에 순종하는 착한 정부였다지. 너를 재우기 위해 그녀는 검은 트렌치코트에 검은 원피스에 검은 속옷을 입고 왔다지. 그것을 하나하나 벗자, 도로 새하얀 몸이 드러나서 너는 화를 냈다지. 다시 옷을 하나씩 입혔더니 잠이 슬슬 다가왔다고 했어. 사랑하는 정부가 왔는데 그냥 잠을 잘 수는 없어서 엉덩이만 내놓게 했는데, 그걸 보자 도로 잠이 달아나서 너는 그녀를 내쫓아버렸지. 너에게 밤은 소금밭이라 했지. 네 눈이 아무리 파랗게 타올라도 너는 꿈쩍도 하지 않는 하얀 소금밭에서 버르적거리며 죽어가고 있어. 나는 네가 무섭지 않아. 네가 궁금할 뿐이야. 잠 못 드는 너의 밤이 어떠한지.

마약중독 환자가 갑자기 어깨에서 힘을 빼고 고개를 푹 떨구더니 내 옆을 떠났다. 저러다 엘리베이터까지 가지도 못하고 복도에 쓰러져 잠이 들어버리는 건 아닐까, 싶을 만큼 비척댔다. 그러나 저 사람은 자신이 잠들지 못할 거라는 걸 안다. 수면제를 한 번에 두세 가지 주사해도 잠을 이루지 못하는 사람은 잠을 이루지 못한다. 뺨은 거멓게 죽어가고 눈자위는 퀭해지며 눈은 그럴수록 투명해진다. 그의 심장은 얕고 빠르게 뛰면서 이승에서 차근차근 밟고 가야 할 순간을 건너뛴다. 그렇게 건너뛴 곳에 저승이 깃들어 있다. 그래서 결국 그 사람은 이승과 저승 사이를 보게 된다. 그런 사람의 심장은 아예 멈춰서 저승에 내리게 하지도 않는다. 빈맥은 일정하게 뛰어야 할 심박을 짧게 짧게 몸서리치듯 건너뛰는 것이다. 그런 심장은 그 사람을 어느 곳에도 머물게 하지 않는다. 대체로 그런 사람들은 이승과 저승의 경계에서 불안함을 견디고 살아야 한다. 그들은 제발 온전한 밤을 달라고 애원하지만 신도 의사도, 아무도 들어주지 않는다. 그를 마주치는 사람들은 모두 유령이나 본 듯 흠칫흠칫 놀란다. 간단한 인사조차 주고받지 않고 짧은 이야기도 나누지 않는다. 다들 살금살금 피해 간다. 그럴수록 그의 눈자위는 거멓게 죽어가고 눈동자는 투명해진다. 너는 밤이다. 그의 뒤통수에 대고 중얼거린다. 나는 죽지도 못하는 밤을 보내기 위해 비척대며 병실로 들어갈 때까지 그의 뒤를 밟는다.

마치 그들의 밤을 다 훔친 듯 지치고 뿌듯해져서 병실로 들어오자마자 쓰러져 잔다. 나의 환자는 내가 들어온 것을 수면 중의 각성으로 알아차린다. 그는 손을 내젓고 싶어 하지만 가위눌림은 손을 내젓게 하기는커녕 숨도 제대로 쉬지 못하게 한다. 그는 가슴을 크게 부풀리려다가 경기를 일으키고 그만 다시 잠에 떨어지고 만다. 다행히 압박대가 그를 보호해준다.

4

어스름이 깔린다. 발목 근처에서 점차 차오른다. 코끼리 다리를 묶은 아주 가는 사슬이 거대한 코끼리를 가둬놓듯 실안 개 같은 어스름이 그를 가둔다. 그는 자진해서 압박대로 자신을 묶는다. 밤이 자기를 훔쳐가기나 할까 봐 두려운 것인가. 자신의 눈에 자신이 아닌 사람이 깃들여 싯누런 광채를 번득이며 나를 잡아 죽이려 하고, 말리는 사람에게까지 흉기를 휘두를까 봐 두려운 것일까. 덩치가 커다랗던 사람이 뼈만 남아 언제 암세포가 심장을 멈추게 할지 모르는 상태가 되었다. 혼자 죽는 것이 두려워진 그는 이제 내가 자기 앞에서 등을 돌리고 떠날까 봐 두려워했다. 건강한 나를 증오하지 않기 위하여 그는 스스로 압박대를 묶는다. 나는 갈수록 살이 찌고 위압적이 되어 그를 내려다본다. 압박대를 묶는 손이 떨려 단단히 매지 못하면 질책하듯 혀를 찬다. 그 짧은 소리에도 그는 흠칫 떨며 손에 힘을 준다. 앙상한 어깨뼈가 헐렁한 피케 셔츠 속에서 안간힘을 쓴다. 그것을 보는 내 가슴 깊은 곳이 은밀하게 기뻐한다. 그가 떠날 날이 멀지 않은 것 같다.

밤이 왔다. 기쁨이 솟구친다. 2밀리미터 두께의 피부가 터지면서 내 속의 어둠이 밤에게로 가 야합한다. 가장 깊고 내밀한 곳이 결합할 때의 기쁨을 안다. 미쳐야만 만나는 바로 그것의 열락을 안다. 나는 미친 밤을 반기고 밤은 미친 나를 반긴다. 나는 알코올중독 청년의 방으로 숨어든다. 그는 두툼하고 질긴 재질의 우주복에 갇혀 눈을 뜬 채 가만히 누워 있었다. 그를 옆으로 돌려 눕히고 뒤에서 묶인 소매를 풀어버린

다. 그의 다리를 묶어놓은 가죽 띠도 풀어버린다. 그는 눈동
자도 움직이지 않고 통나무처럼 그대로 있다. 그의 손을 잡고
일으킨다. 그는 잡아끄는 대로 일어나 따라온다. 순하디순한
절망이다. 내 방과 마찬가지로 비상구가 바로 앞에 있다. 비
상구 문을 열고 몰래 빠져나온다. 계단이다. 그는 발밑을 바
라보지 않고 몽유병자처럼 정면을 바라본다. 그런데도 실수
하지 않고 계단을 내려간다. 계단의 높이가 정확하게 입력되
어 있는 사람 같다.

문을 열었다. 천둥과 번개가 밤을 찢었다. 싸늘한 비가 쏟
아졌다. 번개가 바로 앞에 내리꽂힌다. 푸른 번갯불이 거센
빗줄기를 비추었다. 번득이는 빗줄기 외엔 아무것도 보이지
않는다. 잔디 위로 검은 물이 철철 흘러넘친다. 선뜩한 어둠
이 정수리를 때리고 옷 속으로 사정없이 파고든다. 후드득 몸
서리치면서 청년의 손을 꼭 잡아 쥐었다. 순한 손은 가만히
있다. 나는 청년의 손을 잡아끌고 마구 뛴다. 너, 어디로 가
고 싶어, 크게 소리를 지른다. 내 손에 잡힌 손은 아무 대답이
없다. 잡아당기는 대로 손이 딸려온다. 청년이 도망쳤던 곳이
어딘지 모른다. 얼굴을 때리고 어깨를 후려치고 추위에 떨게
만드는 빗줄기만 가득하다. 나는 방향도 모르는 채 먼 곳이라
고 생각되는 곳으로 내달리고 청년은 순하게 따라 걷는다. 청
년을 거세게 끌어당기며 고함을 지른다. 너, 어디로 가고 싶
어! 대답이 없다. 너, 어디로 가고 싶어! 청년은 말없이 내 손

에 잡힌 채 순하게 따라 걷는다. 나는 어쩌면 그 녀석을 중심으로 날뛰고 있고 녀석은 천천히 돌고 있는지도 모른다. 아무런 의지도 깃들지 않는 순함으로 청년은 술이 없으면 먹지 않고, 술이 있으면 먹는다. 그것은 별이 천체에 내던져진 이래 수명이 다할 때까지 제 궤도를 도는 것과 같다. 청년의 내부에는 술이 새겨놓은 궤도가 있다. 갇히면 순하게 갇혀 있고 벗어나면 길을 따라 가게에 가서 술을 마신다. 그의 절망 역시 정해진 길을 따라간다. 누구의 말도 듣지 않고 누구의 말도 거역하지 않는다. 그래서 절망에서 벗어날 수 없다. 그는 온순한 밤을 보낸다. 이토록 천둥이 귀를 찢고 번개가 날뛰는 빗속으로 달리고 있음에도 불구하고.

그래도 어딘가로 뛰긴 뛰었나 보다. 내리막으로 굴렀다. 청년의 손을 놓지 않으려고 더욱 꼭 쥐었다. 청년은 여전히 순하게 딸려와서 같이 굴렀다. 키 큰 풀들에게로 가서 콕 처박혔다. 청년의 몸이 무겁기 때문에 구르는데 가속도가 붙었는지 나를 덮쳤다. 나는 반사적으로 청년을 안았다. 묵직하다. 오랫동안 나를 눌러온 무게와 동일한 무게이다. 어느샌가 내 환자의 육신에서 덜어지는 무게만큼 점차 잊혀져간 익숙함이다. 내 몸 위에 축 늘어져 엎히다시피 한 청년을 어루만지고 그 뺨을 들어 내 뺨에 대었다. 청년은 여전히 가만히 있다. 바보 같은 녀석아, 저항을 하란 말이다, 저항을. 네 엄마라고 생각하고 욕을 하고 네 아비라고 생각하고 머리로 들이받으란 말이다. 누군가가 너를 요양원 밖으로 탈출시키려 한다 해도, 강제로 너를 끌어가면 죽여버리란 말이다. 청년에게 소리치며 머리칼을 휘어잡았다. 두피가 아플 법한데도 청년은 아무 말 없이 어둔 내 얼굴 위에 제 얼굴을 얹어놓고 있었다. 우리 위로 비가 억세게 쏟아졌다.

내일이면 휴게실에서는 요양에 넌더리가 난 심심한 사람들이 귀와 입을 쉴 새 없이 놀릴 것이다. 거의 엄마뻘인 여자가 알코올중독에다 정신까지 나간 청년을 유혹해 덮쳤으며 불쌍한 청년은 속절없이 당했다고 할 것이다. 나는 부도덕한 여자로 삽시간에 소문이 파다하게 퍼질 것이며 나를 대하는 사람들은 주저 없이 경멸을 내보일 것이다. 보란 듯이 나를 흘깃거리며 숙덕거릴 테고, 내가 휴게실에서 커피라도 뽑을라치면 앞을 비켜주지 않거나, 같이 앉아 있던 소파에서 일어서는 척하면서 내 발을 밟을 것이다. 좀 더 심술궂은 이는 쟁반 모서리 같은 것으로 일부러 부딪치거나 막 뽑은 뜨거운 커피를 내게 엎지를지도 모른다. 나는 짐짓 억울하게 당한다는 척 슬픈 표정을 짓고 더없이 쓸쓸한 체하며 혼자 서성이겠지. 부당한 대우에 순응하는 것은 상대방을 짐승으로 만든다고 했다. 순응하고 순응하면 그는, 그들은 짐승이 되는 것이다. 나는 누군가를 짐승으로 만들 수 있다. 제법 당해줬다 싶으면 고개를 떨구고 휴게실을 나오면서 누구의 방을 엿볼 것인지 한 사람쯤 눈여겨볼 테다. 내 손에 놀아나는 그들을 보며 나는 흐

못해할 것이다.

몸을 기울여 청년을 옆으로 떨구고 손을 꼭 잡았다. 나와 청년은 하늘을 향해 몸을 눕혔다. 얼굴로 쏟아지는 빗줄기가 숨을 막았다. 나는 고개를 돌리면 되지만 눈을 뜨고 입까지 벌리고 있는 청년이 걱정되어 일어났다. 벙커에서 몸을 일으키자 우리를 체포하러 쫓아온 사람들이 불쑥 나타났다. 그들이 소리쳤다. 여기 있다! 잡았다! 청년이 내 손을 뿌리치고 도망가려고 했다. 청년의 눈이 싯누렇게 변했다. 악을 쓰듯 입을 크게 벌렸지만 소리는 나오지 않았다. 주먹질을 했고 발길질을 했다. 양쪽에서 잡아 번쩍 들어버리는 사람들을 향해 허공에서 발차기를 했다. 고통에 가득 찬 얼굴이었으나 목소리는 없었다. 그것을 보고 내가 달려들었다. 물어뜯어버리려고 했지만 나는 던져졌다. 잔디밭에 얼굴이 콱 처박혔다. 잔디와 흙과 물이 눈과 입과 코로 밀려들었다. 청년은 잡혀갔다. 나는 빗줄기 속에 던져져 그들이 사라진 자리를 보았다. 빗소리가 억셌다. 단 한 번 청년의 목소리를 들었을 뿐이다. 밟지 마. 주저하듯 유순하고 나약하던 그 목소리.

비상구가 잠겨 있었다. 내 출입로가 사라졌다. 쏟아지는 비를 맞으며 정문으로 돌아갔다. 비와 흙에 젖어 더러운 물을 줄줄 흘리며 엘리베이터를 탔고 오층으로 갈까 그냥 사층으로 갈까 망설이다가 오층에 내렸다. 청년의 방으로 몰래 다가갔다. 비상등만 밝혀져 어스름이 서린 복도는 고요했다. 소란

스러움은 저 바깥의 일이다. 그사이에 상황이 종료되었는지 청년의 방은 다른 방이나 다름없이 조용했다. 방문이 조금 열려 있었다. 깨끗하게 씻긴 청년이 묵묵히 바지에 다리를 꿰고 있었다. 청년을 잡아온 남자 중의 하나가 곁에 있을 뿐이었다. 침대 위에는 그가 입어야 할 우주복이 반듯이 놓여 있었다. 남자는 청년이 옷을 다 입자 우주복을 펼쳐 들었고 청년은 온순하게 팔을 끼워 넣었다. 저토록 온순한 광기라니. 저 온순한 광기는 누군가의 삶을 대신 사는 사람만이 보일 법한 것이 아닌가. 제 삶을 사는 사람이라면 저 남자에게 달려들어 팔뚝을 물어뜯고 우주복을 빼앗아 발기발기 찢어서 던져버릴 테지. 아버지 등 뒤로 도망친 엄마에게 욕을 퍼부어대겠지. 엄마가 보는 앞에서 목이라도 그을 것처럼 패악을 부려야 하지. 하지만 너는 그들에게 순응하지. 점잖은 짐승들은 어떻게 할 바를 모르고 더욱 점잔을 부리지. 너를 치지 못해 주먹을 불끈 쥐고 콧김만 뿜을 뿐이지. 점잔을 부려도 짐승은 짐승이지. 나는 청년을 등지고 발길을 돌렸다. 비상계단으로 살금살금 내려왔다.

문을 빼꼼히 열고 복도 양 끝을 훑어보았다. 복도는 텅 비어 있었다. 밤 세시, 텅 빈 병원의 복도에서만 느껴지는 것이 있다. 아주 짧은 정적, 불안한 적막. 나는 언제나 이 잠시의 평온 앞에서 가슴 졸이곤 했다. 아무에게도 점유되지 않은 이 시간의 이 공간에서 나는 천천히 걷는다. 이 끝에서 저 끝까

지, 저 끝에서 이 끝까지. 한 번, 두 번, 세 번, 네 번. 네 번을
오가면 반드시 누군가가 나타난다. 보온병에 물을 받으러 뜬
금없이 이 시간에 탕비실로 가는 보호자라든지, 초저녁에 잠
이 들었다가 충분히 자고 일어난 노인 환자가 병실 밖으로 바
람을 쐬러 나온다든지, 밤에 병세가 심해진 환자를 돌보다
깜빡 잠이 들었던 보호자가 환자의 상태를 전달하러 간호사
실로 간다든지, 환자의 상태를 체크하러 병실에 들어가는 간
호사들이라든지. 이렇게 더러운 몰골로 복도를 오간 적은 없
었다. 그러나 이 시간의 텅 빈 복도를 걷지 않고 방으로 들어
갈 수는 없다. 한 번, 두 번, 세 번, 네 번, 왕복해서 걷는다.
역시나 어떤 방의 문이 살며시 열린다. 천식에 시달리는 환자
의 숨소리가 새어 나온다. 보온병이 먼저 보인다. 나는 얼른
내 환자의 병실로 들어간다.

　방문에서 서너 걸음 떨어진 곳에 그가 서 있었다. 몽유병자
와도 같이 꼿꼿한 자세로, 아무 표정 없는 얼굴로 병실 문 너
머를 바라보고 있었다. 여태 비밀스러운 쾌감으로 떨리던 가
슴이 싸늘하게 식었다. 그에게서 받았던 감시의 나날을 떠올
리는 것만으로도 나는 쉽게 화가 났다. 압박대는 침대 아래쪽
에 버클이 있어서 가슴과 골반에 압박대를 한 그가 일어나 풀
기 어려웠다. 그가 어떻게 압박대를 풀었을까. 직접 보지 않
는 한 알아내기 어려울 것 같았다. 그는 압박대를 풀고 내려
와 몇 발짝 걷기까지 했지만 깨어 있는 것은 아니었다. 마약

성 진통제와 수면제에 취해서 거의 의식이 없었다. 팔을 잡고 가볍게 끌어당겼더니 아무 저항 없이 끌려왔다. 침대에도 얌전히 누웠다. 그는 눈을 뜨고 있었지만 눈동자는 초점 없이 멍하니 열려 있었고 눕혀졌어도 감기지 않았다. 다시 벨트를 채우고 눈꺼풀을 내렸다. 마치 마지막 잠을 재우는 기분이었다. 심장은 잠들지 않으려고 뜨겁게 파닥였으나 무기력했다. 약한 사람은 종종 경멸을 불러일으킨다. 이대로 잠들지 않으면 심장을 주먹으로 쳐서라도 조용해지게 만들 생각이었다. 잠시 뒤, 그는 비로소 심장 위에 두 손을 모으고 잠이 들었다. 너는 밤이다. 그의 앙상한 몸을 내려다보며 중얼거린다.

협탁 위에 놓인 수면제 병을 열어보았다. 아주 작은 알약이 가득 들어 있었고, 하루 한 알 처방이었건만 벌써 몇 알 남아 있지 않았다. 마약성 진통제 병도 마찬가지였다. 그는 처방보다 높은 양을 복용하고 있었다. 처음 몇 번은 내가 약을 건네줬으니 그 이후에 점차 수위를 높였을 것이다. 어느 날 그는 잠이 들었다가 도중에 깼을지도 모른다. 늘 감시해온 대로 나를 감시해야 하는 그의 무의식이 그를 깨웠을 것이다. 그의 시야에서 벗어나려면 허락을 받아야 했던 내가 아무 말도 없이 나가는 것을 보았을 테고, 오랜 시간 동안 들어오지 않는 나를 기다리다 수면제를 더 삼켰을지도 모른다. 그 뒤로는 아예 매일 두 알씩 먹었을 것이다. 그런데 그렇게 높인 용량을 이기고 무의식은 다시 한 번 그를 일으켜 세운 것일 게다. 물론 나는 내일 잠자리에 드는 그에게 수면제 병을 건네주면서 복용량이 늘어난 것에 대해 아무 말도 하지 않을 것이다. 수면제라는 게 어차피 쉽게 불면에 굴복해버리니까, 앞으로도 깊은 잠에서 깰 수 있을 것이고, 어쩌면 완전한 각성 상태에 이를 수도 있을 것이다. 깨어서는, 다시는 깨고 싶지 않은 마음과 완전히 정신이 든 상태로 밤이면 밤마다 내가 무엇을 하는지 알고 싶은 마음 사이에서 갈등하며 수면제 병을 들여다볼지도 모른다. 하지만 나는 밤의 외출을 그만두지 않을 것이다. 깊은 잠이 필요하다면 얼마든지 더 먹어도 상관없다고 생각한다.

나의 밤을 목격하려다 실패한 사람에게서 강제로 밤을 빼앗아버렸다. 그는 잠들고 싶어 하지 않았지만 꼼짝없이 내가 가둔 잠에 들어야만 했다. 타인의 밤을 훔친 나의 밤도 이제 한없이 미끄럽다. 그들의 밤이 내 손가락 사이로 빠져나간다. 내게서도 마침내 잠이 빠져나가버렸다. 내가 갇혀 있었을 때, 나는 밤의 격벽 사이에서 홀로 왕복하며 걷고 있었다. 나 자신의 밤 외에 다른 누구의 것도 몰랐던 그 밤들은 되풀이되고 또 되풀이되는 반복에 지나지 않았다. 나는 매번 달려 나갔지만 그곳은 거리를 잴 수 없는 어둠 속이었다. 아무것도 없었다. 나는 단 한 번도 길을 찾아본 적이 없었고 방향조차 알아본 적이 없었다. 너무 깊어서 끝을 알 수 없는 어둠 속에 망연

자실 서 있는 동안, 나는 끝없는 환각 속에 놓였다. 따뜻한 부화기 속에 숨겨둔 강아지를 제때 꺼내지 않아 고온에 익혀 죽였고, 이룰 수 없는 것에 정신이 팔려 정작 소중한 존재를 내박쳐두었다는 자책감에 허겁지겁 숨을 불어넣어서 살려놓았다. 다음 날 밤, 나는 또다시 어딘지 모르는 곳으로 달려 나갔다. 그리고, 남겨진 강아지를 고온에 익혀 죽였다. 암탉을 죽였고, 커다란 뱀을 입을 찢어 죽였다. 죽일 게 없으면 다시 강아지를 죽였다. 격벽 사이에서 밤을 보내고 또 보낸 뒤에 다시 달려 나갔다. 그리고 텅 빈 거대함 속에서 자지러졌다. 거기에는 방향을 정할 만한, 목적할 만한 아무것도 없었다. 어딘가를, 누군가를 지목하지도 못하는 나는 온순한 절망이었다.

한 알 먹을까, 하고 그의 수면제 병을 열었다가 도로 닫았다. 윗도리를 걸치고 나는 차라리 밤으로 나간다.

5

요양병원에 입원해 있는 게 나인지 그인지 모르겠다. 인가에서 뚝 떨어진 이곳에서는 마음대로 나다닐 수 없고 일과에 따른 시간을 지켜야 하는 건 나나 그나 다른 환자나 그 어떤 보호자나 마찬가지다. 누가 병에서 나아가고 멀쩡했던 누가 병들어가는지 구분할 수가 없다. 살아서 오래토록 장례를 치른 사람들은 돌아가기로 예정되었던 날보다 오래 살아 있었다. 특히 타인을 경멸할 기운이 남아 있는 사람들은 대부분 시한을 넘기고도 죽지 않았다. 내 환자는 언제까지 수면제를 삼키며 밤을 보내야 하는지 모른다. 오늘 다시 수면제를 한 통 가득 처방 받았다.

뜨끈한 물로 목욕하고 싶다. 저녁을 먹고 어두워지는 창밖을 바라보던 그가 말했다. 오랜만에 포만감을 느낄 만큼 먹은 저녁을 소화시키겠다며 시원한 매실차를 달라고 했다. 컵을 치우려고 가서 보니 한 모금도 마시지 않았다. 유리잔 표면에 맺혔던 물방울이 다 흘러내려 테이블을 적시고 있었다. 깎아놓은 사과도 그대로 시들었다. 먹지도 않을 거면서 시원하고 개운한 것을 자주 찾는다. 욕실로 가서 커다란 월풀 욕조에 따뜻한 물을 받는다. 나는 그런 일을 하라고 여기 있는 것이니까.

고급 요양병원은 각 병실마다 월풀 욕조를 갖추고 있다. 소용돌이치는 물은 온몸이 결리는 환자들을 시원하게 마사지해준다. 전문 마사지사도 있다. 그를 불러 일정한 값을 치르고 발 마사지를 하거나 경락 마사지를 한다거나 심지어 스포츠 마사지도 받을 수 있다. 하지만 말기 환자에게 필요한 것들은 아니다. 따뜻한 물에 몸을 담갔을 때, 빙글빙글 도는 물살이 바짝 마른 몸을 휘휘 감아주면 좋은 정도이다. 욕조에 물을 받는 동안 욕실을 나와 매실차를 마셔버리고 사과는 버리고 컵과 접시를 씻어놓는다. 갈아입을 옷을 챙겨 욕실 앞에 놓아두고 그의 옷을 벗겨준다. 그를 데리고 들어가보니 물이 넘치고 있었다. 그가 들어가 앉으면 가슴을 넘길 것이다.

바가지로 물을 퍼서 내 발에 끼얹는다. 다리를 타고 상체에 땀이 솟는다. 물을 두어 바가지 더 퍼서 발에 끼얹고 그에게 들어가도록 했다. 그가 손을 넣어 물의 온도를 재더니 두 손으로 욕조 가장자리를 잡고 다리를 집어넣었다. 뜨끈한지 으음, 소리를 낸다. 상체가 물에 잠기면서 으으으, 떠는 소리를 냈다. 그래도 좋은 모양이었다. 바닥에 엉덩이를 대고 앉으니 물이 가슴을 넘는다. 그가 그새 반으로 쪼그라들었다는 것이 실감이 났다. 이마에 송글송글 땀이 맺히기 시작했다. 숨을 크게 들이켜더니 그가 갑자기 일어서려고 했다. 두 손을 내게 뻗어 나를 잡았다. 나도 그의 팔을 잡고 일으켰다. 엉거주춤 일어났는데 물이 끌어당기는 것처럼 그의 엉덩이가 다시 물속으로 잠겼다. 나는 그의 팔을 잡아당겼다. 물에 젖은 팔이 조금씩 미끄러졌다. 그는 물의 무게가 더해진 듯이 점점 더 무거워졌다. 얼굴이 땀으로 뒤덮이고 눈이 거의 감겼지만 미간을 잔뜩 찌푸리면서 안간힘을 썼다. 아픈 뒤로는 처음이다 싶게 얼굴이 발그레해졌다. 그의 상체가 다시 물에 잠겼다. 턱 밑에서 물이 찰랑거렸다. 그는 아직 내 팔을 잡고 있었고 나도 그의 팔을 잡고 있었다. 그러나 나는 손에서 힘을 덜어냈고 그를 향해 잔뜩 구부리고 있던 몸도 차츰 일으켜 세우고 있었다. 세상에서 가장 무거운 물이 끌어당기는 것처럼 그가 물속으로 주저앉았다. 그리고 순식간에 잠이 들어버렸다. 등뼈를 뽑아버린 듯이 등이 구부러지고 고개가 떨구어졌다. 턱이 물에 닿았다. 등이 미끄러졌다. 뜨끈한 물속으로 그가 잠겼다. 나는 마지막 손을 놓았다. 그의 팔이 물속으로 미끄러져 잠겼다. 그의 머리끝이 물 위로 보였고 짧은 머리카락이 물에 떴다. 나는 뜨거운 땀에 흠뻑 젖었다. 달려 나가 어둠 속으로 문을 활짝 열었다. 거기, 가슴 벅차도록 수없이 많은 밤이 있었다.

소설가 나씨의 하루

사람들은 귀가 간지러우면 근거 없는 말인 줄 뻔히 알면서
도 누가 내 얘기하나 보다, 라고 습관적으로 말하곤 한다. 누
군가가 다른 사람의 비밀을 얘기하고 싶어 하면 혓바닥이 근
질근질한가 보다, 라고 하지만 자기 자신을 가리켜 내가 남
말이 하고 싶어 혓바닥이 근질근질해서 말이야, 라고 하지는
않는다. 소설가 나씨, 즉 나는 평소 남 말도 많이 듣고 남 말
도 많이 하는 편이다. 소설가라는 게 워낙 남의 제사에 감 놔
라 배 놔라, 하는 종족이라 각별히 죄책감을 느끼거나 하지는
않았다.
　나는 오늘 아침 누구의 목소린지 귀를 간질이다 못해 귓구
멍 깊이 파고드는 느낌에 잠을 깼다. 그 누군지가 마지막으로
귓속 깊이 찔러 넣은 말은 웃기고 있네, 였다. 나는 눈만 가

만히 뜨고 마지막 말 바로 앞에서 귓속을 간질였던 말을 살살 되불러보았다. 그건 '그것도 소설이라고 쓰고 있냐, 풍자와 조롱의 형식이라고?'였다. 그러고 나서 '웃기고 있네'가 따라온 것이고, 아직 귓구멍에 채 도착하지 않은 말은 '그건 그냥 배설일 뿐이야'라고 추정할 수 있었다. 이건, 나의 소설에 대고 M이 한 말인데, 꿈속에서 조롱을 가득 담아 신랄하게 찔러대던 목소리는 바로 나, 자신이었다. 타인의 비판을 이렇게 쉽게 내면화하다니, 난 역시 가슴이 넓은 사람이야, 물론 피암시성이 높다고도 할 수 있겠지, 하지만 난 남의 비판을 아프도록 겸허히 받아들인 거야, 라며 이불을 들추고 벽시계를 보았다. 일곱시 십분. 너무 일찍 잠을 깼다. 젠장할 M.

　인터폰 벨이 울렸다. 경비 아저씨였다. 택배가 왔는데 벨을 눌러도 대답이 없어서 여기 두고 갔다며 내려와서 가져가라고 했다. 이렇게 일찍 웬 택배가 다 왔을까, 연말이라고 물량이 넘치다보니 이 사람들 아침잠도 설치는구나, 아, 비정규직의 설움이여. 나는 안 해본 알바가 없는 다방면 유경험자답게 택배기사의 초과근무를 슬퍼하며 추리닝 바지를 추켜올리고, 손등으로 입 주위를 훔치고는 일층으로 내려갔다.

　잠결에 귓구멍을 파고든 건 어쩌면 벨 소리였는지도 모르겠다. 경비 아저씨가 건네주는 두툼한 누런 봉투를 보자마자 책이라는 것을 알고, 누가 또 책을 냈구만, 하며 옆구리에 끼는데 언뜻 발신인이 눈에 들어왔다. M이었다. 하, 감탄사가

절로 새어 나왔다. 이 정도면 나도 반 점쟁이인 거지? 그러니까 나의 예사롭지 않은 감각은 이른 아침의 벨 소리가 M의 신간 배달을 알리는 소리라는 것을 꿰뚫었고, 그래서 그 소리는 나의 꿈속에 침입하여 M이 했던 말을 재생시켰던 것이지, 라고 봉투를 뜯으면서 추정한 것이다. 물론 그 추정이 억지라는 것을 취하지도 않은 멀쩡한 좌뇌가 모를 리 없지만은, 억지라는 것을 인정하고 싶지 않을 정도로 몹시 기분이 나빠져 버리고 말았다.

책 표지는 누가 뭐래도 잘빠졌다. 그런데 뒤표지를 보자마자 비위가 확 상했다. M의 친한 친구들의 낯 간지럽다 못해 낯 뜨거운 찬사가 표지를 뒤덮다시피 했다. 사유가 사라진 소설계에 유일하게 남아 있는 진지한 사유, 사소한 것도 그냥 지나치지 않고 낚아채는 촘촘하고 풍부한 감수성의 그물, 이라나. 목구멍에서 비릿한 것이 울컥 올라오려고 했다. 나는 책을 침대에 휙 내던지고는 얼른 욕실에 들어가 칫솔에 치약을 듬뿍 얹었다. 거울을 보면서 칫솔질을 하는데 치약이 너무 많아서인지 입귀로 치약 일부가 질질 흘러내리고 거품은 좀처럼 일어나지 않았다. 치약을 조금 뱉어내고 입을 크게 벌리고는 가열차게 칫솔을 움직였다. 입안 가득 하얀 거품이 들어찼다. 나는 눈을 크게 뜨고 입도 크게 벌리고 거울을 들여다보았다. 더 벌릴 수 없을 만큼 입을 크게 벌리고는 부글부글 끓어오르는 거품을 뚫어지게 보다가 한꺼번에 확 내뱉었다.

너의 시에 침을 뱉어주마, 라는 시가 있었지, 아마. 나는 너의 소설에 게거품을 뱉어주마, 라는 소설을 써야겠다.

나는 눈에 띄는 모든 것에 의미를 부여하고 진지한 척하는 M의 포즈에 구역질이 났다. 말하자면 그의 눈에 띄면 비 오는 날 도로가의 수챗구멍도 훌륭한 자아비판 거리가 되는데 다른 작가들은 그 수챗구멍을 보고도 아무런 자아비판을 하지 않는다고 비난하는 타입이었다. 일일이 자기 행동의 이유를 천명하면서 다른 작가들에 대해 하나하나 따져서 비난하는 M에게 딱 한마디 해야 한다면, 이미 너무 많이 쓰인 말이라는 게 아쉽지만, 너나 잘하세요, 라고 할 수밖에. 다른 분야에서도 다들 그렇듯이 경쟁하고 있는 소설가들끼리의 신경전이라 해도 할 말은 없다. 서로가 서로를 어느 정도씩은 같잖게 여기고 있는 점도 당연한 것 아닌가. 하지만 제가 좋아서 하고 있는 일에 순교자적인 태도는, 정말이지 참아줄 수가 없다.

샴푸를 듬뿍 덜어 머리카락을 벅벅 문질러 거품을 내서 시원하게 감고, 언제 적 사은품인지 모르겠지만 거품을 풍성하게 일으켜주는 샤워볼에 바디클렌저를 듬뿍 덜어 손아귀에 넣고 힘차게 북적북적 주물럭거려서 거품을 냈다. 사우나만큼 뜨끈한 물을 틀어 수증기를 피워 올렸다. 이런 식으로 아침 샤워를 하는 것도 괜찮다 싶었다. 조금 더 벌어서 쓰면 될걸 생필품 아끼느라 쪼잔하게 손바닥을 잔뜩 오므리고 샴푸를 덜어 썼던 것을 생각하면.

욕실을 나왔을 때는 이미 M에 대한 기분 같은 건 감쪽같이 사라져 있었다. 딱히 M 때문만이 아니라 오늘은 유난히 청결에 신경을 써야 할 일이 있기도 했다. 그리고 비단 오늘만이 아니라 앞으로 두 달간은 유난히 외모를 가꿔야 하는 것이다. 나는 거울 옆에 걸어둔 값비싼 두 세트의 옷을 바라보았다. 알바나 하며 하루하루를 살아가는 주제에 이렇게 값비싼 옷을 입고 있는 것을 보면 M과 그의 친구들은 내막을 듣기도 전에 비웃기부터 할 게다.

어제 나는 실로 생전 처음이라 할 만한 쇼핑을 해야만 했다. 백화점에 가서 올젠 매장을 찾아갔다. 내 손에는 무려 백만 원 상당의 빳빳한 백화점 상품권이 들려 있었다. 쭈뼛거리지 않을 도리가 없었지만 어쨌거나 점원과는 눈을 마주치지 않으려 노력하며 옷을 구경했다. 물론 하나도 눈에 들어오지 않았다. 아무래도 자신의 안목을 믿을 수가 없으니 코디되어 있는 쪽을 따라 하는 게 나을 듯했다. 마네킹이 입고 있는 옷을 살짝 들춰보았다가 가격표에 깜짝 놀라 슬그머니 옷자락을 놓았다. 어느새 점원이 바짝 다가와 있었다. 찾으시는 스타일이 있으세요? 다행이다. 이제 보니 점원은 젊은 여자가 아니었다. 기혼일 게 분명한 여성이어서 마치 이모를 대하는 듯, 조금은 긴장이 풀어졌다. 그녀가 돈에 맞추어 옷을 골라주었다. 캐시미어가 섞인 카키색 반코트 하나와 브라운 계통의 기모셔츠와 바지를 한 벌씩 골랐다. 무난하면서도 기품이 있어 보였다. 남은 돈으로는 헤지스 매장에 가서 자신만만한 태도로 그레이 계통의 셔츠와 바지를 샀다.

어제 새 고용주와 두 달간 계약을 맺었고 선금을 받았다. 그 사람은 몇 가지 조건을 제시했다. 내 행색을 보고 이대로 는 안 되겠다고 생각했던 건지 자기를 수행하는 데 부끄럽지 않을 정도로는 의복을 갖춰주었으면 좋겠다는 것과, 아침 점 심 저녁 세끼를 함께해줄 것을 요구했다. 대신 아침을 그리 일찍 먹지는 않을 거라 했다. 부끄럽지 않을 만큼의 의상을 위해 선금 위에 옷값을 얹어주면서 가난한 소설가가 뭐 웬만 한 브랜드를 입어봤겠나, 싶었던지 중급 브랜드 두어 개를 알 려주었다. 거기서 권해주는 대로 사면 될 거네, 라는 말을 남 겼다.

지난 오 개월 동안 나는 말을 할 일이 별로 없었다. 병원 응 급실의 보조직원으로 일했다. 지시가 내려오면 환자를 여기 에서 저기로 옮기거나, 엑스레이나 MRI를 찍는 검사가 필요 할 때 검사실로 이동시키거나, 술에 취한, 혹은 음독한 환자 들이 처치를 거부할 때 묶어주거나, 처치할 때 용이하도록 잡 아주거나, 하면 되었다. 그건 응급실에서 벌어지는 상황에 따 라 눈치 빠르게 대응하고 병원 지리만 잘 알고 있으면 되는 것이었다. 나는 당연히 비정규직이었다. 하지만 어떤 일을 해 도 몹시 성실했다. 그건 그렇게 해야 오랫동안 붙어 있을 수 있었기 때문이다. 응급실에서도 마찬가지였다. 그동안 그래 왔으나 며칠 전 불가피하게 휴가를 낼 수밖에 없었다. 대학원 수업을 듣는 거야 병원 일에 지장을 주지 않았지만, 시험 기간에는 사정이 좀 달라졌고, 며칠 허가를 받고 일을 쉬었다. 그랬더니 아무리 비정규직이지만 정규적인 출근과 시간을 엄수하는 직원을 원한다는 소식과 함께 해고를 통보 받았다. 그래서 방학 직전에 일자리를 잃어버리고 말았다. 웬만한 알바 자리는 방학 전에 동이 나버리기 때문에 나는 발을 동동 굴러야 했다. 그런데, 말을 주로 해야 할 희한한 일자리가 생긴 거다. 지금까지 수많은 종류의 아르바이트를 해왔지만 이런 일은 처음이었다. 이름하여 프라이빗 시크러터리. 쉽게 말하면 개인 비서 겸 몸종이라 할 수 있겠다. 전직 문화계의 고위 공직자였다는 여든이 가까운 고용주는 새 몸종으로 소설가를 면접하면서 몹시도 기뻐했다. 특히 음악 분야에서 약간의 소양을 넘어서 거의 전문가적 지식에 육박한다는 것을 알고 더욱 그러했다. 면접 당시 바흐에서부터 도어즈까지 이야기를 나누다가 어느 순간 새 고용주의 표정이 움찔거리는 것을 눈치채고 전문가연하는 태도에서 한 발짝 물러섰다. 멋도 모르고 노인의 반짝이는 눈이 부추기는 대로 떠벌리기 시작했으나 노인은 자타 공인하는 진정한 전문가였기 때문에 아무리 지식을 총동원해서 잘난 척을 해도 몇 합을 지나지 않아서 밑천이 꿰뚫릴 것임을 깨달았기 때문이다. 나는 순식간에 상대방을 파악하고 재빨리 태도를 바꿀 수 있었던 순발력에 기분이 좋아졌다. 그건 그동안 수많은 직업을 전전하면서 자연스럽게 터득한 기술 덕분이었다.

버스를 두 번 갈아타고 나머지는 걸어서 평창동의 주인님에게 갔다. 대문 너머를 도저히 들여다볼 수 없는 담장 높은 집 앞에 도착해서는 옷을 털고 물티슈를 꺼내 구두를 닦았다. 거의 신을 일이 없어서 고이 모셔두었던 구두가 있었다는 게 다행이었다. 발을 두어 번 굴러 바닥에 묻었을 흙을 털고 벨을 눌렀다. 주인님 집의 잡다한 일을 맡아 하는 가정부가 문을 열어주었다.

휠체어에 앉은 주인님은 점잖게 맞아주었지만 축 처진 두꺼운 눈꺼풀 속에 감춰둔 기쁨이 엿보였다. 옷차림도 헤어스타일도 마음에 드는 모양이었다. 바퀴를 굴려 거실 끝까지 마중을 나왔을 정도였으니 말이다. 새하얀 머리칼과 잔주름이 가득한 얼굴이 부드러워 보였다. 그 세대의 노인치고는 미소가 자연스러웠다. 주인님이 나를 향해 손을 내밀었다. 내가 반사적으로 다가가서 그 손을 잡으려 하자 주인님이 휠체어 바퀴를 한 번 더 굴려 나에게 바짝 다가왔다. 주인님은 내밀어진 내 손 앞에서 휠체어 바퀴를 돌렸다.

─자, 아침 먹으러 가지.

주인님은 식당 쪽으로 먼저 갔다. 나는 졸래졸래, 그러나 품위를 갖추고 뒤를 따랐다. 아침은 밥과 국 위주의 간단한 차림이었다. 노릇노릇하게 잘 구운 도톰한 은갈치가 입맛을 끌어당겼다.

—늙은이라 많이 먹지 않아서 양이 적으니 모자라면 더 달라고 하시게.

그럴 거면 젊은이에게 어울릴 만큼의 밥을 미리 준비해두면 좋으련만, 이런 식은 또 뭐야, 싶었지만 네, 하고 대답해주었다. 밥은 모자라도 한참 모자랐다. 장정에게 종지 같은 밥그릇은 무엇이며 그것도 다 채우지 않은 건 무엇이란 말인가. 가만 보니 주인님은 내가 좋아하는 갈치에는 젓가락을 대지 않았다. 참, 섬세한 분이로구나, 하는 생각도 했다. 그러나 더 달라고 하려 해도 가정부는 어디로 갔는지 보이지 않았다. 더 달라고 하는 건 포기하고 나는 갈치를 남김없이 발라 먹었다.

—책은 가져왔나?

—아, 예. 고르는 게 좀 어려웠지만 다행히 좋아하실 만한 책이 있었습니다.

—음, 그래. 밥 먹고 좀 보세.

이런 대화를 나누며 따뜻한 식사를 마쳤다. 그동안 혼자서 대강 국에 밥 말아 먹고 뛰쳐나갔던 아침을 돌이켜보면 참으로 편안하고 부드러운 식사 시간이었다. 아직까지 새 주인은 특별히 권위적이랄까, 꼰대적이랄까 하는 모습은 보여주지 않았다. 손윗사람을 대하는 일반적인 예의만 갖추면 되는 듯했다. 누군가를 고용하여 똑같은 일을 시켰던 경험이 있는 사람은, 더구나 그 관계를 오래 지속하고 싶은 사람은 고용인이 고용주에게 갖는 예민함만큼이나 세심함을 지니고 있어야 하는가 보다.

식사를 마친 뒤에는 겨울해가 잘 들어오는 따뜻한 창가에 앉아 커피를 마셨다. 거실 창밖으로는 너른 잔디밭이 펼쳐져 있었고 커피는 문외한의 혀로 느끼기에도 무척 훌륭했다. 마치 생사는커녕 존재조차 모르고 있었던 부자 삼촌을 만나 호강을 하는 기분이었다. 이제 노인의 입에서 나의 유산을 너에게 모두 물려준다, 는 말만 나오면 이 모든 그림이 완벽하게 완성될 것이었다. 아닌 게 아니라 노인이 조금 피곤한 빛을 띠고 손을 내밀었다.

―저기에 앉혀주겠나?

편안한 일인용 흔들의자가 영화에서처럼 옆에 놓여 있었다. 우아한 그레이와 블랙의 체크무늬 담요도 팔걸이에 걸쳐져 있었다. 나는 조심조심, 그러나 허리에 힘껏 힘을 주고 노인을 안아 일으켰다. 주인은 다리에 아주 힘이 없는 건 아닌지 완전히 의지하지는 않았다. 그러나 다리가 어떻게 아픈지, 어느 정도 쓸모는 있는지 물어볼 수는 없는 노릇이어서 감과 촉을 총동원해서 주인의 하체에 보조를 맞췄다. 온몸의 힘을 다 놓은 주인은 일으키는 것보다 앉히는 것이 훨씬 힘이 더 들었지만 응급실에서 많이 해본 일이라 그리 어렵지는 않았다. 주인은 내가 애쓴 보람이 있는지 편안해 보였다. 주인이 머리를 기대고 느긋하게 물었다.

—책은 무얼 가져왔는가?

—아, 네. 토마스 베른하르트의 『몰락하는 자』라는 소설입니다.

—오, 제목이 제법 좋은데 작가와 소설 내용을 먼저 소개해 보겠는가?

주인에게 어울릴 만한 소설을 선정하는 게 무척이나 어려웠다. 주인의 취향을 파악해야 했고, 그 연배에 어울릴 만큼 고전적인 향내도 물씬 풍겨야 할 것 같았다. 다행히 주인의 취향은 이미 파악했고, 책장 앞에 서서 책을 훑어보다가 딱, 눈에 띄는 것을 찾을 수 있었다. 그러고 보니 이 소설은 M과 그의 친구들이 입을 모아 추천한 것이었다. 그들의 취향에 맞게 묵직하고 순교자적이며 진지한 예술가의 혼이 살아 숨 쉬는 소설이었다.

—토마스 베른하르트라는 작가는 보수적이고 나치즘 청산에 미온적인 조국 오스트리아를 평생 증오하며 분노에 찬 언어를 통해 소설의 형식을 파괴한 작가입니다. 그는 '자기 조국에 침을 뱉는 자'로 낙인 찍혔으며……

그쯤 소개했을 때 눈을 감고 내 말을 듣고 있던 주인의 눈 밑이 경련을 일으켰다. 나는 순간적으로 책을 잘못 골랐나, 싶었다. 이 노인으로 말하자면 정확히 보수주의자이고 친일파의 전력이 있으며 엄혹했던 시절에 문화부 차관까지 했던 인물이 아닌가. 주인이 더 눈살을 찌푸리기 전에 나는 얼른 작품 소개로 넘어갔다.

—이 소설은 글렌 굴드라는 천재와의 만남을 통해 서서히 파멸해가는 베르트하이머라는 사람이 주인공입니다. 이 소설에서 글렌 굴드는 현실과 허구의 경계에 있는 인물입니다. 작가가 창조한 신화적 인물이라고 할 수 있겠습니다. '나'와 베르트하이머는 글렌 굴드와 함께 피아노의 거장 호로비츠에게서 같이 수업을 들으며 평생의 우정을 맺는 약속을 했습니다. 그런데 어느 날, 우연히 글렌 굴드가 바흐의 「골드베르크 변주곡」을 연주하는 것을 듣고 '나'와 베르트하이머는 결코 그에 미칠 수 없다는 것을 깨닫고 피아노를 그만두고 점점 파멸해간다는 내용입니다.

노인은 아무 말이 없었다. 슬쩍 표정을 훔쳐보았지만 얼굴의 모든 주름을 잠가놓은 듯 움찔거리지도 않았다. 내가 아, 책을 잘못 골랐나 보구나, 다리도 성치 않은, 저승이 눈앞에서 오락가락하는 노인에게 이런 절망적인 내용을 권할 생각을 하다니, 나는 얼마나 생각이 모자란 놈인가, 하며 자책하고 있을 때 노인이 입을 열었다.

—어서 읽기 시작하게. 궁금하구만.

노인의 무릎이 스르르 벌어졌다. 긴장이 풀린다는 표시였다. 나는 그 순간 노인에 대해 굉장한 호감과 함께 굉장한 존경심이 솟구치는 것을 느꼈다. 역시 사람은 큰일을 하고 살아

봐야 하는가 보다, 싶었다. 노인 앞에서는 죽음에 관한 말은 꺼내지도 못하는 게 우리나라 정서 아닌가. 노인의 넓고 깊은 품에 힘을 얻은 나는 얼른 책을 들어 읽기 시작했다.

"오래전부터 계획한 자살이지, 충동적으로 저지른 절망적 행위가 아니야. 난 생각했다. 우리의 친구이자 금세기 최고의 피아노 대가 글렌 굴드도 쉰한 살까지밖에 살지 못했어, 하고 난 여관에 들어서면서 생각했다. 다만 그 친구는 베르트하이 머처럼 자살한 게 아니라 자연사했지."

나는 더 읽을 것인지 말 것인지 눈치를 보았지만 노인의 표 정에는 이렇다 할 변화가 보이지 않았다. 오히려 더할 나위 없이 편안해 보이기도 했다. 그래, 이만하면 충격 받을 것은 다 받았을 테니 나도 편안히 읽자는, 에라, 모르겠다 하는 마 음으로 천천히 책을 읽어나갔다.

나는 스스로 선택한 파멸과 절망적 죽음, 자초하는 죽음 에 대해 지금까지 내 입장에서만 느끼고 생각해왔다. 자초하 는 죽음이란 젊은이에게나 의미 있는 것이지, 늙은이에게 무 슨 의미가 있을까, 했었다. 그러니 팔십 년 가까이 크고 작은 파도에 휩쓸리고 그 파도에 때로 내동댕이쳐지며 인생의 마 지막 지점에 다다른 사람은 자초하는 죽음에 대해 어떻게 생 각하는지 지금껏 진지하게 지켜본 적이 없었다. 어쩌면 지금, 아니면 이 노인과 함께 지내면서 그것을 볼 수 있을지 모른다 는 기대가 생겼다.

'나'가 자기 피아노가 순식간에 증오스러워졌고, 자기 연주를 더 이상 참을 수가 없었으며 자기 악기를 더 이상 구타하지 않기 위해 피아노라고는 알지도 못하면서 소질이 있다고 자랑하는 시골 교사의 딸에게 자신의 분신과도 같던 최고의 피아노 스타인웨이를 줘버리고 말았으며 기대했던 대로 그 무식한 딸은 단시간에 그 피아노를 고물로 만들어버렸다는 대목을 읽는 동안 노인은 듣기 싫다는 듯 비스듬히 고개를 돌리고는 미간을 깊이 패고 있다가 '나'는 고통을 느끼기보다 오히려 그 무식한 파괴 과정을 심술궂게 즐겼다, 라는 대목에서는 미간을 서서히 펴면서 미소를 지었다.

—노인이 되면 자기 자신의 모든 것이 싫어지는 법이지. 그런데 그 사람은 젊은 시절에 이미 자기 자신을 증오하기 시작했구만. 그러니 늙을 때까지 기다릴 수 없었겠지.

나는 읽는 것을 멈추고 멍하니 주인님을 바라보다가 다시 책으로 고개를 떨구었다. 대답할 말이 없었다. 환멸을 느끼고도 살아남아 있는 사람들이 대부분인 것이다. 그리고 그것이 인간인 것이다. 열아홉 살에는 서른 살을 상상할 수 없는 것이다. 나도 나를 경멸하며 이 상태로 서른을 넘기게 된다면 죽어버리고야 말겠다고 생각하기도 했었다. 누구의 눈에도 띄지 않는 소설을 쓰는 게 과연 무슨 의미를 갖는 것이며, 이 버러지 같은 상태를 벗어나 과연 나비가 되는 날이 오기는 할 것인가. 그럴 거라고 그 누구도 위로해주고 장담해주지 않는

이 짓을 나는 왜 하고 있는가. 베르트하이머나 '나'처럼 대가의 반열에 들 만한 사람들이 피아노를 버림으로써 자기 손을 잘라냈던 것은 무능한 예술을 인정하지 않고자 함인데, 내가 하고 있는 것은 과연 무슨 짓거리인 것일까. 나에게는 두 팔을 끊어낼 그렇게 절대적인 경계가 있는 것일까. 또 우리 소설계에 그런 절대적인 경계가 존재하기는 하는 것일까. 한때는 그렇게 혹독한 질문도 했었다. 그런데 지금 서른을 넘기고도 멀쩡히 살아 있다. 이젠 나에 대한 환멸을 나를 조롱하는 것으로 대체했을 뿐이다.

책 읽기와 잡생각을 동시에 하며 주인님의 얼굴을 슬쩍 훔쳐보았다. 주인님은 미간을 살짝 찌푸렸다가 다시 펴고 멍하니 눈을 떴다가 다시 감았다. 무릎 담요 위에 놓은 늙은 두 손이 간간이 미세한 노인성 경련을 일으켰다. 이렇다 할 변화는 없지만 집중해서 듣는 것 같았다. 문득, 그런 생각이 들었다. 이 노인은 예술가였던 것은 아니잖은가. 실제로는 예술가를 전혀 이해하지 못할지도 모른다. 나는 왜 이 노인에게 늙은 예술가를 겹쳐놓았던 것일까. 예술 애호가일 뿐인 사람을. 어쩌면 탐욕스러운 예술 수집가였을지도 모르는 사람을. 이렇게 생각하고 보니 책 읽기가 수월해졌다.

내가 해야 할 주업무는 일주일에 나흘 주인의 집에 와서 밥을 함께 먹어주는 것, 이렇게 책을 읽어주고 대화를 나누는 것과, 각종 전시회와 공연을 미리 알아놓고 주인과 상의하여 관람할 것과 그렇지 않은 것을 구분하고 예약을 하는 것, 그리고 공연장이나 전시장에 함께 가주는 것이었다. 오늘은 오전에는 책을 읽어주고, 오후에는 함께 미술 전시회에 가는 일정이었다. 문화적 소양이 두둑한 주인 덕분에 공짜로 높은 수준의 미술 작품을 관람할 수 있는 좋은 기회가 될 것이다. 일주일 내내 하루 여덟 시간, 그 이상 초과근무에 막노동과 다름없는 일을 했던 것에 비하면 보수도 후하고 노동 강도도 약한 편이었다.

그런데, 사람과 이렇게 밀착되어서 감정을 읽고 대응해야 하는 일이 얼마나 피곤한 것인지 점점 어깨가 뻐근해져가기 시작했다. 상당히 후한 급료는 바로 이런 관계에 대한 대가일 터였다. 두 달 동안 감정노동을 하고 나면 다음 학기 등록금을 벌 수 있는 것이다. 소설가라는 건 어차피 감정노동자가 아닌가? 감정 플러스 이성노동자인가? 그건 그렇다 치고.

주인은 천천히 눈을 뜨고 의자에서 등을 일으키더니 수고했네, 라고 입을 떼었다. 그만 읽으라는 소리겠지. 목이 마른 것 같은데 차를 좀 마시면서 읽지 그랬나, 하고 뒤늦게 선심을 썼다. 알고 있었을 거면서 진작 좀 얘기해주면 좀 좋아, 건조한 겨울철에 성대를 이렇게 혹사시키다니, 하고 속으로는 투덜거렸지만 당연히 입은 살포시 미소를 짓고 네, 라고 공손히 대답을 흘려보냈다. 이런 관계는 언제나 선심과 선처를 기다려야만 하는 걸까? 오늘은 몰랐지만 다음번에는 꼭 한 주전자의 차를 옆에 두고 책을 읽으리.

─좀 쉬면서 차나 마실까.

말이 끝나기가 무섭게 가정부가 차를 내왔다. 어쩌면 책 읽는 시간은 딱 정해져 있는지도 모르겠다. 주인은 눈을 감고도 그 시간을 정확히 재고 있고. 어쩌면, 어쩌면 언제나 이런 것은 아닐까?

주인이 휠체어를 가까이 끌고 오라는 손짓을 해서 나는 발딱 일어나 옮겨 앉혔다. 그런데 주인은 뭔지 모르게 겸연쩍은 표정으로 내 눈과 마주치지 않으려 외면하면서 휠체어 바퀴를 잡았다. 충분히 혼자서 바퀴를 굴려 가고 싶은 곳으로 갈 수 있음에도 아주아주 천천히 바퀴 방향을 돌렸다. 어디 가시려고요? 라고 물었음에도 대답을 하지 않고 턱을 치켜들고는 어딘가로 아주 천천히 바퀴를 굴렸지만 가는 게 아니고 갈락 말락 하고 있었다. 퍼뜩 그 야릇한 표정이 내 전두엽을 때렸다. 아, 화장실에 가고 싶은가 보구나. 나는 순간 망설였다. 화장실에 따라가야 하는 건가, 가정부를 불러야 하나, 나의 업무에는 이것까지 포함된 건가. 프라이빗 시크리터리는 어디까지 개인적인 일을 보살펴줘야 하는 건가. 그러다 문득 가정부가 여자라는 걸 떠올렸다. 게다가 주인님이 혼자 다녀오겠다는 말이 없고, 화장실에 가면 옮겨 앉아야 한다는 것을 생각해낸 나는 뒤늦게 허둥지둥 휠체어를 따라가 손잡이를 잡았다.

그래서 나는 주인님과 함께 화장실에 들어가게 되었다. 화장실은 휠체어를 타고 드나들기 좋게 널찍했고 변기 옆에 스틸 제품의 가로 손잡이가 달려 있었다. 변기 앞에 가자 역시나 누군가의 도움을 받는 것이 당연한 주인님은 휠체어 팔걸이에 두 손을 짚고 일어나려는 시늉을 했다. 나는 얼른 주인을 안아 일으켜 변기 앞으로 돌려 세우고 변기에 앉기 전에 바지를 내리도록 잠시 기다려주었다. 바지를 완전히 잘 내리는지 봐야 했기 때문에 프라이버시를 지켜주려 고개를 돌릴 수도 없었다. 바지춤을 움켜잡고 엉덩이를 내려놓으려는 걸 보고 조심스럽게 변기에 앉혀주었다. 주인은 바지 앞섶이 벌어져서 맨살이 드러나지 않도록 주의했지만 앉은 채로 소변을 봐야 했기 때문에 어쩔 수 없이 성기를 보일 수밖에 없었다. 노인의 성기는 구태여 누르지 않아도 전혀 일어서지 않았다. 졸졸졸, 아주 작은 물소리가 들렸다. 주인님이 떨리는 손으로 변기 옆 벽에 붙은 방향제를 눌러 향기를 뿜어 올렸다. 그러고는 물을 내리면서 대변을 보았다. 그리고 다시 한 번 물을 내렸다. 휴지를 뜯어 성기를 닦고 나서 다시 휴지를 뜯어 엉덩이도 닦으려 했지만 여의치 않아 보였다. 나는 주인님의 상체를 내게 기대게 하고 엉덩이를 닦아주었다. 우리는 한마디도 하지 않고 화장실을 나왔다. 남자 비서를 찾는 이유가 확실해졌다.

주인님은 고맙네, 라는 말을 하지 않았다. 아무 말도 없는 것은 마치 아무 일도 없었던 것처럼 보이기 위한 것으로 보였다. 속이 훤히 들여다보이는 트릭일 뿐이었다. 그렇다고 진짜 없었던 일도 아니고 앞으로 일어나지 않을 일도 아니지 않은가 말이다. 구태여 고맙다는 말 따위 들으려는 게 아니라 미묘하게 변하는 표정만으로 의도를 읽도록 하는 것은 상당히 기분 나쁜, 이를 테면 미묘한 지배의 방식이라는 생각이 들었기 때문이다. 대소변을 돌봐주는 것이 문제가 아니라 그것을 돌보게 하는 방식이 문제였다. 알아서 기어라, 라는 것처럼 말이다. 상대방의 의중을 읽기 위해 감각을 곤두세우기를 바라는 저 태도에 기분이 상하면서 순간적으로 제 몸도 못 가누는 늙은이 주제에 자존심은 무슨 자존심이야, 라고 속으로 화를 냈다.

주인은 한번 이렇게 길을 터놨으니 다음에는 훨씬 수월하게, 휠체어 바퀴를 화장실 쪽으로 돌리기만 해도 내가 알아서 발딱 일어나 화장실로 데려갈 거라고 생각할지도 모르겠다. 하지만 나는 어쩌면 앞으로도 계속 모른 체함으로써 이런 방식으로 화장실을 드나드는 것에 암묵적으로 동의한 것이라 여기고 자존심을 지키려는 노인네와 매번 힘겨루기를 하게 될지도 모르겠다는 생각이 들었다. 그런데, 그러다가는 짤리겠지? 눈치 없는 척하는 것도 통할 곳에서 해야 하는 거겠지? 이 따위 실랑이에는 빨리 져주는 게 나을지도 몰라.

주인은 화장실을 나오면서부터 눈에 띄게 기분이 좋아 보였다. 부담스러운 상황을 벗어나는 가장 좋은 방법은 가능한 한 빨리 잊어버리고 새로 시작하는 것인 듯했다. 마치 묘기를 부리듯 휠체어의 방향을 돌려 쌩하니 거실로 가더니 탁자 위에 놓인 팸플릿과 초대장을 집어 들어 내게 건네주었다. 은빛으로 번쩍번쩍 빛나며 횡 방향을 바꾸는 휠체어 바퀴가 아직 내 눈에 잔상으로 남았다. 저렇게 가볍게 움직일 수 있는 사람이었던 것이다. 집어주는 것들에는 내가 미리 숙지해두어야 할 소책자도 있었다. 오늘의 전시회는 런던의 테이트 모던 기획전이었다.

─다음에는 자네가 한번 볼 만한 전시회를 찾아보게나. 자네의 취향도 좀 따라보지. 요즘 젊은이들은 어떤지 궁금도 하고.

이것은 권유일까, 지시일까. 구분하기가 쉽지 않았다. 문학하는 사람들이 대개 그렇듯이 음악은 상당히 즐겼지만 미술에 대해서는 상식적인 수준을 넘지 못해서 미술 작품을 대했을 때는 즉각적으로 반응하는 내 정서를 깨달을 뿐이었다. 책으로라도 미술 공부 좀 해야 하나, 싶었다.

─제 취향이랄 게 뭐 있겠습니까. 공부 좀 하겠습니다.

공손하게 대답을 올리며 전시회 책자를 받아들었다. 현대미술의 주도권이 미국으로 넘어가자 위기감을 느낀 영국의 문화부 당국은 돌파구를 찾다가 런던의 버려진 화력발전소를 뮤지엄으로 변신시키고 컨템포러리 미술 작가들을 적극 지원하였고. 결과는 좋았다. 층고가 몇십 미터에 달하는 거대한 공간은 거대한 작품을 만드는 설치미술가들에게는 그 이상 좋을 수 없을 터였고, 거대한 구조물은 사람들을 무조건적으로 경외감에 사로잡히게 했다. 사람들이 경복궁에 놀라겠는가, 자금성에 놀라겠는가. 그런데 이 거대한 작품들이 우리나라 어떤 미술관에 올 수 있겠는가 싶었는데 그래도 국립미술관이 수용 가능한 모양이었다. 내게도 영국의 참신한 젊은 작가들의 작품을 볼 수 있는 좋은 기회가 될 것이었다.

─어떻게 생각하나?

─아, 네. 저도 무척 당깁니다. 재밌을 거 같은데요.

주인은 허허허, 하고 웃었다. 내 어법이 무척 신선했나 보다.

─아침에 샤워는 했네. 자네 처음 맞이하는데 예의는 갖춰야지.

나는 뜬금없다 싶어 한참 멍하니 무슨 뜻인지 헤아려보았다. 외출하려면 신사 체면에 샤워를 해야 하고 그건 내가 해야 할 몫이었는데 오늘은 처음으로 나를 맞는 날이기도 해서 씻어놓았으니 다음부터는 알아서 씻겨달라는 말 같았다. 나는 야, 프라이빗 시크리터리. 주인님의 청결과 위생은 내 손으로. 이런 식으로 의중을 전달하다니, 행간을 어지간히 잘 읽지 않으면 이 짓도 못해먹으리라. 아, 쌓이고 쌓인 내 눈칫밥이여. 그대 덕을 이제 보는구나.

차려진 점심은 진수성찬이었다. 한눈에도 필수 영양소의 균

형을 맞췄을 법한 차림이었다. 각종 나물과 연근조림, 톳나물 두부무침, 바삭한 일본식 새우튀김, 심지어 싱싱한 회가 스무 점가량, 그리고 맑은 야채 된장국. 언제나 점심은 이렇게 먹는 것일까? 은밀한 뒤처리를 해준 데 대한 대가일까? 아니면 오후의 일정에 대한 대가일까?

—겨울이 깊은데 이런 때는 사케가 필요해지지. 한잔하게.

주인은 회 접시를 내 앞으로 밀어주고 금방 데운 사케를 한 잔 따라주면서 기분을 냈다. 창밖은 아닌 게 아니라 시든 잔디 아래의 그림자가 짙어지고 나무둥치의 균열도 깊어지고, 테라스의 돌 틈새마다 그늘이 배게 들어찼다. 거실에는 언제 켜놓았는지 스탠드의 노란 등이 따스하게 번져 있었다. 주인의 미소 짓는 눈을 보아하니 예전에 눈웃음깨나 쳤을 것 같았다. 술자리에서 호걸, 호인 소리 좀 들었을 법했다. 식사를 마친 주인의 휠체어 바퀴는 은빛 광채를 뿌려대며 세면대로 드레스룸으로 경쾌하게 굴러갔다. 주인의 팔목은 힘이 좋았던 것이다.

드레스룸에는 이미 오늘 입을 옷이 선정되어 내걸려 있었다. 옷들을 꺼내면서 얼마나 설렜을까. 주인은 치실을 꺼내 거울을 보며 이 사이를 닦아내고 기초화장을 했다. 입고 있던 옷을 벗겨달라고 했고, 내복까지 갈아입고 셔츠를 입고 넥타이를 매고 검은 정장을 입고 마지막으로 코트를 챙겼다. 우리가 거실로 나서자 어디선가 가정부가 나타나 내 코트를 건네주었다. 거실을 나서기 전 나는 주인을 일으켜 코트를 입혀주었다. 외출을 위한 참으로 완벽한 절차였다. 세련되고 완벽한 통제 방법이 적힌 매뉴얼이 있는 것 같았다. 집 앞에는 자가용과 운전사가 기다리고 있었다.

전시회 오픈하는 날이었던 거다. 어찌나 북적대는지 과연 그럴싸한 전시회임이 분명했다. 전시장에 발을 들여놓자마자 높은 천장에서 막 내려와 거대한 발로 덮치려는 것 같은 독거미 다리의 형상이 우리를 맞아주었다. 가로세로 20미터의 무시무시한 검정과 빨강 철골의 발끝은 날카로웠다. 잘못해서 떨어지기라도 한다면 사람 몸쯤은 간단하게 꿰뚫어버릴 수 있을 것 같았다. 하지만 이렇게 위협적인 구조물을 전시장 초입에 배치한 의중이 너무 빤히 읽혀서 내게는 좀 우스꽝스럽다고나 할까.

주인님은 누구를 기다리는지 안내 데스크 옆에서 떠나지 않으려 했고 나는 관람을 좀 하고 싶었으나 그럴 수가 없었다. 먼발치로 고개를 쭉 빼고 두리번거렸을 뿐이다. 사람들이 속속 몰려오면서 안내 데스크에 초대권을 내고 돌아서다가 우리를 스치고 툭 치고 밀치고 돌아서 바삐 안으로 들어갔다. 어떤 사람들은 좀 비켜달라면서 짜증을 내기도 했다. 전시회에 오면서 시간을 좀 넉넉하게 잡고 오지를 않고, 왜들 저렇게 급한 거지. 나는 투덜대면서 몸을 이리 비켰다 저리 비켰다 했다. 내가 한쪽 옆을 지키고 있는 터라 주인은 비교적 안전한 편이었다.

안내 데스크 앞에서부터 회랑 저 끝까지 지진이라도 일어나서 바닥이 쩍 갈라진 듯 놀라게 만드는 크랙 작품이 있었다. 사람들은 멋모르고 걸어가다가 그 앞에서 화들짝 놀라 멈추거나 채 걸음을 멈추지 못해서 앞으로 고꾸라질 뻔하거나 했다. 나를 밀치고 지나갔던 사람들이 놀라는 걸 보는 재미도 쏠쏠했다. 몇 번 놀랐던 아이들은 아예 재미삼아 크랙 위를 건너뛰기도 했다. 한 아이가 크랙을 펄쩍 건너뛰어 전속력으로 달려오다가 주인의 발 받침대에 걸려 주인의 무릎에 엎어졌다. 주인은 귀여운 듯이 받아주었지만 나는 녀석을 향해 눈을 부라렸다. 어디서 못 배워먹은 짓을, 전시회장에서 뛰어다니다니, 니 엄마 어디 있어, 라고 하고 싶었지만 그건 꾹 참았다. 녀석은 주인의 무릎에 엎드린 채 험상궂은 내 얼굴을 보고 살그머니 일어나더니 몸을 돌이키자마자 도로 팔짝팔짝 뛰어갔다. 이건 뭐, 난장이 따로 없구만. 학생들 방학숙제에 맞춰 전시회를 기획한 것 같았다. 우리나라 아이들은 어릴 때는 이렇게도 문화 행사를 잘 찾아다니건만, 어쩜 그렇게도 숙제만 하고 나면 깡그리 잊어먹고 마는지. 엄마들이 수첩과 카메라를 들고 따라다니는 것이 보였다.

누군가가 데스크에서 돌아서다가 주인님에게 인사를 했다. 아, 차관님? 아, 차관님이시네요, 안녕하세요? 주인님은 반갑게 손을 내밀었다. 건강하신가 보네요. 음, 그렇지, 아직은 괜찮다네, 자네는 지금 어디에 있나? 아, 저는. 그는 주섬주섬 명함을 꺼내서 주인에게 줬다. 저, 여기로 옮겼습니다. 음, 그래, 오, 좋은 자리에 있구만, 잘됐네, 잘됐어. 아, 네, 뭐, 아, 저는 저기 좀 가보겠습니다. 그래, 가보게. 그가 급히 가서 인사하는 곳을 보니 중후한 신사들이 여러 명 모여 있었다. 서로서로 알아들 보고 인사를 하느라 바빴다. 작품을 간혹 휘둘러보는 시늉을 하거나 손가락으로 가리키는 시늉을 하는 사람들도 보였지만 대체로 서로 안부를 나누고 명함들을 나누느라 더 바빠 보였다. 작품들은 천천히 둘러봐도 되니까. 중요한 사람들이 인사만 하고 돌아갈지 모르니까 인사부터 챙겨야겠지. 주인은 아까부터 그쪽을 보고 있었던 듯했다. 나는 입구에서 들어오는 사람들을 보느라 정신없었는데 말이다.

그래서 작품들을 좀 둘러보실까요? 하고 물었다. 내 손가락은 작품들이 아니라 그들이 몰려 서 있는 곳을 가리켰고 내 의중이 읽힌 것 같았다. 주인이 고개를 끄덕거렸다. 나는 휠체어를 밀고 그쪽으로 갔다. 둥글게 서 있는 그들 무리에 바짝 다가서자 화들짝 놀라는 시늉들을 하며 몸을 비켜 문을 열어주었는데 그중 머리가 희디흰 사람이 나서서 아, 차관님, 하고 인사를 했다. 주인도 아, 김 교수, 하며 악수를 하고 인사를 받았다. 그 사람은 옆에 있는 사람들을 인사시켰다. 주인님께 마지못해 인사를 하는 사람도 있고 힐긋 보았다가 옆 사람하고 이야기를 계속 나누는 사람도 있었다. 주인을 못 알아보는 모양이었는데 현직 차관도 아니고 전직도 아니며 먼먼 옛날 차관이었던 사람과는 아무 관련도 없다는 듯이 미묘한 웃음을 띠고 고개를 돌렸다.

머리가 희끗한 사람이 계속 옆 사람을 소개시켰다. 차관님, 이분은 요즘 잘나가는 평론가입니다. 인사하시죠, 전 문화부 차관이셨던 김 차관님이십니다. 잘나가는 평론가라 불렸던 이는 아, 안녕하세요, 목소리를 한 톤 높이고 고개까지 깍듯이 꺾어 주인에게 인사를 했다. 주인이 손을 내밀며 인사를 받아주려는 찰나, 그 잘나가는 평론가는 바로 옆의 무슨 교수라는 사람에게 몸을 돌려서 자기 겨드랑이에 끼고 있는 젊은 이를 소개시켰다. 아, 교수님, 이 사람은 제가 키우는 평론가 최입니다. 요즘 주목받는 신인이죠, 잘 부탁드립니다. 교수라는 사람과 두 사람은 인사를 하느라 주인님 앞을 막아섰다. 교수라는 사람들은 다들 자기 옆의 제자들을 소개시키고 이 사람 작품도 정말 볼 만해, 나는 볼 때마다 깜짝 놀란다니까, 하며 칭찬하기에 바빴다. 다시 그들만의 원이 형성되었고, 활기찬 대화는 계속되었다. 언뜻언뜻 요즘 작품들은 말이야, 하는 소리도 들렸고, 아이디어들이 참 좋아, 역시 젊은 감각은 따라갈 수가 없어, 하는 말도 들렸다.

내 눈에는 젊은 평론가라는 작자가 눈에 들어왔다. 그는 등을 적당히 구부린 채 어른들 사이에서 계속 고개를 주억거리고 있었다. 해사한 얼굴을 보아하니 부모 잘 만나 살아오면서 단 한 번도 힘든 일이라고는 겪어본 적 없는 것 같았다. 평론가 나부랭이들이 책상에서 익힌 이론을 작품에 대입시켜 늘어놓는 말들의 난무가 눈에 선했다. 이야기해보면 사람살이에 대해서는 쥐뿔도 모르면서 책으로 배운 사상가의 이론을 소설에 하나하나 대입하여 해설해나가는, 기억력만 자랑하는 사람들. 마치, 키스를 책으로 배웠습니다, 하는 것처럼 문학을 책으로 배웠습니다, 를 여실히 증명하고 다니는 사람들. 제자를 키우고 후배를 키워 자기 앞날을 도모하는 사람들에게 휘둘리는 힘없는 작가들. 그 서글픈 풍경이 한눈에 보였다.

나는 주인님의 휠체어 뒤에서 아무 말 없이 그림자로 있고자 했다. 그런데 그중 한 사람이 나를 알아보았다. 어? 나 작가? 여기 웬일이야! 그는 K일보 문화부 기자였다. 그는 내가 잡고 있는 휠체어의 손잡이와 주인님과 내 얼굴을 번갈아 바라보더니 계면쩍은 웃음을 짓고 다 안다는 듯 내 팔을 툭툭 쳤다. 그래, 그래. 나는 쑥스러운 얼굴로 인사를 할락 말락 했다. 누군가가 또 그 원에 끼어들었다. 두세 사람이 알은체를 하며 그를 받아들이고 문을 닫았다.

저 거대한 거미의 다리가 이 인간들 머리 위로 떨어지면 어떨까. 살겠다고 좍 흩어지겠지? 그래도 그 작품이 역시 대단하다고, 역시 위협적인 모양새다웠다고 주절거릴까? 주최 측의 안전 불감증을 도마 위에 올리고 한참 씹겠지. 미술 작품이 사람을 위협할 수 있다고는 하지 않겠지. 미술 작품은 오직 사람에게 감동을 주는 것이지, 사람을 죽일 수도 있다고는 생각하지도 않을 테고, 그렇게 말했다가는 작가의 뜻을 왜곡했다느니, 미술 애호가들에게 쓸데없이 거부감만 키워준다느니 하는 오지랖 넓은 비난이 쏟아질 테니 그렇게 말할 리는 없겠지.

나는 주인의 뜻을 묻지도 않고 휠체어를 밀고 돌아섰다. 돌아갈 작정이었다. 더 이상 볼일이 없었다. 휠체어의 발 받침대가 누군가의 발목을 쳤나 보다. 아! 누군가가 발목을 쥐었다. 아이고, 죄송합니다. 내가 얼른 앞으로 가서 그 사람의 등에 한 손을 올리고 다리께로 손을 내밀었다. 많이 다치셨습니까? 그 사람이 고개를 옆으로 돌렸다. M이었다. 우리는 서로 어? 어? 여기 웬일? 하고 천천히 몸을 일으켰다. 주인님을 본 M이 어, 안녕하세요, 하며 인사를 했다. 주인님은 만면에 미소를 띠며 M을 바라보았다. 음, 자네였군, 잘 지내나? 일은 잘되어가고? 장편 쓴다고 했지? M은 벌게진 얼굴로 고개를 숙였다. 예, 예, 잘 지내고 있습니다. 건강은 괜찮으신지요. M의 목소리는 기어들어가다시피 했다. 내게는 들리지 않기를 바라는 것 같았다.

M과 나는 서로 눈을 맞추지 않았다. M은 비스듬히 손을 들어 보이고는 사람들의 무리 속으로 달려갔다. 나는 멍하니,

그 뒷모습을 바라보았다. 그는 조금 전 닫혔던 사람들의 문을 열고 들어갔다. 사람들이 그를 반겨주었다. 그가 도대체 왜, 저 사람들과? 무슨 연관이 있는 거지?

나는 주인님의 휠체어를 밀고 회랑을 통과했다. 바닥이 내 앞에서 쩍 갈라져 있었고, 사람들은 모두 크랙을 피해 걸어갔지만 나는 일부러 그 위로 휠체어를 굴렸다. 주인님 역시 바닥이 갈라져 있건 말건 멍하니 밀려갔다. 주인님은 나에게 작품을 둘러볼 시간을 주지 않았다. 그러나 유력 인사들과 인사할 시간은 있었다. 그것을 나도 주인님도 제대로 활용하지 못한 거겠지. 활용할 건덕지가 나는 아직 없는 것이고 주인님은 애저녁에 없어진 것이고. M은 가느다랗게 살아 있는 거겠지.

나는 주인님을 모시고 집으로 돌아가 늙은 몸을 내 몸에 기대게 한 뒤 옷을 벗기고 씻기고 새 옷을 갈아입힐 것이다. 그리고 저녁을 먹는 것까지 보고 돌아와야 할 것이다. 죽은 권력이든, 늙은 권력이든 내게 돈을 주는 한 나는 그의 시중을 들어야겠지. M은 집으로 돌아가 순교자적인 글을 쓰겠지. 나는 집으로 돌아가 푸른 어둠 속에서 조롱이 가득한 글을 쓰겠지. 그리고 모니터를 끄고 이부자리에 들어 누구를 통해서 내 앞에서 닫힌 문을 두드려봐야 하나, 생각하다가 잠이 들겠지.

한눈팔며 걸어간다

김녕(문학평론가)

1

방현희의 이 소설집의 첫 장에서 우리를 맞이한 이미지를 떠올려보자. 등각나선. 자기 유사성을 지닌 곡선의 연속으로서 놀라운 수학적 속성을 가진 나선형. '황금나선' '기적의 나선'이라고도 불렸던 형상. 그것은 앵무조개나 태풍과 천체의 궤도, 식물의 잎이나 씨앗의 배열 등 자연계에서 발견되는 현실이고 현상이지만, 우리는 그 기하학적 형태에서 형이상학적 아름다움과 어떤 이상성(理想性)을 보고 거기 매혹된다. 이 소설집의 첫 작품이자 '타다' 테마 연작의 시작인 「타다」의 화자 역시 "이것들이 세상에서 가장 아름다운 것"(11쪽)

이라고 말한다.

그러나 "시간이 날 때마다" 어떻게든 등각나선형의 계단을 타고, 그렇지 못하면 불안해진다는 '그녀'의 등각나선 사랑은 거의 강박과 집착에 가까워 보인다. 그 기저에는 무엇이 있는 걸까? 그녀는 직접적으로 말한다. "어긋남이 없다는 것은 완전하다는 것이고, 그녀로서는 절대 흉내 낼 수 없는 것"(11쪽)이라고. "과잉은 결핍"(34쪽)이라고. 말하자면 완전성의 관념과 의미에 대한 과잉된 집착은 곧 '지금 이곳'의 현실과 삶의 토대에 깔린 불완전성과 어긋남, 즉 완전성의 결핍을 표현하는 셈이다. 이처럼 당면한 있는 그대로의 '현상'·'현실'과 거기에 덧씌워진 '인식'·'의미'·'관념'이 이분되어 있되, 후자가 전자를 압도하고 있는 상황은 이 소설집 전반의 공통분모다.

2

이는 특히 '타다' 연작들에서 더욱 두드러지게 드러난다. 「타다」의 '그녀'는 앞서 이야기했던 등각나선 형상의 완결성은 물론 '손을 타다'라는 말에도 사로잡힌다. 친구 엄마가 무심코 던졌던 "남자 손 좀 타겠"(12쪽)다는 소리. '그녀'는 그 말에 관능과 두려움을 함께 느낀다. 대체 그 말은 무슨 의도,

무슨 의미였을까? 어쩌면 지겹도록 그녀의 삶을 따라다닐 남자들의 '대상화'의 시선을 예언한 것일까? 다행히 그녀는 그녀를 멋대로 다루려는 남자들의 대상화에 말려들지 않고, 오히려 성애의 관능을 능동적으로 주도함으로써 주체성을 지켜낸다.

하나 그럼에도 여전히 친구 엄마의 말은 그녀를 따라다니며 연애와 성애를 무수히 반복하게 만든다. 공허한 관계를 되풀이한 끝에 이 성(性)의 과잉이 그녀 내부에서 발원한 "기운이 몹시 성하고 독"(25쪽)한 '외로움'에서 기인했음을 깨달아간다. 그녀는 자문한다. "몸은 어차피 바깥에 접한 것이고, 바깥은 바깥과 교접해야 하지만 안쪽은 대체 어떻게 교접해야 하는 것일까."(28쪽) 우리는 그녀의 집착과 과잉으로부터 곧 그녀를 근원적으로 속박하고 있는 고독, 몸이 아닌 마음의 교감에 대한 채워지지 않는 결핍을 읽게 된다. 거기서 벗어나려고 그녀가 무던히 발버둥치고 있다는 사실까지.

「타다 2」의 '그'는 어떤가? 그의 자기 서술에서 발견되는 과잉은 자신의 '타고난' 운명에 대한 것이다. 인생의 길목길목에서 '타'오르는 불길에 속박되어 있다는 자기 인식 말이다. 라면을 끓이려고 올려둔 냄비를 태우고, 인테리어를 설계·시공한 카페가 가오픈 직후 화재로 망가지고, 과거 형과 함께 자취하던 집에서 불이나 형을 잃어버리고, 불처럼 일어났다 흔들리는 사업의 불안 탓에 가정마저 잃게 되었다고 말하는 '그'. 그래서 그는 믿는다. 자신은 뭘 하려고 하면 다 망쳐 버리는 인간이라고, 뭘 하려들면 안 되는 인간이라고. 그래서 마침내 그는 자신의 삶을 참담히 여기며 이렇게 결정하고 만 다. "움직이는 것은 곧 살아 있다는 것이고 살아 있으면 문제 를 일으키거나 문제를 해결하거나 할 수밖에 없다"고. 그러 니 "자신 역시 먼지나 때가 되는 편"(67쪽)이 낫다고.

그러나 설령 그의 삶에 그토록 화마가 잦았다 하더라도, 이 처럼 어떤 운명을 '타고'났다는 지독한 믿음은 과잉된 것이 아닌가? 그렇다면 질문을 틀어보자. 이 과잉은 어떤 결핍을 감추고 있는 것일까. 다만 그의 경우는 앞서 살펴본 '그녀'의 경우와는 다소간 결이 다르기에, 「나의 공랭식 포르쉐—타다 3」의 '그'를 먼저 살펴보자.

3

「나의 공랭식 포르쉐—타다 3」의 '그'는 폐차장에 딸린 자 동차 공업사의 기술자로, 갑작스레 사고로 세상을 떠난 친구 의 클래식 포르쉐를 넘겨받게 된다. 이 예기치 않은 행운에 몹시 들뜬 그는 차를 '완벽'한 상태로 만들기 위해 무던히 애 를 쓴다. 문제는 본래 해야 할 업무는 물론, 자신의 생활마저 뒷전으로 미뤄놓고 포르쉐에 매달리고 있다는 사실이다. 그런 '그'가 걱정되었는지 사장은 쓴소리를 한다. "네 인생이나 좀 브레이크를 밟"(102쪽)으라고. "차 고칠라 말고 네 인생이나 고"(98쪽)치라고.

하나 '그'는 대꾸한다. "아, 인생 못 고치니까 차를 고치는 거"(98쪽) 아니냐고. 이 말은 곧 그가 진짜 직면해야 할 현실의 문제를 실질적으로 해소하기보다는, 상대적으로 가시적이고 명확해서 해결이 수월한 다른 문제에 착수함으로써 진짜 문제의 부담을 우회적으로 보상받으려 한다는 진실을 함축하고 있다. 요컨대 포르쉐에 집착하는 모든 행위는 일종의 회피인 셈이다. 스스로 인정하지 않던가? "차를 타고 있을 때 그는 공업사도, 김 사장도, 친구가 남긴 여자들도 모두 잊었다. 그들이 없는 세상으로 그는 달려갔다"(94쪽)고. 암담하고 무거운 현실의 속박을 벗고 잠시나마 자유로워지는 유일한 시간이 오직 차와 함께할 때뿐인 것이다.

그런데 무엇으로부터 그토록 도망치려 하는 것일까? 허름한 공업사의 직원일 뿐인데다, 제대로 된 교제도 하고 있지 못하고, 가족 없는 혈혈단신이라는 현실 때문일까? 그도 그럴 테지만, 유독 그가 은연중에 털어놓는 일말의 자책감은 의미심장하다. 학창 시절, 그를 태우고 야채 트럭을 몰며 생계를 꾸렸던 아버지의 부재에 대해서도 그는 부채감을 갖는다. 자신을 데리고 다닐 때만큼은 늘 안전에 최선을 다하던 아버지였으나, 하필 그가 따라나서지 않은 날 사고가 일어났기에 그렇다. 친구의 죽음과 그로 인한 행운에 대해선 또 어떤가. "친구의 죽음에 그 어떤 영향도 끼친 바가 없으"나 "왠지 부끄러웠고, 남들이 알까 두려웠고, 그래서인지 더욱 꼭 움켜쥐려는 마음이 되었다"(73쪽)고 그는 고백한다. 그는 용서할 수 없는 것이다. 다른 누구도 아닌 자기 자신을…… 자기 삶이 스스로 부끄러워, 그걸 잊으려고 포르쉐 수리에 집착한다. 이 집착은 어쨌든 잠시나마 그를 자유롭게 한다. 그리고 동시에, 그를 아예 삶에서 떨어뜨려놓으려 들고 있는 것이다.

「타다 2」의 '그'의 경우도 이와 다르지 않다. 움직일수록 문제를 만드는 인간이라는 자기혐오, 그렇기 때문에 멈춰서 사라져야 한다는 사고방식은 문제에 대한 실질적 접근이라기보다는 비극적 감상의 덧칠에 가깝다. 개별 문제를 운명의 차원으로 비약하여 회피하는 방편인 것이다. 가령 '그'의 아내 입장에서 서술된 이런 대목은 꽤나 직설적이고 정확하다.

그의 삶은 매사에 이런 식이었다. 그는 자기가 일으킨 사고가 의도적이지 않았다는 점으로 당연히 면죄부가 주어지는 것으로 알고 있었던 거다. (……) 누군가 문제를 지적하면 모른 척 회피하고 얼렁뚱땅 넘어가고 그렇게 문제가 누적되어 점점 더 커지는 것을 모른다.(58쪽)

그 말에 따른다면 작은 문제 하나를 끝까지 책임지지 않고 살아온 방식이야말로 "깨뜨리고 부수고 깡그리 태우면서 살아온"(65쪽) '운명'의 실체가 아닌가. 결국 그의 운명론은 자신의 과오를 재차 회피하며 세상과의 무책임한 관계 맺기를 정당화하는 변명으로 낙착되고 마는 것이다.

이처럼 말, 운명, 좌석, 구속복, 사슬, 명령 등 소설 내내 수없이 반복 변주되는 '속박'의 이미지와 그로부터 자유롭고자 가윗일에 해찰하는 정신의 움직임은 방현희 소설을 지탱하는 두 기둥이다. 이들 인물들이 겪고 있는 크고 작은 실패들은 인간이 그 두 기둥 사이에서 흔들리는 존재임을 우리에게 보여준다.

4

즉 「타다」 연작의 세 인물이 현실과 관계 맺는 방식 자체는 근본적으로 동일하다. 그러나 '그녀'의 경우와 두 명의 '그'의 경우는 사뭇 다른 결과로 치닫는다. 이 차이는 무엇을 말하고 있는 걸까.

「밤의 환대」는 외딴 정신병동에 입원한 '남편'(으로 짐작됨)의 보호자로 기거 중인 '그녀'의 생활을 따라간다. 폭력적이었던 남편은 이제 구속복에 묶이고, 수면제에 취해 늘 잠들어 있다. "그에게서 받았던 감시의 나날"(206쪽)은 이제 갔다. 비록 아직 간병인의 역할에 매여 있는 그녀지만, 그녀는 '그'가 부재하는 밤의 시간이면 어둠 속을 거닐며 해방을 만끽한다. 짐작건대 그녀의 밤 산책은 아주 오랫동안 폭력과 가사로 점철된 갑갑한 생활의 숨통을 터주어왔을 터. 그녀는 그렇게 여기까지 나아왔고, 남편으로부터의 완전한 해방을 목전에 두고 있다.

한편 다른 병실에 환자로 입원해 있는 알코올중독 청년은 '그녀'의 완벽한 대립쌍처럼 보인다. 차림새로 보아 경제적으로 여유 있는 듯한 부모를 둔 그는 낮에나 밤에나, 병실에서나 바깥에서나 그저 꿈꾸듯 부유하듯 조용히 살아간다. 아니, 모든 것을 내려놓은 듯 수동적이고 순응적이기만 한 태도는 거의 삶을 포기한 모습으로까지 보인다.

저토록 온순한 광기라니. 저 온순한 광기는 누군가의 삶을 대신 사는 사람만이 보일 법한 것이 아닌가. 제 삶을 사는 사람이라면 저 남자에게 달려들어 팔뚝을 물어뜯고 우주복을 빼앗아 발기발기 찢어서 던져버릴 테지. 아버지 등 뒤로 도망친 엄마에게 욕을 퍼부어대겠지. (……) 하지만 너는 그들에게 순응하지.(205쪽)

경제적 여유, 아버지는 앞서고 어머니는 뒤따르는 잠깐의 삽화에서도 엿보이는 공고한 가부장제적 위계. 이 현실은 저 청년이 제 힘만으로 깨부수거나 벗어나기 어려울 만큼 단단한 질서가 아니었을까. 그녀에게 자유를 선사하는 밤이 그에 겐 도리어 자유의 박탈을 새삼 체감하는 시간으로 임재하는 건, 각자의 삶과 현실과 속박과 자유의 정의가 제각각인 탓일 테다. 모든 인생은 개별적이니까. 그렇더라도 이 소설의 시선을 이끄는 '그녀', 나아가 방현희는 이렇게 믿는 것 같다. 주어진 것에 저항하는 것. 어긋나고 마찰하는 것. 발버둥 치는 것. 그것이 '산다'는 동사의 의미라고 말이다. 즉, "순응하고 순응하면 그는, 그들은 짐승이 되는 것"(203쪽)이다.

"움직이는 것은 곧 살아 있다는 것"(66쪽)이라는 걸 알면서도, 움직이기를 멈추기로 택한 「타다 2」의 '그'는 그러니까 현실을 도외시한 운명론에 과잉 투사함으로써 현실에 순응한 것이다. 주어진 현실을 오직 잠시 잠깐 잊게 해주는 질주에만 매달리는 「나의 공랭식 포르쉐—타다 3」의 '그' 역시 과거와 현실의 무게에 무릎이 꺾여버리고 만 것이다.

방현희의 소설들은 일러준다. 우리 삶의 양극단에는 냉엄한 현실과 그것을 보완하는 대체재가 놓여 있다고. 차디찬 현실은 우리를 숨 막히게 하고, 우리를 매혹하는 의미와 이상(理想)은 우리를 자유롭게 한다고. 그러나 그것이 아무리 달콤하더라도, 삶은 현실에 있다고. 그렇기에 우리는 양자 사이에서 무던히 흔들리며 살아가며, 이 진동·운동·길항·변증이야말로 삶이라고. 그것을 잊는다는 것은 곧 살아갈 지반을 잃는 것인 셈이다.

5

    '골렘'을 제재로 삼은 「광장에 지다」, 「우는 남자」는 그러한 구도를 개인의 삶에서 사회적 관계의 영역으로 확장한다는 점에서 의의를 지닌다. 유태인 전승에서 인간의 피조물로 전해지는 '골렘'은 방현희의 소설에선 균형 잡힌 17세 소년의 외형을 띠고, 정교함과 속도가 요구되는 기능적 수행 능력이 매우 뛰어난 존재로 그려진다. 그러나 어떤 목적에 의해 인공적으로 만들어진 존재이기 때문일까. 이 골렘 화자들은 '아버지'의 명령에 속박된 채 움직인다. "먹으라 하면 먹고, 일하라 하면 일하고, 잠들어라 하면 잠들 수 있"(115쪽)는 '나'는 그러나 말을 할 줄도, 스스로 사유하고 판단할 줄도 모르는 기계적 속성을 타고난 것이다. 오직 명령에 따라 움직이나, "예상에서 어긋나는 일이 벌어졌을 때 어떻게 해야 하는지"(117쪽)는 모르는 미숙한 존재.

    「광장에 지다」의 골렘은 어느 지점에 가서 피자 세 판을 먹고 오라는 아버지의 명령을 받는다. 이 골렘 화자 '나'는 그 명령의 목적이나 의미에 대해선 전혀 알지 못한 채, 그 명령을 수행한다. 그러나 소설을 읽는 우리는 안다. 그곳엔 세월호 사건의 희생자들을 위한 분향소가 설치되어 있고, 진상규명 단식투쟁이 한창이라는 것을. 그러니까 '나'가 지시받은 일은 그 투쟁을 조롱하는 '폭식투쟁'의 일환이라는 것을 말이다. 그러나 다행히, 세월호에서 살아 돌아온 소녀와의 예기치 않은 만남으로 '나'는 변해간다. 서서히 아버지의 명령 외에 자기 눈앞에 펼쳐진 현실을 감각하게 된 것이다.

무엇인지 모를 것들이 나를 밀고 움직이게 했다. 나는 말을 못하는 골렘, 생각이 없는 골렘. 그러나 살갗이 있고, 눈동자가 움직이며, 심장이 뛰고, 섬세한 두 손이 있고, 건강한 다리가 있는 골렘. 웅성이고 눈물 흘리고, 가슴을 쥐어뜯으며 기도를 하는 사람들이 살갗에 닿고, 눈동자로 읽히고, 손에 잡혔다.(127쪽)

이러한 변화, 사소해 보이지만 '나'로 하여금 "나는 이제 느낄 수 있다"(132쪽)고 말하게 하는 변화는 기실 대단히 거대한 것이 아닐 수 없다. 인간의 피조물, 명령에 복종하는 기계. 그것은 비단 전설 속의 존재가 아니라 스스로 자유로이 사유하지 못하고, 프로파간다와 이데올로기에 휘둘리는 연약한 인간의 알레고리일 터. 물론 이미 말한 바 있듯이, 인간은 결코 스스로 자유로울 수는 없는 존재다. 어쩔 수 없이 다른 무언가에는 종속되었거나 최소한 그 영향 아래 살아간다. 모두가 자신의 차꼬를 차고 있다. 그러니 차꼬의 유무는 인간의 조건이 될 수는 없다. 단, 그로부터 자유롭기를 꿈꾸며 몸부림치는가? 그리하여 자신의 현실에 발디딘 채 '살아내고' 있는가? 이것은 늘 우리 스스로 자문해야 하는 질문이다. 주어진 것에 다만 순응하는 대신 끊임없이 운동하고 저항하는 힘, 그것이 삶을 정의한다.

그러한 맥락에서 「우는 남자」의 골렘이 부여받은 본질이 제아무리 '남을 위해 울어준다'는 것이더라도, 아버지의 명령에만 순응해 도구로 작동하던 '나'는 한낱 골렘일 수밖에 없다. 그러나 아무리 골렘이라 하더라도 저항하고 길항하며 변증한다면, 그러니까 아버지가 명령한 인간과의 '객관적 거리 유지'를 위반하고 '접촉'하여 사람을 '감각'하는 한 그는 생생한 인간일 것이다. 그렇게 실패할 때, '나'는 골렘으로선 망가지고 실패했을는지 몰라도 더없이 인간적이지 않은가. 끊임없이 "웅성이고 움직이고 모였다 갈라졌다 하며 무한히 변모하는"(108쪽) 「광장에 지다」의 광장은 그렇게 생동하는 인간, 생동하는 사회의 메타포에 다름 아닌 셈이다.

6

그렇다면 그렇게 방현희가 저항·길항의 역학을 긍정할 때에 소설과 소설가는 어떤 지위를 갖게 될까? 여기까지의 이야기를 바탕으로 거칠게 짐작한다면, 소설과 소설가는 세속적 합리주의와 주류 질서에 '대항'하여 무용한 것의 유용함을 밝히는 혁명가적 존재로 여겨지기 쉬울 테다. 그러나 방현희의 관점은 그리 단순하고 간단하지 않다. 소설가 소설이라 할 만한 「늙은 피터의 고백」과 「소설가 나씨의 하루」를 읽노라면, 저런 믿음은 오히려 소설을 이상화하고 신비화시키는 과잉된 문학주의라고 그는 믿는 것 같다. 소설관에 있어서도 방현희는 여전히 현실과의 긴밀한 관계를 놓치지 않는 것이다.

「늙은 피터의 고백」은 병원에서 간호 업무를 보며 생계를 꾸려가는 소설가 화자의 생활과 사색을 치밀하게 담아내고 있다. 이 화자의 진술을 읽어나가다 보면 자연스레 알게 된다. 이것은 그녀의 삶에서 현실에 우선하고 있던 소설이, 이제는 현실의 무게에 압도당하게 된 처절한 반전의 기록이라는 것을. 그녀는 인생의 한때를 소설에 매진할 수 있었다. 그러나 그사이 놓쳐버린 것이 있었다는 걸, 고된 노동 속에 깨닫는다. "나는 이언 매큐언의 『나비』와 필립 로스의 『죽어가는 짐승』이 아니라 내가 소설을 쓰도록 생계를 책임지느라 중병에 걸려버린 내 남편을 읽었어야 했다"고. "책장을 넘기고 마우스와 키보드를 두드리던 손은 이제 오백 원짜리, 백 원짜리 동전을 세어 건네주고 환자가 떠난 자리를 닦고 오물을 버리고, 쓰레기통을 닦는 손으로 대체되었다"(156쪽)는 냉엄한 문장대로, 그녀는 이제 소설 대신 생존을 붙들고 나아간다.

「소설가 나씨의 하루」는 또 어떤가. 비정규직을 전전하며 생계를 이어가는 소설가 '나'. 그 역시 지리멸렬한 노동에서 놓여나지 못하는 삶을 견뎌내는 중이다. 그래서일까. 그는 동료 소설가 M의 소설에 대한 "순교자적인 태도"(218쪽)와 변의를 직접 표현하지 않고 "표정만으로 의도를 읽도록 하는"(233쪽) 새 고용인의 고상한 태도에 환멸을 갖는다. 전자는 소설가의 세속적 현실을, 후자는 인간의 동물적 현실을 도외시하는 것이 아닌가. 하나 소설의 말미에서 '나'는 깨닫는다. 그랬던 그들조차 인간관계에 목메며 인정과 생존에 전전긍긍하는 군상에 속한다는 걸. 아무리 경멸스러워도, 그런 면면을 바라보는 일은 입이 쓰다.

뒤늦은 깨달음과 일말의 회한 속에 「늙은 피터의 고백」의 그녀는 자신이 '소설'이라는 '별', 그러니까 "잠시 잠깐 올려다보고 말았어야 할 세계에 뛰어들어 아등바등 버텨오며 내가 별에 속한 인간이라 착각해왔던 것은 아"(157쪽)니었는지 괴로워한다. 이는 자신의 소설이 그저 그럴싸한 낭만주의와 과도한 예술가적 자의식의 산물이 아니었는지에 대한 성찰임은 물론 자신의 삶이 허튼 꿈만 좇아온 것은 아니었는지를 되묻는 과정에 다름 아닐 테다. 허나 그 성찰 이후, 그렇다고 그녀가 소설의 세계를 폐기하거나 부정한 것은 아니라는 데에 주목해야 한다. 여전히 "생존과 사유는 양극단에서 무엇이 더하다 할 수 없이 숭고하다"(157쪽)고 그녀는 말한다. 양발을 모두 소설에만 담고 있던 그녀가 이제 한 발을 현실에 딛었다. 짐작건대 이제 그녀의 현실과 소설 모두가 서로 길항하며 더 멀리 나아가게 될 테다.

방현희의 소설도 그렇다. 문학도 세속의 때가 묻을 수밖에 없다는 문학의 세속주의, 문학은 현실에서 마냥 자유롭다는 문학의 신비주의, 그 어느 쪽에도 온전히 속하지 않고 둘 사이에서 흔들리며 나아간다. 그렇게 나아가기에 이런 문장들이 우리에게 닿아온다.

내 눈은 책을 읽기 위해 뜨여졌고 책을 읽다 감기는 데에나 소용되던 것이었으나 이제 눈앞 가득 출렁이는 나무들과 길 한편에 핀 노란 꽃들을 귀여워한다. 그것들이 이토록 귀엽고 사랑스러운 것이었음을 반복되는 아침 출근길에서야 깨달았다.(157~158쪽)

매일 반복되는 지긋지긋한 출근길, 길가를 바라보는 잠깐의 해찰이 이토록 아름답다. 이 마음의 환기가 또 고된 하루를 살게 한다. 먼 길을 돌아왔지만, 이 책에 담긴 방현희의 마음은 그뿐이었는지도 모른다. 이 소설을 읽은 짤막한 시간이 당신을 붙들어주길.

소설을 쓴다는 건, 세상 소음과 완벽히 차단되었을 때만 가능하고, 소설을 쓸 수 있다는 것은 그만큼 집중이 되었다는 뜻이기 때문에 한숨 못 자고 있어도 살 것 같다. 그래서 좀 쉬어야 하지 않겠느냐는 주변의 말을 듣지 않고 무리를 해서 소설을 쓴다. 물론 잘 될 턱이 없다. 그래도 쓴다. 토할 것 같은데도 꾸역꾸역.

언젠가 Smoulder(smolder)라는 말의 의미를 읽고 말 그대로 영혼이 얻어맞은 것 같았다. 이 단어는 (장작 등이) 연기를 내다, 연기가 나다, 타다, (감정 등이) 속에서 맺히다, 내향하다, (눈 등이) 감정을 나타내다, 라는 뜻이 있다.

하나의 단어에 이렇듯 강렬한 의미가 응축되어 있음을 느낄 때, 몹시 놀랍기도 하고 몹시 슬프기도 하다. 이런 뜻을 응축하게 되기까지 오랜 시간 동안 얽혔을 인간의 삶이 애틋하다. 하나의 글자는 인류의 족적을 축약한다. 내가 종종 자전(字典)을 찾는 이유이다.

그렇게 눈길이 멎은 게 타다, 라는 단어였다. 타다, 라는 말에는 단순하게 훑어봐도 무려 열여섯일곱 개의 의미가 담겨 있다. 손을 타다, 기회를 타다, 가을을 타다, 마음이 타다 등, 대체로 과잉을 내포하고 있었다. 그 수많은 의미를 담게 되기까지 인간의 역사가 어땠겠는가.

　'타다' 연작을 마치고 '지다'라는 말을 생각했다. 짐을 지다, 라고 할 때의 질 '부(負)'자에 관한 것이다. 이 질 부 자는 '짐을 지다'로도 쓰이고, '싸움에 지다'로도 쓰이고, 심지어 배신을 뜻하는 '저버리다'라는 의미로도 쓰인다. 어쩌다가 누군가의 삶을 짊어지는 의미로 쓰던 '지다'라는 말이 누군가를 저버린다는 말로도 쓰이게 되었을까. '등'을 보인다는 뜻이 내포되어 있는 말이라서 그렇기는 하지만, 나는 이 말을 가지고 또 두 편의 소설을 썼다. 그리고 '지다'라는 말의 종착지는 숨지다가 아닐까 싶어 숨진 삶에 대한 소설도 썼다.

　표제작을 두고 고민을 많이 했다. '타다' 연작을 쓰기 시작했을 때에는 모바일 플랫폼 개념이 없었을 때였다. 책 표지를 보는 사람들의 혼란을 생각해서 결국 '타다'의 가장 활기찬 형태로 느껴지는 '타오르다'로 결정했다.

　소설을 써야겠다고 마음먹었을 때 나는 자신과 약속을 했다. 소설을 쓸 수 없는 형편, 조건임에도 내가 오직 내 욕심으로 소설을 쓰겠다는 것이니, 내가 소설을 쓸 수 있게 되면 내 인생의 모든 부당함을 기꺼이 감수하겠다고. 나를 압박하는 모든 사람, 모든 조건을 받아들이겠다고. 그리고 글을 쓰는 것으로 내 몫의 경제적 부담을 지겠다고. 그래서 열심히 썼다. 아동용 고전도 쓰고 청소년 소설도 쓰고, 온갖 잡글과 소설을 썼다. 이십오 년 넘게 열심히 썼고 나는 내 욕심을 채울 수 있어서 진심으로 행복했다. 능력이 부족해서 원하는 만큼 되지 못했지만, 그래도 그 속에서 한 시절을 보낼 수 있었다는 건, 커다란 행운이었다.

그래서 지금, 내 행로가 방향을 틀었어도 나는 기꺼이 이 길을 갈 수 있다. 나를 위해 그동안 고생해준 남편과 아들에게 고마울 뿐이다. 소설을 쓴 건 오직 나를 위한 것이지, 다른 누구를 위한 것도 아니었으니까. 특히 남편에게 고맙다. 내가 소설을 쓰고 있을 때 가장 행복하다는 것을 아는 단 한 사람 우리 남편. 아들은 아직 자기 인생이 가장 중요하니까, 자기 인생 열심히 살면 된다. 다른 누구를 위해서도 아니고 자신을 위해서 자기가 원하는 방향으로 미친 듯이 나가기를 바란다. 자기를 위해 신나게 살아본 사람은 안다. 자신이 얼마나 큰 행운을 만났었는지를. 그리고 후회 없다는 것을. 이렇게 뒤늦게 남편과 아들에게 고맙다는 인사를 하다니 그것만이 후회스러운 일이다.

2021년 3월
방현희

수록 작품 발표 지면

타다 『문학의 오늘』 2017년 여름호

타다 2 『한국문학』 2018년 여름호

내 마지막 공랭식 포르쉐—타다 3 『문학사상』 2017년 12월호

광장에 지다 세월호 앤솔로지 『숨어버린 사람들』

늙은 피터의 고백—지다 2 『한국문학』 2019년 하반기호

우는 남자—지다 3 『문학사상』 2018년 6월호

밤의 환대 『문장웹진』 2015년 3월호

소설가 나씨의 하루 『문학의 오늘』 2013년 봄호

타오르다

© 방현희

1판 1쇄 발행 | 2021년 3월 10일

지은이 | 방현희
펴낸이 | 정홍수
편집 | 김현숙 임고운
펴낸곳 | (주)도서출판 강
출판등록 | 2000년 8월 9일(제2000-185호)

주소 | 서울시 마포구 동교로 17안길 21(우 04002)
전화 | 02-325-9566
팩시밀리 | 02-325-8486
전자우편 | gangpub@hanmail.net

값 14,000원
ISBN 978-89-8218-269-3   03810

이 도서의 국립중앙도서관 출판예정도서목록(CIP)은 서지정보유통지원시스템 홈페이지
(http://seoji.nl.go.kr)와 국가자료종합목록시스템(http://www.nl.go.kr/kolisnet)에서 이용하실 수 있
습니다. (CIP제어번호 : CIP2020052121)